4월에 세상이 끝나

스테이시 매카널티 지음 강나은 옮김

씨드북

차례

1장 할아버지의 생존 훈련

나의 하나뿐인 친구인 맥 제퍼슨이 소설 『아웃사이더』의 점자판을 소리 내어 읽고 있다. 방바닥에 누운 나는 우리 개 버블스의 부드러운 배털을 쓰다듬으며, 푸딩 남은 것이 있을까 생각하고 있다. 얼른 부엌에 갔다 오면 맥이 알아챌까? 알아챌 것이다. 이미 시도해 본 적이 있다.

"야, 너 내가 읽는 거 듣기나 하냐?"

"당연하지. 나는 늘 잘 들어! 내가 이 책을 얼마나 좋아하는데."

"아아, 거짓말뿐이지, 거짓말뿐이야."

맥이 루마니아 트란실바니아의 흡혈귀라도 되는 것처럼 이상한 말투로 말했다. 미국 노스캐롤라이나의 열네 살 흑인 남자아이이면서 말이다.

나는 버블스를 무릎 위로 안아 올리며 말했다.

"계속 읽기나 해."

"야, 내가 방금 끝까지 읽었잖아."

"오오, 잘됐네."

그건 우리의 국어 숙제가 끝났다는 뜻. 맥은 참 성실한 학생이다. 나는 '그냥' 학생이다.

"있잖아, 너……."

누가 방문을 쿵쿵 두드렸다. 버블스가 딱 한 번 짖고는 내 침대 밑으로 숨었다.

"저리 가, 여기 아무도 없어!"

장난처럼 온 남동생 같아 나는 소리쳤다. 하지만 문을 연 건 군복 차림에 모자까지 맞춰 쓴 우리 할아버지였다. 붉은 볼, 신난 듯 반짝이는 눈빛.

"할아버지, 어쩐 일이세요?"

고작 10분 거리에 살지만 할아버지가 우리 집에 오는 일은 아주 드물었다.

"엘리너 드로스 이병, 지금이다. 지금 당장 대피해야 해!"

할아버지는 손으로 입을 가리고 실룩거리며 웃었다.

"네?"

무슨 말인지 모르는 것처럼 물었지만 나는 잘 안다. 할아버지가 '훈련'을 하러 왔다는 걸. 할아버지는 평소에도 재난에서 살아남을 준비를 하는 사람이다. 나와 내 남동생들에게도 그 준비 훈련을 시킨다.

"안 돼요. 제 친구 와 있잖아요."

나는 할아버지가 못 보았을까 봐 맥을 가리켰다.

"맥 이병도 같이 간다. 당장 가야 해. 빨리빨리!"

"무슨 일이야?"

맥이 앉은 채 몸을 흔들거리며 물었고 할아버지는 손뼉을 치며 말했다.

"어서 일어나라, 병사들. 자세한 건 트럭에서 설명하겠다."

"할아버지, 그만하세요. 맥 겁먹겠어요."

"나 겁 안 먹었는데."

맥이 싱글싱글 웃으며 말했다. 버블스는 침대 밑에서 나와 다시 내 무릎으로 뛰어올랐다. 비상사태가 아니라는 것을 느낀 것이다.

"6시 다 됐는데요. 이제 곧 아빠 와요, 할아버지."

우리 아빠는 할아버지의 이런 훈련을 그냥 참아 넘기지 않는다.

"너희 아빠는 안 와."

나는 잠시, 아빠가 영영 안 오기라도 할 것처럼 가슴이 철렁했다.

"일 때문에 콜럼버스에 좀 더 있다가 온대. 아까 나한테 전화했어, 오늘 밤에 너희 좀 봐줄 수 있느냐고."

아하, 할아버지는 아빠가 집을 비우는 기회를 놓치지 않기로 한 것이다.

"저 훈련할 시간 없어요. 숙제해야 해요."

넷플릭스도 봐야 해요.

"어허, 누가 이게 훈련이래, 실제 상황인데."

할아버지는 주먹 쥔 두 손으로 허리를 짚고는 가슴을 쫙 폈다.

"생존 배낭 챙겨서 2분 안에 트럭에 타도록. 동생들은 내가 맡겠다."

할아버지는 방에서 나갔고, 맥은 일어나 지팡이를 펼치며 말했다.

"좋아, 좋아. 훈련이든 뭐든 나도 대피라는 걸 해 보고 싶었어."

세상에 싫어하는 것이라고는 없는 사람들이 있다. 맥이 그런 사람이다. 맥은 무엇이든 좋아한다. 맥이 이모티콘이라면 웃는 표정일 것이다. 나는 어이없는 표정일 것이고.

영화에 나오는 할아버지들은 볼링이나 골프를 치기도 하고, 모형 비행기를 만들기도 한다. 하지만 우리 할아버지는 프레퍼족이다. 세상의 종말이 와도 살아남기 위해 시간과 돈을 들여 열심히 준비하는 사람 말이다.

"재미있는 거 아냐, 한심한 훈련일 뿐이지. 야, 너를 이용해야겠다. 할아버지한테 넌 훈련 못 간다고, 집에 데려다 달라고 해. 나도 같이 탈출하게, 응?"

"싫어. 난 훈련 같이하고 싶단 말이야. 할아버지랑 하는 훈련 힘들다고 네가 만날 불평했잖아. 그 고문을 나도 몸소 체험하고 싶다고."

"참 고오맙다."

마지못해 일어선 나는 버블스를 침대에 내려 주며 말했다.

"버블스, 날 이해하는 건 너밖에 없어."

벽장 맨 아래, 차마 버리지 못하는 동물 인형들 밑에 자리한 내 생존 배낭은 이미 거의 꾸려져 있다. 할아버지가 오래전에 필요한 걸 다 마련해 주었다.

"젠장!"

배낭이 쏟아졌고, 나는 손에 잡히는 대로 물건을 배낭에 넣었다.

"1분 남았다!"

할아버지가 외치자 동생들이 체조하는 코끼리들처럼 쿵쾅거리며 뛰어나왔다. 초등학생이라서 아직도 이것이 재미있다고 생각하는 녀석들이다. 나는 운동화를 꺼냈다. 생존 훈련에 샌들을 신고 갔다가 오래오래 후회했기에.

"에잇, 방탄조끼를 못 찾겠어."

나는 주머니가 천 개쯤 달린 것 같은 그 카키색 조끼 대신 보라색 후드 티를 입고 금발 머리를 하나로 올려 묶었다. 오늘의 훈련이 벌써 걱정되었다.

"난 뭐 챙겨야 해?"

맥이 물었다. 맥의 옷차림은 늘 똑같다. 청바지, 운동화, 검은색 아니면 회색 티셔츠, 까만 색안경.

"넌 그냥 가면 돼."

맥이 어떻게 하건 할아버지는 실망하지 않을 것이다. 반면 나에게는 백 퍼센트 실망할 것이다.

집 안의 조명이 잠깐 나갔다가 돌아왔다. 할아버지가 두꺼비집을 건드린 모양이다. 할아버지에겐 전적이 있다. 맥은 아이패드, 도시락 같은 평범한 물건들이 든 제 책가방을 들었다.

"이리 와, 맥."

나는 맥을 계단으로 이끌어, 손을 난간에 얹어 주었다. 맥은 우리 집 구조를 잘 안다. 나와 유치원 때부터 단짝이었으니까.

나는 우리를 따라 주차장 문을 통과하려는 버블스를 막고 뽀뽀했다.

"넌 여기 있어, 내 강아지. 진심으로 그게 훨씬 나아."

동생들은 벌써 트럭 뒷좌석에 앉아 있었다. 할아버지가 경적을 울렸다.

"가요."

나는 풀린 운동화 끈을 밟지 않으려 애쓰며 서둘렀다. 맥은 한 손으로는 지팡이를, 한 손으로는 내 팔꿈치를 잡고 따라왔다. 차에 탄 나는 가운데 자리로 옮겼고, 맥이 조수석을 차지했다. 할아버지는 후진으로 출발했다.

"잘했다. 이제 탈출이다."

"할아버지가 집 안 전기 다 껐다 켜는 거 아빠가 안 좋아해요."

"누가 전기를 끊어? 네 아빠 걱정은 하지 마라. 난 네 아빠 안 무서워. 멀리 있는데 뭐가 무섭냐."

할아버지가 장난스럽게 팔꿈치로 나를 찔렀다.

이 훈련이 싫기는 나도 마찬가지인데, 아빠만 빠져나간다. 언젠가 나도 이 죄책감에서 졸업하여, '괜찮아요. 전 안 나갈게요' 하고 말할 것이다.

"할아버지, 우리 지금 뭣 때문에 도망가요?"

할아버지와 내 사이로 고개를 내민 필립이었다.

"외계인이 침공했어요?"

이번엔 에드워드가 물었다. 가만히 있질 못해 내 등받이를 발로 차면서. 신난 것이다, 겁난 게 아니라. 할아버지는 백미러로 두 아이를 보며 말했다.

"아니, 더 끔찍한 일이야. 흑사병이 돌고 있어. 사람들이 파리처럼 픽픽 쓰러져. 우리도 병이 옮아서 쓰러지기 전에 대피해야 해."

"할아버지, 애들 악몽 꾸게 만들면 안 돼요."

나는 할아버지에게 경고했다. 할아버지는 킬킬 웃다가 금세 진지한 얼굴을 했다. 나는 싱글벙글 웃고 있는 뒷좌석 두 녀석을 돌아보며 이렇게 말했다.

"너희 안전띠 해. 당장."

나의 남동생들은 곱슬곱슬한 금발 머리에 주근깨 많은 흰 피부, 뭘 하든 시끄럽다는 점이 서로 똑 닮았다. 사람들은 둘이 쌍둥이라고 자주 착각한다. 특히 필립이 안경을 쓰고 있지 않을 때면 말이다. 하지만 에드워드는 핵폭탄보다 폭발적인, 선생님들이 기운을 빼놓으려고 운동장을 뛰게 하는 초등학교 3학년이다. 한편 필립은 1달러 상점에서 산 향수를 고집스럽게 뿌리는 바람에 나이 든 남자 같은 냄새가 나는 초등학교 4학년이다. 필립도 기운이 넘치긴 마찬가지지만 책 한 권만 쥐어 주면 활동 정지 상태가 된다. 그리고 제가 우리 집에서 가장 똑똑하다고 생각하는데, 아마 맞는 생각일 것이다. 영재라고 분류되고, 수학 시간에 나와 거의 같은 내용을 배운다. 어느 녀석이 더 짜증 나는지 판가름할 수가 없다.

"우리, 할아버지네 비밀 벙커에 가요? 그러면 흑사병을 피할 수 있어요?"

"정확히 말하면 벙커는 아니지."

10분 후에 우리는 할아버지 집에 도착했다. 그렇다면 다행히도 숲에서 훈련하지는 않는다는 뜻이다. 할아버지는 내가 유치원에 다닐 때부터 종말 대비 훈련을 시켰다. 내가 유치원 발표 시간에 경광봉과 비상 담요를 가져갔던 것도 기억난다. 동생들도 좀 자란 후부터는 훈련에 동참하기 시작했다.

정확히 언제부터 그 모든 게 재미없어지기 시작했는지는 기억이 안 난다. 아마도 내가 인형 놀이를 그만두고, 더는 침대 밑에 괴물이 산다고 믿지 않게 된 무렵이었던 것 같다.

할아버지는 먼저 들어가 손전등을 켰다. 할아버지 집에는 전기도 있고 물도 나오고 와이파이도 되지만, 오늘은 그런 것들을 쓸 수 없다.

"대피실로."

할아버지가 머리 위로 손전등을 들고는 앞장서서 우리를 지하실 계단으로 데려갔다. 맥의 지팡이가 마루를 톡톡 치는 소리 말고는 아무 소리도 들리지 않았다. 먼저 내려간 할아버지는 허리띠에 차고 다니는 열쇠로 문을 열었다. 할아버지는 자신의 대피실과 생존용품들을 매우 소중히 관리한다.

지하실 안에는 하나하나 라벨이 붙은 캐비닛이 늘어서 있고, 몇몇 캐비닛은 잠겨 있다. 여긴 쉽게 말하면, 형광등이 좀 적게 달린 작은 마트 같다. 할아버지가 식품, 옷, 침구, 장비, 무기, 세면도구, 구급상자, 심지어 버블스를 위한 개 사료까지 다 마련해 둔 곳이다.

"다들 모여라."

할아버지가 나무 탁자로 손짓했다. 할아버지와 우리 네 가족을 위한 다섯 의자가 놓여 있지만 아빠가 언제 마지막으로 여기 내려왔는지 기억이 안 난다.

"생존 배낭 검사를 실시한다."

"음, 그러면 이건 실제가 아니라 그냥 훈련이에요?"

실망한 듯 묻는 에드워드에게 나는 고개를 절레절레 흔들며 말했다.

"그러면 진짜 외계인이 공격하기라도 하는 줄 알았어? 아니면 학교 갔다 온 지 세 시간 만에 진짜로 흑사병이 돌았게?"

맥은 싱글거리며 말했다.

"나도 실제 상황이길 바랐는데."

에드워드는 제 가방에 든 것들을 탁자에 올렸다. 할아버지는 하나하나 살펴보고는 고개를 끄덕였다. 맥이 나에게 물었다.

"가방에 뭐가 있는데?"

"세상 종말 후에도 며칠간 살아남는 데 필요한 모든 것."

나는 그 물건을 맥이 만져 보도록 하나하나 손에 건네주었다. 손전등, 두꺼운 양말, 방수포, 포장된 식량, 구급품, 물통, 현금 봉투, 아스피린, 발화 도구 등등. 맥은 각각의 물건을 손에서 돌려 보기도 하고 얼굴에 바싹 들이대기도 했다. 시각장애인이 대부분 그렇듯 맥도 어느 정도는 시력이 남아 있다.

"우아, 멋진데. 나도 이런 거 마련해야겠어."

이번에는 내가 손을 얹자, 맥이 내 손을 꽉 잡으며 물었다.

"나도 마련하게 도와줄 수 있지?"

"그럼."

솔직히 맥이 있으니 이 훈련도 덜 끔찍하다. 진심으로 흥미로워하는 맥 덕분에 좀 견딜 만해지는 것이다. 사실 내 학교생활도 그렇다.

"왜 밧줄이 없냐?"

할아버지 물음에 에드워드가 머뭇거렸고, 필립이 일러바쳤다.

"뒷마당에서 에이든 윌러를 묶을 때 썼어요."

"생존용품을 가지고 놀면 안 돼. 그리고 썼으면 빨리 채워 넣어야지."

할아버지는 에드워드의 가방에서 나온 군용 식량 3개를 줄지어 놓았다. 그것은 열량만 높고 맛은 역겨운, 지하실 선반에 수십 년 보관해도 썩지 않을 음식이 진공 포장된 것이다.

"검사 결과 전체적으로 양호하다. 에드워드 이병, 저녁밥을 골라라."

"우아, 우리 저녁으로 뭘 먹어?"

맥이 몸을 흔들거리며 물었고, 내가 대답했다.

"만든 지 10년은 된 해로운 음식이야. 아니, 음식이라고 할 수도 없어."

"엘리너 말 듣지 마라, 맥. 우린 저녁으로 군용 식량을 먹을 거야. 꽤 맛있고 영양이 가득 들어 있다."

"군용 식량 늘 먹어 보고 싶었어요. 엘이 만날 얘기했거든요."

맥은 만날 제대로 듣지 않은 모양이다. 제대로 들었다면 먹어 보고 싶을 수가 없으니까.

"전 '칠리마카로니' 먹을게요!"

에드워드는 교외에 사는 어린이가 아니라 전장의 군인들이 먹어야 할 음식 봉투를 집었다. 나는 할아버지에게 물었다.

"지금 먹는 건 낭비 아니에요? 특히 이 근처에 맥도날드가 있는데요. 전쟁이나 뭐 그런 때에 대비해서 아껴 둬야죠."

군용 식량 먹기를 어떻게든 피하려 애쓰는 나에게 할아버지는 대답했다.

"우리 배 속으로 들어가니까 낭비가 아니지. 미리미리 경험해서 익숙해지는 것이 중요하다, 엘리너 이병. 생존용품을 마련하기만 하면 되는 게 아니야. 식량을 미리 먹어 보고, 도구를 미리 써 보면서 익숙해져야지."

역겨운 그 맛에 나는 이미 익숙해졌다. 적어도 스무 종류는 먹어 봤다. 군용 식량과 나무 부스러기 한 그릇 중에서 고르라면 나는 후자다.

"다음은 누구 차례냐?"

필립이 나섰다. 아, 내가 먼저 나서서 어서 끝내 버려야 했다. 내 배낭에 있어야 할 물건의 절반은 내 방 벽장에 있었다. 할아버지가 들여다본 필립의 가방은 완벽했다. 모든 게 갖춰진 데다 책도 들어 있었다.

"훌륭해. 그런데 무게를 생각해. 차로 대피할 수 없는 상황이라면 걸어서 대피해야 하는데, 며칠 동안이나 등에 지고 걸을 때 너무 무거우면 안 돼."

"넵, 알겠습니다."

거수경례와 함께 대답한 필립도 저녁으로 먹을 군용 식량을 골랐다.

"다음은 자네 차례다, 엘리너 이병."

"엘, 화이팅! 잘할 수 있어!"

맥이 이것이 게임이라도 되는 양 응원했다. 나는 할아버지의 긴 잔소리를 듣기 싫어서 먼저 자백했다.

"제 가방은 엉망이에요. 팔굽혀펴기 20개 할까요?"

팔굽혀펴기 20개를 할 능력은 없지만 할아버지를 웃게 하려고 말했다. 나는 할아버지를 사랑한다. 그저 생존 훈련과 지구 종말 대비와 군용 식량을 사랑하지 않을 뿐이다.

할아버지는 모자를 벗더니 한 손으로 머리를 쓸었다. 머리카락이 좀 있기는 하지만 아주 짧고 희어서 특정한 불빛을 받았을 때만 눈에 보인다.

"나는 너흴 혼내고 싶은 게 아니야. 너희를 안전하게 지키고, 살아남는 데 필요할 기술들을 가르쳐 주고 싶은 거지."

할아버지는 부드럽게 내 생존 배낭을 가져가서 열었다. 할아버지 손에 들려 나온 것들은 이제 맞지 않는 구두 한 짝, 머리띠 몇 개, 옛날 학교 숙제 몇 장, 그리고 매듭으로 묶인 밧줄 하나였다.

"그래도 제가 밧줄은 갖고 왔네요. 우린 가족이니까, 가진 걸 모으면 살아남을 수 있을 거예요."

나는 할아버지의 실망보다 큰 미소를 지으려 애썼다. 할아버지가 큰 숨을 쉬었다.

"이 배낭의 상태는 용납할 수 없다, 엘리너 이병. 집에 가면 배낭을 다시 싸야 한다, 알겠나?"

나는 고개를 끄덕였고 할아버지는 내 배낭에서 군용 식량을 꺼냈다.

"오늘 엘리너 이병이 먹을 저녁은 '닭살코기'겠군. 그것뿐이니까."

"저 배 안 고파요."

'닭살코기'는 군용 식량 중에서도 최악이다. 꼭 강아지 사료처럼 생겼다. 그게 왜 내 가방에 들어 있었는지를 에드워드가 키득거리는 것을 보고 알았다. 에드워드가 제 것과 바꾼 것이다.

"그거 제가 먹을게요."

맥이 몸을 흔들거리며 말했지만, 할아버지는 진지하게 말했다.

"이건 엘리너 거야. 다른 게 더 있으니 넌 그중에서 골라 보렴, 맥. '콩칠리', '버팔로윙', '메이플돈육소시지' 중에서 뭐가 좋으냐?"

"뭘 추천해 주시겠습니까, 대장님?"

할아버지는 '콩칠리'를 건넸다.

"내 거랑 바꿀래?"

내가 맥에게 속삭이자 에드워드가 끼어들었다.

"바꾸지 마, 형! '닭살코기'는 제일 끔찍해."

제일 끔찍한 건 바로 이 생존 훈련이다. 나는 실제 종말의 날보다 그 대비 훈련이 더 괴로우리라 확신하며, 군용 식량을 뜯었다.

2장 수상한 웹사이트

우리는 모두 할아버지의 훈련에서 살아남았다. 맥은 인생 최고의 경험이었다며 또 하자고 말하기까지 했다. 집에 도착하자마자 나는 양치질을 세 번 하고 구강청결제로 입속을 헹궜다. 군용 식량이 소화되어 내려갈 기미가 없었다. 닫힌 화장실 문 너머로 할아버지가 물었다.

"괜찮냐?"

"네."

"생존 배낭 다시 싸는 거 도와줄까?"

"아니요. 제가 하면 돼요."

나는 내 방으로 가 벽장 속으로 뛰어들었다. 필요한 모든 것이 벽장 바닥에 있었지만, 군용 식량 두 봉이 모두 '닭살코기'였다.

"에드워드! 내 군용 식량 돌려놔라!"

에드워드는 내 말이 들리지 않았거나, 들리면서도 무시했다. 나는 '닭살코기' 두 봉지를 지하실로 가지고 가서 먹기 좀 덜 괴로운 '소고기스파게티', '베이컨해시브라운', '닭고기페스토파스타'로 바꾸었다. 할아버지가 몇 년 전 군용 식량 한 상자를 가져다주었고, 우리는 그 상자를 크리스마스 장식품과 아빠가 직접 고칠 수 있다고 믿는 고물 토스터 근처에 숨겨 두었다.

생존 배낭을 다시 싼 다음, 나는 할아버지에게 검사받았다.

"완벽해. 네가 어떤 재난에도 대비되어 있으니까 내 맘이 한결 편하다."

"암요. 저는 모든 것에 준비되어 있어요."

내일까지인 수학 숙제를 다 한 건 아니지만요.

"너도 할아버지랑 훈련하면서 곡식 기르고, 동결 건조 아이스크림 먹고 하는 걸 참 좋아했는데. 얼마 전까지만 해도."

"'닭살코기'랑 동결 건조 아이스크림은 차이가 커요."

"맞다, 맞아. 너희한테 재미있었으면 해서 할아버지도 노력하고 있다. 중요한 훈련이니까 말이야."

나는 표정 관리를 하려고 심호흡하면서 애썼다.

"엘리너, 할아버지는 전쟁을 직접 겪었어. 허리케인도, 토네이도도 겪고. 할아버지의 할아버지는 '스페인 독감' 때 이야기를 들려주시곤 했지. 또 요즘 뉴스에서는 만날 테러리스트 공격 소식이 나오지 않냐. 살다 보면 나쁜 일은 일어나게 마련이니까, 할아버지는 너희를 꼭 지키고 싶어."

"알아요. 그런데 아빠는 할아버지가 좀 지나치다고 생각해요."

"네 아빠는 원래 그래. 40년 평생 제 아비보다 더 똑똑한 줄 알지."

할아버지는 또 웃었다. 그러고는 덧붙였다.

"언젠가는 나한테 인사할 거다. 이 재난에 잘 대비하게 해 줘서 너무나 고맙다고. 어서 그날이 와야 할 텐데."

이젠 내가 두 눈썹을 올리고 할아버지를 보았다.

"아니, 재난이 오길 기다린다는 말이 아니고, 고맙단 소리를 듣고 싶다는 말이야."

"그냥 제가 지금 고맙다고 인사드리면 안 돼요? 온 가족 대표로요. 그러면 지구 종말이 오지 않아도 상관없잖아요."

종말 대비 훈련을 하지 않아도 되고요, 군용 식량을 안 먹어도 되고요.

"고맙긴 별말씀을. 자, 이제 생존 배낭을 안전한 데 넣어 둬."

"그럼 에드워드 손이 안 닿는 데 놔야겠네요."

"잘 자라."

할아버지가 꼭 안으니, 안전한 기분과 미안한 기분이 동시에 들었다. 훈련이 싫은 티를 많이 내지 말걸. 할아버지가 나를 놓아주었고, 나는 할아버지의 볼에 뽀뽀했다. 할아버지는 너무 늦게 자지 말라고 하고는 아래층으로 내려갔다. 나는 이제 수학 숙제를 하거나 『아웃사이더』를 읽어야 했지만, 노트북을 들고 버블스와 함께 침대로 올라갔다.

"딱 10분만 하고 숙제해야 해."

나는 버블스에게 말했다. 그러고는 인터넷으로 지구 종말에 관한 재미있는 사진을 찾아보았다. 출력해서 할아버지에게 보여 주고 싶었다. 그런데 얼마 후 (솔직히 10분이 넘게 지난 후) 웃기는 사진 따위는 없는 웹사이트 하나를 발견했다. 느린 학교 컴퓨터로나 만들었을 법한 조잡한 웹사이트였다. 하지만 글 제목이 내 눈길을 끌었다.

내년에 세상의 종말이 옵니다.

사진은 하나뿐이었다. 흰 머리카락과 턱수염, 가는 테 안경, 푸른색 셔츠, 빨간 넥타이의 그 백인 남자는 보통의 따분한 어른처럼 보였다. 사진 밑에는 이름이 있었다. '천체 물리학자, 마틴 콜런 박사.'

내가 찾던 사진은 아니지만, 외모만 봐도 박사 같은 이 사람이 무슨 얘기를 하는 건지 궁금해서 그 글을 읽기 시작했다.

위급한 상황입니다! 소행성 2010PL7이 내년 봄에 지구와 충돌합니다. 2010PL7
은 아폴로 소행성군에 속하는 지구 근접 소행성으로, 지름이 5킬로미터가 넘습니다. 그러므로 지구의 대기에서 불타 사라지지 않습니다. 지구의 어느 위치에 충돌하건 간에, 지구 생물들이 큰 영향을 받을 것입니다. 토리노 스케일 10단계의 위험입니다. 심각한 위기입니다, 여러분. 소행성이 지구에 충돌하는 날이 하루하루 다가오고 있습니다. 전 지구적 재앙입니다.

딱 이렇게만 적혀 있었다. 자세한 정보가 나오는 링크도 없었다. 내가 직접 인터넷에 검색해 보았다. 검색 결과, 우선 이 글을 쓴 마틴 콜런 박사라는 사람은 미친 사람이 아니었다. 하버드 대학 교수에 우주와 물리학에 관한 어려워 보이는 책을 세 권이나 썼다. 내가 들어 본 적 없는 상도 탔고, 셀 수 없는 과학 전문지에 글도 썼다.

다음으로는 2010PL7을 검색했다. 미국항공우주국 홈페이지를 보니 그런 소행성이 정말로 있다. 하지만 지구를 향하고 있다는 말은 어디에도 없다. 아니, 사실 제거된 소행성으로 분류되어 있다. 좋은 소식이다. 미국항공우주국의 과학자들은 이 분야 전문가들이니까. 왜 괜히 사람들을 겁주고 그러세요, 콜런 박사?

인터넷에 떠도는 이야기 대부분은 거짓이다. 예를 들면 우리 아빠의 페이스북에는 배우자가 있다고 되어 있는데, 우리 엄마는 7년 전에 세상을 떠났다. 저 화면 속 박식한 교수의 이름과 사진 역시 도용된 것일 테다. 오타도 많다. 하버드 교수라면 그 정도 맞춤법은 틀리지 않을 것이다.

나는 웹사이트를 즐겨찾기에 추가해 두고 창을 닫았다. 그러고는 다시 웃긴 이미지를 찾아 인터넷을 돌아다녔다. 웹사이트에 콜런 박사의 이메일 주소가 적혀 있었더라면, 나는 하늘에서 소행성이 떨어지는데 셀카를 찍고 있는 공룡 그림을 보냈을 것이다. 그 박사도 좀 웃도록.

3장 끔찍한 체육 시간

다음 날 아침 식탁에서 할아버지는 다행스럽게도 지구 종말 이야기를 한마디도 하지 않았다. 하지만 등교 후, 원래 싫었던 체육 시간이 더 싫어질 수도 있다는 걸 배웠다.

대학에서 무슨 운동을 했다며 자길 코치라 부르라는 임시 교사는 키가 3미터는 되어 보였고, 말할 때마다 손가락 끝에 농구공을 올려 빙빙 돌렸다.

"키 순서대로 서라. 그리고 여덟 조로 나누어 서."

평소에 나는 체육관 가장자리로 간다. 맥을 비롯해 특수한 도움을 받는 학생들 쪽으로 말이다. 그러면 체육 선생님은 맥과 나를 짝지어 준다. 때로 우리는 같이 달리기도 한다. 맥은 수평으로 걸린 밧줄에 달린 손잡이를 잡고 달리거나 내 팔꿈치를 잡고 달린다. 우리는 밖에 나가, 소리 나는 공으로 축구를 하기도 한다.

하지만 오늘은 사실 3미터가 아니라 4미터에 가까워 보이는 이 코치에게 특별 배려를 부탁하고 싶지 않다. 맥도 체육 수업에 나오지 않았다. 어제 먹은 군용 식량이 내장에서 반격하는 것이 아니길 빌 뿐이다. 오늘의 고문 도구인 주황색 공이 조별로 주어졌다. 코치가 호루라기를 불고는 소리쳤다.

"준비 운동으로 공을 던져 보자."

우리 조에는 그레이엄 엥글, 테럴 로저스, 런던 디그스가 있었다. 아이들은 나를 빼놓고 서로 공을 패스했고 나는 거기에 불만이 없었다.

런던이 공을 던지다가도 이따금 내게 따가운 눈빛을 보냈다. 짙고 어두운 눈화장을 하고 있으니 '네 목을 한 대 치고 싶다'라는 눈빛의 메시지가 더 효과

적으로 전달됐다. 그레이엄이 말했다.

"우린 팀원이 부족한데."

"셋으로 충분해."

런던이 말했다. 그러고는 제 다리 사이로 공을 튀긴 다음 그것을 등 뒤에서 잡아서 패스했다. 상당히 뛰어난 기술일 테지만, 나는 농구에 관심이 없다.

런던은 마른 체형에, 피부는 햇볕에 그을려 있다. 몇 가닥만 보라색으로 염색한 길고 곱슬곱슬한 흑갈색 머리카락을 다들 멋지다고 말한다. 대부분은 런던을 예쁘고 인기 많은 아이라고 할 테지만 나는 사악한 아이라고 묘사할 것이다.

"엘리너도 우리 팀이잖아."

테럴이 이상하다는 듯 말하자, 런던은 한숨을 쉬고 말했다.

"쟨 안 해. 원래 아무것도 안 하잖아."

"기회를 줘 봐."

테럴이 이렇게 말하면서 그레이엄에게 패스했다. 그러자 그레이엄이 갑자기 내쪽 바닥으로 공을 튀겨 패스했다. 나는 펄쩍 뛰어, 그 공을 무사히 '피했다'.

"이게 무슨 피구인 줄 알아? 공을 잡아야지."

런던이 말했고, 체육관을 가로질러 구르는 공을 모두가 바라보았다.

"아, 혹시 내가 가서 가져와야⋯⋯."

"아니야. 공은 원래 저절로 돌아와. 부메랑처럼."

런던이 어찌나 나를 노려보는지, 눈에서 레이저가 나올 것 같았다. 나는 뛰어가 공을 잡았고, 돌아와 테럴에게 살며시 건넸다. 런던이 나직이 말했다.

"패스 멋지네."

코치가 호루라기를 불고 골대를 가리켰다.

"1조와 2조는 저기서 시합하자. 3조와 4조는 저기. 5조와 6조는 저기."

나는 조원들을 따라 우리 코트로 갔다. 내 계획은 걸리적거리지 않는 것, 있는 듯 없는 듯 존재하는 것이었다. 모든 종류의 '참여'를 대하는 기본자세다. 학교에서 나는 아르마딜로가 되어 지낸다. 움직이지 않으면 눈에 띄지 않는다.

"쟤를 수비해."

런던이 내게 지시했다, 어느 덩치 큰 아이를 향해 고갯짓하면서 말이다. 도대체 나에게 뭘 기대하는 걸까? 하지만 나는 다가갔다. 그 남자아이에게서 아침 메뉴에 나오는 소시지 냄새가 났다.

상대편이 농구공을 가지고 경기가 시작됐다. 공을 가진 남자아이가 드리블했다. 그 아이가 두 발쯤 뗐을 때 런던이 그 아이에게서 뺏은 공을 골대로 몰아서는 득점했다. 테릴과 그레이엄이 런던에게 가서 손뼉을 쳤다.

이번에는 내가 담당하는 아이가 공을 몰았다. 나는 지켜보았다.

"수비해!"

런던이 소리쳤지만 난 뭘 하라는 건지 알 수 없었다. 나는 결국 둥지 밖으로 떨어져 내리는 아기 새처럼 양팔을 펄럭거렸다. 그 아이가 슛하자 나는 몸을 숙였다. 공이 들어가지 않은 것 같았지만, 내 눈이 감겨 있어서 확인할 수 없었다.

눈을 뜨니 런던이 다시 공을 가지고 있었다. 그러다 득점했다. 런던은 공중으로 주먹을 들어 올렸지만, 웃지 않았다. 오히려 아까보다 화난 표정이었다. 슛을 넣어도 저 표정인데 못 넣었으면 어떤 표정이었을까.

"4대 0!"

그레이엄이 소리쳤다. 나는 코트 가장자리로 다가섰다. 우리 팀에는 내가 필요 없다. 그레이엄이나 테릴도 필요 없다. 런던은 혼자서 북 치고 장구 치는 농구의 마술사다. 나는 경기가 아니라 시계를 보았다. 10분이나 남아 있었다.

코치가 이 코트 저 코트를 돌아다녔다. 그가 우리 코트로 다가오자, 나는 육상 트랙 대신 세워 두는 주황색 원뿔마냥 쓸모가 없다는 것을 들키지 않도록, 다시 슬쩍 아이들 사이에 끼었다.

런던이 또 골을 넣었다.

"패스해야지. 팀원들과 같이해."

이제 런던은 코치를 노려보았다. 그러고는 다시 손에 공이 들어오자 골대로 드리블하지 않고 대포처럼 던져 버렸다. 나한테!

'눈앞에 지난날이 주마등처럼 스친다'는 표현을 들어 본 적 있다. 그런데 지금은 좀 다르다. 미래가 보인다. 나와 부딪치는 공, 부축을 받아 보건실로 가는 내 모습, 그 아픔, 얼음찜질팩이 상상된다. 그리고 소행성에 지구가 꽝 부딪히는 모습이 보인다.

지금이 딱 그런 느낌이니까.

나는 엉덩방아를 찧었다. 두 눈에서 눈물이 너무 흘러 앞이 보이지 않았다. 적어도 지독하게 따가운 런던의 눈빛에선 해방이다. 나는 5분 정도 일찍 체육 수업에서 빠지게 됐다. 앗싸.

• ★ •

반쯤 녹은 얼음찜질팩을 얼굴에 대고 보건실에 앉아 있었다. 코피는 드디어 멎었다. 보건 선생님은 아빠에게 전화해서 엑스레이를 찍을 만큼 다친 것은 아니라고, 조퇴하지 않아도 된다고, 측은해할 이유는 전혀 없다고 계속해서 아빠를 안심시켰다.

"교실로 돌아갈 준비 됐어, 엘리너?"

"아니요."

보건 선생님은 내 답을 무시하고는 교실로 가도 좋다는 확인증을 건넸다.

보건실에서 나왔을 때, 상담실 밖에 서 있는 맥이 보였다. 부모님, 그리고 양

복을 입은 한 백인 남자와 함께 있었다. 어른들끼리 악수하며, 헤어지는 인사를 나누는 것 같았다.

나는 교실로 가는 모퉁이를 돌아서 맥을 기다렸다. 얼마 후 맥의 지팡이가 바닥을 똑똑 두드리는 소리가 났다. 맥은 자기 지팡이를 '캔디'라고 부르는데, 1학년 때는 꽤 그럴듯한 이름이라고 생각했다. 지금의 지팡이는 그때 그 캔디가 아니다. 맥이 자랄수록 지팡이는 작아지기 때문이다. 맥의 엄마 말마따나 신발이 작아지는 것과 마찬가지다. 캔디 2호, 캔디 3호도 있었는데, 5호인가 6호인가부터 맥이 몇 번째인지를 기억하지 못하게 되어, 다시 그냥 캔디라고만 부르게 되었다.

"맥."

"엘, 왜 여기 있어? 수업 듣고 있어야 하는 거 아닌가요, 엘 학생?"

맥이 어설프게 흉내 낸 목소리의 주인공은 우리 담임 선생님인 것 같다.

"코를 다쳐서 보건실에 갔어. 런던 디그스가 농구공으로 내 머리통을 날려 버리려고 했거든. 운이 좋아서 살았어. 그러는 넌 왜 상담실에 있었어?"

"너 나 감시하냐?"

맥이 제 손을 내밀자, 나는 내 팔꿈치를 내밀었다.

"시각장애인 학생과 이야기하고 싶다며 콘래드 학교에서 누가 왔어."

"콘래드 학교가 어딘데?"

"내가 말했잖아, '콘래드 시각장애인 학교'."

"고등학교야?"

맥이 말한 적이 있기는 하다. 롤리 근처 어딘가에 있는, 시각장애인을 위한 기숙학교라고 했다. 맥은 여름방학 때 일주일 동안 거기서 지내고 오더니 별로라고 했다. 뭐든 좋다고 하는 아이치곤 그렇게 말한 거나 다름없었다는 것이다.

맥이 한 정확한 표현은 '괜찮았어'였을 것이다.

"아니야. 6학년부터 고등학교 졸업반까지 다닐 수 있는 학교야."

"그 학교 사람을 뭐 하러 만나. 시간 낭비 같은데."

"아니야. 그 학교에선 갓 나온 '크리스피 크림' 도넛이랑 오렌지 주스도 먹을 수 있어. 내가 도넛을 6개인가 먹었을걸."

맥이 트림하는 척을 하고는 이어 말했다.

"그리고 학교가 진짜 좋았어. 생각했던 것보다 방과 후 활동 종류가 훨씬 많았어. 스쿨밴드도 있고 클래식 합주부도 있어."

"넌 악기 연주 안 하잖아."

"학교에서 할 수 있는 운동도 여러 가지였어. 수영반도 있어."

"우리 학교에도 수영반 있잖아."

"그리고 별의별 수업이 다 있어. 기숙사에서 룸메이트랑 살 수도 있고."

나는 멈추어 서서 돌아보았다. 맥이 신날수록 나는 숨쉬기가 어려워졌다.

"너, 혹시 그 학교로 가려거나 하는 건 아니지?"

"당장은 아냐."

"그럼 언제?"

짧은 물음인데도 내 목소리는 갈라졌다.

"내년이나 그다음 해쯤. 확실히는 몰라. 미래는 아무도 모르는 거란다."

마지막 문장을 노래하듯 장난스럽게 말하는 맥. 마치 내가 그 학교로 함께 갈 수 없다는 걸 깨닫지 못하는 것 같았다.

아직 10월이지만 나는 맥이 없는 내년 봄이 벌써 상상되었다. 학교에서 누구와도 대화하지 않은 채 며칠, 몇 주를 보내게 되겠지. 선생님들과는 말을 나누겠지만 그건 의미가 없다. 누구도 나와 과학 실험의 짝이 되려 하지 않을 것이고, 점심시간에 내 자리를 맡아 주지도 않을 것이고, 저녁에 타코를 먹으러 오라고 나를 집에 초대하지 않을 것이다. 나는 그야말로 없는 존재가 될 것이다.

"야, 빨리 가자. 과학 수업에 늦어서 벌 받겠다. 나 수업 끝나고도 학교에 있기 싫다고."

나는 그 말이 '이 학교에 있기 싫다고'라고 들렸다.

4장 우리가 아는 세상의 끝

그 후 일주일 동안 맥은 오로지 콘래드 학교 이야기만 했다. 점심 먹을 때도 통화할 때도 체육 시간에 달리기할 때도. 나는 최대한 한 귀로 흘렸지만, 그 학교의 학생 수, 위치, 교장 이름, 학교 마스코트까지 알게 될 뻔했다(마스코트는 '뭉게뭉게'라는 이름의 기차 엔진이다. 그건 잘 안 잊힌다).

그래서 일요일에 맥이 자기 집에서 비디오 게임을 하자고 했을 때, 나는 콘래드 학교 얘기는 꺼내지 않겠다는 약속을 받아 냈다.

우리는 거실에서 놀았다. 맥의 시력은 안경을 쓰면 0.07 정도로 완전히 안 보이는 것은 아니다. 텔레비전 화면에 아주 가까이 서거나 영상 확대기로 보면 맥은 언제나 나를 손쉽게 이긴다. 내가 속임수를 쓸 때만 빼고. 이번에도 나를 보기 좋게 이기면서 맥이 말했다.

"야, 너 연습 좀 더 해. 나만 이기니까 재미없어."

맥과 게임을 할 때는 나도 화면 가까이에 서야 한다. 소파에 앉아서 하면 맥이 시야를 다 가리기 때문이다.

"네가 연습을 '덜' 하는 게 맞지. 나 진짜 너희 엄마한테 이를 거야. 네 게임 시간 좀 제한하셔야 해."

농담인데 사실이다. 맥은 웃더니 말했다.

"너 없을 때 나랑 게임 하는 사람이 우리 엄마야. 그리고 나를 이길 수 있는 유일한 사람이기도 하지."

나는 맥의 엄마를 부르는 척했다.

"아주머니, 아주머니. 비디오 게임을 자꾸 하면 뇌가 썩는다는 거 못 들으셨어요? 지금쯤 맥의 뇌 90퍼센트 정도는 곰팡이 낀 오트밀이 돼 있을 거예요."

컨트롤러 막대를 세게 당겨 내 차를 앞세우려 해 봐도 되지 않았다.

"게임 하다가 뇌가 좀 썩는 게 낫지, 누구처럼 현실에서 머리 다치는 것 보다."

나는 검고 푸른 멍이 이제 거의 사라진 내 콧등을 만져 보았다.

"런던 걔는 진짜 퇴학당해야 해."

"너도 공 받는 법 좀 배워. 우리 시각장애인들을 생각해 봐. 아아, 아빠랑 단 한 번만이라도 소리 없는 공을 차고 놀 수 있다면, 흑흑."

맥이 과장되게 우는 연기를 했다.

"어쨌건 런던 걔는 문제가 있어. 작년에는 크롬북 카트를 넘어뜨렸잖아."

내가 런던을 무서워하는 건 아니다. 농구 코트 위만 아니면 말이다. 하지만 되도록 마주치지 않으면 좋겠다.

"런던이 아니라 로렌 더긴스가 그랬어. 그리고 크롬북 카트를 넘어뜨린 게 아니라 크롬북 하나를 떨어뜨린 거고, 로렌네 부모님이 변상했어. 소문이 다 이렇게 시작되는 거지."

"아, 그래? 그래도 걔한테 문제가 있는 건 사실이잖아. 남들을 괴롭히고 다니니까 다들 무서워하지."

"난 잘 모르겠던데."

"걔가 던지는 공에 머리를 맞으면 너도 생각이 바뀔 거야. 무슨 소행성이 날아오는 줄 알았네."

맥은 여전히 게임에 집중한 채로 대답했다.

"그렇겠지. 그건 그런 일이 생기면 얘기해 보자."

"소행성 얘기가 나와서 말인데, 네 아이패드 좀 줘 봐."

"왜?"

"소행성이 지구에 충돌할 거라고 주장하는 사이트를 인터넷에서 봤거든. 좀 이상했어. 거기 새로 올라온 글 있나 확인해 봐야겠어."

"진짜?"

맥이 가방에서 아이패드를 찾아 나에게 주었다. 맥은 학교 과제 대부분을 아이패드로 한다. 화면을 확대하고 얼굴 가까이에 대어 보면서 말이다. 맥의 보조 교사 사무실에는 점자 타자기가 있고 맥도 그걸 쓸 줄 알지만, 아이패드는 그 것보다 훨씬 작고 빠르고 게임도 있고, 원래 교실에서는 전화기나 태블릿을 쓸 수 없으니 반 애들이 부러워한다.

"응, 무슨 과학자인가 박사인가 하는 사람이 그랬어. 내년 봄인가, 아무튼 곧 날아온대."

"내년 봄이 무슨 곧이야. 지금은 10월인데."

맥이 소파의 다른 쪽에 앉았다. 집에서 돌아다닐 때는 캔디가 필요 없다.

"독후감 기한이라면 그 정도는 '곧'이 아니지만, 지구 종말 얘기잖아."

나는 이렇게 말하며 아이패드에 비밀번호를 쳤다. 맥은 말했다.

"혹시 프레퍼족인가? 아, 너희 할아버지가 내 생존 배낭 장만해 주겠다고 약속하셨어. 그러면 우리 훈련 한 번 더 해. 나는 재난에 대비할 테야!"

그날의 훈련 후 맥은 할아버지의 말에 세뇌되어 버렸는지도 모르겠다.

"아닐걸. 아무튼 프레퍼족 유튜버 같은 사람은 아니야."

나는 그 웹사이트를 찾았다. 지난주 이후로 변화가 있었다. 새 사진과 새 글 도 몇 개 올라와 있고, 방문자 게시판과 방문자 수 카운트도 생겼다. 이 사이 트에 들어와 본 사람이 삼천 명이 넘었다.

"읽어 줘."

나는 내가 이미 읽은 첫 번째 글을 소리 내어 읽었다. 그러고는 최근에 올라온 글을 클릭했다.

"'아무도 제 말을 듣지 않습니다. 정부도, 은행들도, 대기업들도 저의 예측으로 인해서 대중들이 겁낼까 염려합니다. 이건 겁낼 일이 맞습니다. 그 소행성의 위성 사진을 보십시오.'"

별들이 떼로 모인 것 같은 흑백 사진이었다. 콜런 박사는 그중 하나에 동그라미를 치고는 2010PL7이라고 적어 두었다. 나는 아이패드를 맥에게 건넸다. 맥은 아이패드를 얼굴에서 3, 4센티미터쯤 떨어뜨려 화면을 왼쪽 오른쪽으로 움직여 가며 사진 전체를 보았다.

"증거를 더 보여 줬으면 좋겠는데."

맥은 아이패드를 돌려주며 말했다. 나는 계속 읽었다.

"'이 사실을 아는 사람들은 대비하고 있습니다. 여러분도 대비하셔야 합니다. 너무 늦기 전에요.'"

맥이 혀를 차고는 말했다.

"말하는 거 보니까 프레퍼족 맞네, 맞아."

"뭐 그럴 수도 있지. 아, 아니겠다. 진짜 프레퍼족이나 생존주의자 동영상 본적 있어? 그 사람들은 세상이 언제 끝날 거라는 얘기 같은 건 안 하거든. 그냥 대비하는 것 자체를 중요하게 생각하지."

"난 그런 동영상 본 적 없어. 이제부터 봐야겠다. 계속 읽어 봐."

"'아직 시간이 있습니다. 계산에 따르면 2010PL7은 4월이나 5월에 지구 궤도에 진입할 것입니다. 충돌 지역은 충돌이 얼마 안 남았을 때쯤 알 수 있을 것입니다. 살아남기 위해 대비해야 합니다. 가족과 친구를 생각하십시오. 그들을 사랑한다면 제 말을 들으십시오.'"

"오오, 잘됐다."

"잘됐다고?"

맥은 세상 모든 일에 즐거워하는 아이다. 오늘만 세 가지 이유로 즐거워했다. 새로운 마블코믹스 영화 예고편이 나와서, 가방에서 멘토스 한 통을 발견해서, '가을 냄새'가 나서(실제로 정확히 이렇게 표현했다). 그러니까 세상엔 몹시 나쁜 면도 있다는 걸 상기시켜 주는 것이 내 역할이다.

"지구가 폭발하거나 사라진다는 건 아니니까 잘됐지. 살아남는 사람들도 있겠네. 우리처럼 똑똑한 사람들."

"우리야 살아남지. 생존용품 창고가 있는 우리 할아버지가 있는데."

"이 대재앙의 날에서 살아남으려면 뭘 해야 해?"

"대재앙의 날이라니 뻔한 재난 영화에 나오는 말 같잖아. 이런 걸 부르는 말이 있지. '티어트워키(TEOTWAWKI)'라고 해. '우리가 아는 세상의 끝(The End Of The World As We Know It)'의 줄임말이야."

"그런 말이 있어? 실제로 쓰는 말이야?"

"이런, 내가 너무 많은 걸 말했군."

나는 연기하듯 말하고는 아이패드를 다시 맥의 가방에 넣었다.

"그러지 말고 나도 좀 알려 줘, 엘. 세상의 종말을 믿는 사람들의 비밀 모임, 나도 알고 싶어. 배우고 싶어. 가르쳐 줘."

맥이 내 손을 잡으려고 두 손바닥을 나에게 내밀었다. 애정 표현이나 뭐 그런 게 아니다. 사람들이 그렇게 오해할 땐 짜증 나기도 하는데, 이건 우리가 서로에게 주의를 집중하고 있는지를 확인하는 맥만의 방법이다.

"비밀 모임인데 어떻게 말해. 아아, 나 회원 자격 박탈되는 거 아니야?"

"소행성 충돌 소식을 누구한테 알리지? 누구를 구하지? 벙커에는 누구를 데려가고?"

질문을 늘어놓으며 맥의 얼굴은 점점 싱글벙글했다. 맥의 치아 수를 셀 수 있을 것 같았다.

"가족을 데려가야지. 가능하면 의사랑 괜찮은 요리사도."

"오, 좋은 판단이야, 엘. 그럼 마지막 몇 달은 어떻게 보내야 할까?"

"나도 몰라."

"에이, 상상력을 써 봐. 가상이잖아. 어릴 때 너희 지하실에 요새 짓고 내가 드래곤튼의 로드 에이스, 네가 플린타나의 마법사를 했던 것처럼."

나는 맥의 부모님한테까지 들릴 만큼 요란한 한숨을 쉰 다음 말했다.

"음, 학교 그만두고 파리로 갈 거야."

"파리에 가고 싶어?"

"그냥 아주 먼 곳, 딱 외국 같은 외국을 생각하니까 파리가 생각났어. 로드 에이스 당신은 지구의 마지막 몇 달 동안 뭘 하고 싶으신지?"

"물어봐 주셔서 고맙군요."

맥은 목을 가다듬고는 더 똑바로 앉더니 하고 싶은 것들을 말했다.

"난 산에 오를 거야, 아주 높은 산. 돌고래랑 수영도 할 거야. 낙타 아니면 코끼리 아니면 얼룩말도 타 볼 거야. 비행기에서도 뛰어내릴 거야."

"낙하산은 메고 뛰길 바란다."

"야구 경기에서 애국가를 부를 거야. 세계 신기록을 뭐든 하나 세워 볼 거야. 괜찮은 누군가랑 키스할 거야."

"우아, 연애할 생각까지."

나는 장난스럽게 뽀뽀 소리를 냈다.

"야, 나는 꼭 결혼할 거야. 나를 남편으로 둘 사람은 행운아지."

"그런데 지금은 소행성이 지구에 충돌하기 전 얘기잖아. 단짝 친구로서 네가 열네 살에 결혼하는 걸 말리지 않을 수가 없다."

"그렇지, 그렇지. 체스 대회에서 우승하고 싶어. 수영부 주장도 되고 싶어. 유명한 사람도 만나고 싶어. '국민 퀴즈쇼'에도 나가고 싶어. 마라톤도 괜찮은 것 같아. 데이브스 도넛에서 도넛을 종류별로 다 먹어 보고 싶어."

"아이고, 다 했어? 꿈을 좀 더 크게 품어야지."

나는 맥의 어깨를 토닥거렸다.

"응, 우선은 여기까지. 만약 실제로 내년 봄에 세상이 끝난다면, 너랑 우리 가족이랑 가능한 한 많은 시간을 같이 보낼 거야. 너무 늦기 전에."

"어떻게 그런 말을 아무렇지도 않게 하냐."

나는 우웩 하는 소리를 덧붙였지만, 실은 나도 같은 생각이었다.

5장 푸르딩딩한 바가지 머리

일주일 중 내가 가장 좋아하는 날은 토요일과 일요일, 그리고 오후 2시 이후의 금요일이다. 가장 싫은 날은 월요일이다. 그런데 오늘은 월요일 중에서도 유독 힘든 월요일이 될 것 같다.

최근에 여자아이들과 몇몇 남자아이들이 밝고 선명한 색으로 머리를 염색하기 시작했다. 몇 가닥, 또는 머리카락 끝에만 염색하는 아이들도 있었다. 나는 지금까지 화장도 해 본 적 없고 옷에도 신경 쓴 적 없지만, 이번엔 관심이 생겼다. 그 머리가 멋져 보였다. 게다가 인터넷을 보니 직접 염색하기도 아주 쉬워 보였다. 어느 기사를 보니, 타 먹는 음료수 믹스를 염색약으로 쓰면 된다는 것이었다. 그래서 나는 보라색 패션프루트 맛 믹스 한 팩에 물을 조금 섞어 갠 다음 내 금발 머리카락 끝에 붓으로 발랐다. 결과는 대참사였다. 고르지 않은 데다가 할머니들의 머리카락처럼 회색빛 도는 푸른색으로 나왔다. 내 머리카락 끝에 푸른 덩어리들이 얼룩덜룩 그려져 있는 것이었다. 바로잡기 위해 나는 베리 맛 음료수 믹스와 부엌에서 찾은 어떤 식용 색소를 섞어, 짙은 파란색 염색제를 만들었다. 머리카락 전체를 그걸로 흠뻑 적신 다음에 랩으로 감쌌다. 한 시간 후, 내 머리카락은 미술 시간에 모두가 돌아가며 붓을 씻은 물 색깔이 되었다. 나는 머리를 직접 잘라 보았다, 아주 조금만. 인류 역사에서 직접 머리를 잘라서 잘된 사례는 없었다.

동생들은 웃음을 터뜨렸고, 아빠는 웃음을 참았다. 나는 아빠에게 간절히 부탁해 예약이 필요 없는 미용실로 함께 갔다. 코에 피어싱한 어린 미용사가 특수 약품으로 내 머리카락의 짙은 색을 거의 다 뺀 다음, 머리카락을 자르기 시작했다. 그런데 자르고 자르고 또 잘라도 도무지 멈추지를 않았다! 내가 그만 자르라고 해야 했지만 온몸이 마비되어 움직일 수 없었다. 나는 충격에 빠져 있었던 게 아닐까. 머리를 다 잘랐더니 거울 속의 나는 푸르딩딩한 금발의 바가지 머리를 하고 있었다. 나를 본 아빠는 웃지 않았다. 아빠는 세상에서 가장 슬픈 미소를 보이면서 이렇게 말했다.

"나한테는 여전히 제일 예쁘다."

다시 말하면 다른 사람들에게는 웃겨 보인다는 것이었다.

우리 반 교실에 도착하니, 학기 초부터 거의 두 달 동안 내 앞자리에 앉은 제러미 도너휴가 뒤를 돌아보고 저만의 미소를 지었다. 7학년에서 이 애가 제일 잘생겼다는 말이 있는데, 내 의견도 다르지 않다.

"야, 전학 온 남학생. 여기 앉으면 안 돼. 여긴 엘러리 자리야."

나에게 이렇게 말한 제러미는 제 친구와 눈을 맞추었고, 둘은 하이파이브를 하고는 소리 내어 웃었다.

나는 곧바로 바닥에서 무언가 줍는 척 몸을 숙이고는 100조각짜리 퍼즐도 완성할 수 있을 만큼 오랜 시간 동안 그대로 있었다. 차마 책상 밑으로 숨을 수는 없으니, 그에 가장 가까운 대안이었다. 뭐가 더 나쁜지 알 수가 없었다, 제러미가 내 머리를 놀리는 것과 내 이름을 모르는 것 중에서(작년에 우리는 미술 시간 짝이었다. 서로의 초상화 그려주기까지 했다!).

아침 내내 다들 내 머리를 놀렸다. 그리고 체육관으로 가는 복도에서 나는 넘어졌다, 밟은 것도 없는데! 우주가 작정하고 발을 걸어 넘어뜨린 것 같았다. 아니, 뒤에서 발로 찬 것 같았다. 그리고 수학 시험에서는 70점을, 사회 숙제는 60점을 받았다. 둘 다 아빠 서명을 받아 가야 했다.

심지어 내가 그나마 유일하게 좋아하는 수업인 과학 수업도 순탄치 않았다.

숙제를 깜박하고 안 해 갔는데, 내 잘못이 아니었다. 과학은 평소에 숙제가 거의 없는 과목인데다가, 머리카락 대참사 때문에 정신이 하나도 없었으니까.

담임 선생님이자 과학 선생님인 월시 선생님은 수업이 끝난 후 나를 구석으로 불렀다. 매일 실험 가운을 입고 부스스한 올림머리를 한 백인 여자 선생님으로, 7학년을 교육하는 자기 일을 아주 진지하게 생각하는 사람이다.

"엘리너, 숙제를 안 했어? 무슨 일인지 얘기해 볼래?"

나는 어깨만 으쓱했다.

"엘리너, 그렇게 어려운 숙제도 아니었잖아. 흥미롭게 느껴지는 과학적 질문을 세 가지 생각해 오기만 하면 되는 거야."

"죄송해요. 다음부턴 더 잘할게요."

우리 아빠나 선생님, 또는 다른 어른의 설교에서 빠져나오기 위한 나의 단골 멘트다.

"우리 같이 생각해 보자. 네가 답을 찾고 싶은 궁금한 일이 뭐 없을까?"

어떻게 하면 하룻밤 사이에 머리카락이 다시 자라날 수 있어요? 왜 평일은 주말보다 하루가 두 배나 길어요? 저 스페인어 수업에 지각하나요?

"잘 모르겠는데요."

과장된 몸짓으로 의자 등받이에 털썩 등을 기댄 선생님은 한 손으로 자신의 이마를 쳤다.

"이런, 내 실험이 실패했는걸. 학생의 관심사를 알아내려고 했었는데 말이야."

"죄송해요, 선생님. 제가 조언을 드리자면, 학생한테 너무 많은 걸 기대하시면 안 돼요. 초짜 선생님들이 하시는 흔한 실수죠."

선생님은 미소를 지으며 고개를 절레절레 흔들었다.

"난 초짜가 아니야. 교단에 선 지 2년째라고. 그리고 아직은 포기 못 해. 너의 14년 인생에서 너의 궁금증을 자극하는 일이 분명히 있었을 거야. 좀 더 자세히 알고 싶은 일 말이야."

나는 소행성 충돌설과 콜런 박사가 떠올랐다. 주말에 그 웹사이트를 몇 번 더 들어가 보았지만 새 글은 올라와 있지 않았다.

"저기…… 알고 싶은 게 하나 있는 것 같아요."

나는 그 일 이야기를 어떻게 꺼내야 좋을까 궁리했다.

"뭔데?"

"저기, 종말은 어떻게 올까요?"

"우아! 거참 엄청나게 커다란 질문이네."

"지구 폭발이나 뭐 그런 게 궁금한 게 아니라, 인류의 종말이 어떻게 일어날지 궁금해요. 우리는 무엇 때문에 멸종하게 될까요? 선생님이 좋아하시는 공룡도 멸종했잖아요."

월시 선생님은 한때 고생물학자였다. 7학년의 첫 주에는 자신이 화석지에서 일하던 모습의 사진도 보여 주었다.

"공룡이 어떻게 멸종했는지는 내가 알려 줄 수 있지. 지금의 멕시코 자리에 소행성이 날아와 충돌했어. 그 자리에 엄청난 파괴가 일어났고, 그 후로도 오랫동안 변화가 꼬리에 꼬리를 물고 일어나서 지구의 환경이 변해 버렸어."

"소행성 때문이었다고요? 정말요? 확실해요?"

"소행성일 수도 있고 혜성일 수도 있긴 한데, 그것 빼곤 확실해!"

선생님이 갑자기 공중에 주먹을 휘두르더니 내 얼굴을 가리키고는 말했다.

"있네, 있어! 네 눈에 반짝반짝하는 호기심. 아아, 고맙다, 엘리너. 7학년에 대한 나의 믿음이 회복됐어."

나는 고개를 저으며 웃음을 참았다.

"네, 뭐 소행성이랑 멸종은 조금 흥미로운 것 같네요."

"조금? 공룡은 1억 5천만 년 이상 살았던 동물이야. 인간이 살아온 지는 30만 년도 안 됐어."

"그럼…… 소행성 때문에 대멸종이 또 일어날 가능성도 있어요?"

"가능성이야 얼마든지 있지. 지금까지 지구에서는 대규모 멸종이 다섯 번이나 있었어."

"그게 전부 다 지구에 충돌한 소행성 때문이었어요?"

초조했다. 콜런 박사라는 사람의 웹사이트에 대해서 선생님에게 말해야 하는데 말이 나오지 않았다. 비슷한 일이 과거에도 있었다는 것을 콜런 박사도 알까? 아마 알 것이다.

"그건 아니야."

선생님이 의자를 빙글 돌려서 교탁 뒤 책장을 보았다. 검지로 책등을 죽 훑다가 교과서라기보다는 소설책처럼 보이는 책 한 권을 뽑았다. 『45억 년 지구의 역사』.

"자. 네가 재미있어 할 것 같아서."

내가 받지 않자, 선생님은 그 책을 책상 모서리에 내려놓았다.

"안 빌려주셔도 괜찮아요."

나에게 과제를 더 내려는 속셈이 분명했다. 어쩌면 과학 박람회에 나가라고 권할지도 몰랐다.

"이 책 받아 가면 이번 숙제 안 한 것 넘어가 줄게. 그리고 수업 시간에 분수령 지도 그리기 다 안 한 것도 넘어가고."

선생님이 책 표지를 톡톡 두드리며 이어 말했다.

"읽어 보면 꽤 유용할지도 몰라. 어쩌면 과학 박람회에 나가고 싶어질지도."

내 이럴 줄 알았지!

"어쩔 수 없죠. 감사합니다."

나는 무거운 한숨을 내쉰 다음에 그 책을 잡았다.

"아아, 두고 봐라, 엘리너. 과학이 네 인생을 바꿔 놓을 수도 있어."

월시 선생님은 신이 나서 짝, 손을 마주 잡았다.

6장 첫 번째 이메일

월시 선생님의 책은 어쩌면 내가 학교 선생님에게서 받아 본 가장 흥미로운 책인지도 모르겠다. 거실에서 무릎에 버블스를 앉힌 채, 나는 K-T 멸종 사건에 관한 장을 한 번 더 읽었다.

지금으로부터 약 6500만 년 전, 지름이 적어도 10킬로미터는 되는 소행성이 멕시코의 유카탄반도에 충돌했다. 시속 약 10만 킬로미터의 속도로 날아온 그 소행성 때문에 지구에 지름 150킬로미터가 넘는 구덩이가 생겼다. 반경 약 1000 킬로미터 이내의 모든 동물이 즉시 사라졌다. 수백만 개의 핵폭탄이 동시에 터진 것이나 다름없었다. 그로 인해서 높이가 600미터나 되는 해일이 일었고, 북아메리카 대륙의 서부가 마치 트램펄린처럼 움직일 정도로 큰 지진이 일어났다 (이 책에 따르면 티라노사우루스도 공중으로 떴다고 한다). 소행성의 조각과 바위, 흙이 대기로 솟았다. 그리고 이것들이 다시 지구 표면으로 떨어지면서 불이 붙었다. 불덩이들이 하늘에서 마치 비처럼 내려온 것이다! 지구 곳곳의 화산이 지나칠 정도로 활동하기 시작했다. 가장 몸이 큰 동물들이(이를테면 공룡처럼) 빨리 전멸해 버렸다. 살아남은 동물들은 작은 동물들이었고, 대부분이 땅 밑에 살았다.

마치 공포 영화를 본 것처럼 심장이 쿵쿵 뛰었다. 나는 공포 영화를 싫어한다.

"엘리너!"

나도 버블스도 같이 놀랐다. 아빠가 문 앞에 서 있었다.

"이게 뭐야?"

아빠가 든 것은 내가 탁자 위에 펜과 함께 올려 둔 수학 시험지와 사회 숙제였다.

"아빠가 해야 하는 숙제야. 학부모 서명하기. 쉽지?"

"엘리너, 너는 이보다 더 잘할 수 있잖아."

"난 공부에 소질 없어. 우리 집 수재는 필립이지. 아빠는 자식 중에 똑똑한 애가 하나라도 있는 걸 기쁘게 생각해야 해."

아빠는 한숨을 쉬었다.

"엘리너, 우등생이 되라는 거 아니야. 그냥 네가 할 수 있는 최선을 다하라는 건데, 이건 네 최선이 아니잖아. 봐, 넌 이걸 마무리하지도 않았어."

아빠가 사회 숙제를 가리켰다. 보고서를 쓰는 숙제였는데, 나는 맨 끝에 참고 자료의 출처를 적어 두지 않았다. 그 부분이 5점짜리였지만 했더라면 몇 시간, 아니, 며칠이 걸렸을 것이다.

"할게."

"그래야지. 그리고 끝마칠 때까지는 아무 데도 못 가. 맥네 집에도. 그리고 수학 공부하면서 도움이 필요하면 아빠한테 말해."

"알아."

아빠는 기계 기술자이고, 숫자와 관련된 것은 두루 잘한다. 수학도 좋아해서, 우리 수학 숙제를 봐주기도 좋아한다. 하지만 아빠는 그냥 답을 맞혔는지만 보는 게 아니라 우리가 '이해했는지' 확인하려고 추가 문제를 내서 문제다.

나는 버블스와 함께 내 방으로 들어왔다. 숙제를 마무리하는 것도 생각해 보았다. 출처 적어 넣기는 사실 몇 시간이 아니라 20분 정도면 끝날 일이었다. 시작하기만 한다면 말이다. 하지만 소행성 생각이 머릿속에서 떠나지 않았다. 공룡이 살던 시대에 떨어진 것뿐 아니라 새로운 소행성 생각도 말이다. 과학자들의 주장에 따르면 K-T 멸종 사건을 일으킨 소행성은 지름이 10킬로미터 정도였는데 콜런 박사가 지구로 날아오고 있다고 주장하는 소행성의 지름은 얼마였는지 기억이 안 나, 나는 인터넷에 접속했다.

확인해 보니 소행성 2010PL7은 좀 더 작았다. 지름이 5.5킬로미터 정도에 동그랗기보다는 감자 같은 모양이라고 한다. 이 정보들은 전혀 나를 안심시켜 주지 않았다.

나는 콜런 박사의 웹사이트 이곳저곳을 클릭해 보면서 '하하, 거짓말이지롱. 속았지?' 하는 그림이 뜨지 않을까 기대해 보았다. 나는 소행성에 맞아 짜부라지고 싶지도, 비처럼 내리는 불덩이를 맞고 싶지도 않으니까. 하지만 그런 그림 대신 동영상 하나를 찾았다.

영상 속에 콜런 박사가 지저분한 사무실에 앉아 있었다. 그가 목을 가다듬더니 이렇게 말했다.

"저는 마틴 콜런 박사입니다. 천문학과 물리학을 가르칩니다. 지금 하버드 대학 제 교수실에서 이 영상을 찍고 있습니다. 내일부터는 제가 이 학교에 오고 싶어도 오지 못하게 됐습니다. 수많은 논문을 쓰고 여러 상을 받았으며, '행성의 기원 회의'의 장이기도 한 종신교수지만, 진실을 말하고 인류를 구하려 했다는 이유로 강제로 이곳을 떠나게 된 겁니다."

콜런 박사가 이리저리로 뻗친 회색 머리카락을 한 손으로 쓸어 넘기고 새하얀 턱수염을 긁었다. 그러고는 화면 왼쪽 어딘가를 바라보았다. 걱정이 가득해 보이기는 해도 미친 사람처럼 보이지는 않았다.

"저는 싸울 수 있었습니다. 법적으로 싸울 수도 있었습니다. 하지만 직업과 위신보다 더 중요한 것도 있는 법입니다."

커다란 노크 소리가 들려와 박사는 말을 멈추었다. 그러다 카메라로 몸을 더욱 숙였다.

"제발 이 소행성 소식을 퍼뜨려 주십시오. 제 말은 틀리지 않습니다. 학자로서 22년 동안 연구하면서도 저는 한 번도 틀린 적이 없습니다. 제 글을 읽어 보십시오. 장담하건대 제 말이 맞습니다. 저도 제발 이것이 틀린 추측이면 좋겠습니다마는, 저는 진실을 말씀드리는 것입니다."

이제 콜런 박사는 소리치고 있다. 입에서 침이 마구 튀고 약간 미친 사람처럼 보이기는 한다. 박사가 큰 한숨을 내쉬더니 말했다.

"제가 드리는 정보에 여러분의 목숨이 달려 있습니다."

영상 속 보이지 않는 곳에서 불분명한 말소리가 들려왔다. 콜런 박사가 의자를 뒤로 밀었고 그 의자가 책더미에 세게 부딪혔다. 화면이 옆으로 돌아가면서 아무것도 보이지 않게 되었다.

이 웹사이트에 올라온 새 게시물은 이것뿐이었다. 나는 이미 읽은 글들을 또 읽었다. 소행성이 지구에 충돌하는 내년 봄, 우리의 세상은 끝난다는 내용.

콜런 박사의 사진에 링크 몇 개가 추가되어 있었다. 그의 이력 같은 것들이었다. 그중 몇 개를 클릭해 보니 블랙홀의 진화, 시공 이론 따위에 관해 쓴 논문이 나왔다. 나로선 맨 위에 적힌 요약조차도 이해할 수 없었지만, 한 단락에 복잡하고 긴 단어를 그렇게 많이 쓸 수 있는 사람이라면 엄청난 학자가 분명했다. 이런 논문이나 이력에는 맞춤법이나 문법 실수가 하나도 없었다(적어도 내가 알아볼 수 있는 실수는 말이다). 반면 박사가 만든 웹사이트에는 여기저기에 그런 실수가 있었다. 그래도 어쨌거나 대단한 경력을 지닌 사람이다.

나는 맥에게 문자를 보냈다.

> 나: 콜런 박사 웹사이트 확인해 봐, 당장!

맥은 글자를 말소리로 바꿔 주는 '보이스오버' 장치를 이용해 문자 메시지를 확인하고, 문자 메시지를 보낼 때는 말소리를 글자로 바꾸어 주는 장치를 이용한다. 그러니까 맥에게 문자를 보낼 때는 문장부호 같은 게 필요 없는데, 나는 그래도 다 쓴다. 그리고 맥이 문자를 확인할 때 부모님이 같이 들을지 모른다는 점도 늘 감안한다.

나: 보고 네 의견을 말해 줘.

답 문자가 10분 후 도착했다. 중요한 연락을 기다릴 때는 10년보다 길게 느껴지는 시간이다.

맥: 어떡해 우리 다 죽어

아무래도 장난스러웠다. 그럴 때가 아닌데 말이다. 나는 맥에게 전화했다. 맥은 깔깔 웃으면서 전화를 받았다.

"야, 너 진지하게 답한 거 아니지?"

"아닌데. 나 진지한데. 하핫, 미안."

이제 맥은 목을 가다듬고, 목소리를 한껏 깔아 말했다.

"우리 모두 이 문제를 걱정하고, 콜런 박사의 말에 귀를 기울여야 해."

"솔직히 똑똑한 사람 같아. 그런데 그 동영상에서는 막 흥분하고 난리가 났더라. 정신 나간 것처럼."

"세상의 종말 이야기를 하는 거니까 그렇겠지. 티어…… 그 뭐라고 했지?"

"티어트워키."

나는 침대에 털썩 누워 물었다.

"우리 어떻게 해야 해?"

"글쎄, 너희 할아버지는 이미 이런 일에 준비되어 계시잖아. 네가 걱정할 게 뭐가 있어."

"할아버지한텐 아직 말 안 했어."

"진짜? 너희 할아버지가 완전히 꽂히실 일인데. 왜 말 안 했어?"

"모르겠어."

"음, 내가 너라면 너희 할아버지랑 아빠한테 얘기할 거야. 이 박사라는 사람, 굉장히 확신에 찬 것 같아."

"넌 너희 부모님한테 말할 거야?"

"말해야지. 시간 날 때."

시간 날 때라니. 유튜브 추천 영상을 언제 볼지 말하는 것도 아니고, 참.

"맥, 나 정말 진지해. 난 이게 진짜라고 생각해. 넌 안 그래?"

맥의 답을 기다리면서 나는 숨을 죽였다.

"나도 그래."

맥이 부드러워진 목소리로 대답했다. 맥과 통화를 마치고, 나는 내가 아는 유일한 프레퍼족인 할아버지에게 전화했다.

"저는 조입니다. 메시지를 남겨 주세요. 물건 팔려고 전화했다면 그냥 꺼져 버리시고."

할아버지가 마지막에 덧붙인 웃음소리 때문에 덜 사납게 들렸다.

"저 엘리너예요. 시간 나실 때 전화 좀 해 주실래요? 중요한 건 아니에요. 별일 없어요. 사랑해요. 그래도 전화는 해 주세요."

아무래도 별일 없는 목소리를 내지 못한 것 같다.

아빠와 필립, 에드워드는 아래층에서 게임을 하고 있다. 지금 내가 내려가서 이 이야기를 하면, 동생들은 게임을 방해했다고 불만스러워할 것이다. 나는 동생들이 잠든 후에 아빠에게 말하기로 했다.

너무 많은 질문이 내 머릿속에 밀려들었다. 콜린 박사는 진짜인가? 학교에서 우린 인터넷의 정보를 곧이곧대로 믿어선 안 된다고 늘 배운다. 미디어 교육 담당 리치먼드 선생님은 인터넷에서 믿을 수 있는 자료를 구분하는 법에 관해서 세 번에 걸쳐 수업해 주었다. 위키피디아에 나온 내용을 과제에 썼다가는 소년 원에 갈지도 모른다. 그건 아닌가? 아무튼 아빠도 우리 남매들에게 비슷한 경고를 했다. 아빠는 동생들이 쓰는 컴퓨터에 자녀 보호용 소프트웨어를 깔아 두었다. 나는 중학생이 되면서 나만의 노트북을 가지게 되었는데, 아빠는 내게 책임 있게 인터넷을 쓰겠다는 약속을 받고 자녀 보호 장치를 깔지 않았다. 나는 옳고 그름이 판단되지 않으면 아빠에게 물어보겠다고도 약속했다. 아직까지는 아무 문제 없었다.

나는 콜런 박사의 웹사이트를 다시 훑어보다가, 새로 생긴 이메일 버튼을 발견했다. 클릭. 나는 최대한 빠르게 메일을 썼다.

콜런 박사님께
이 소행성, 정말 확실한가요? 그러니까, 1000퍼센트 확신하시나요? 우리 가족들에게 말하고 싶은데, 저를 미쳤다고 생각할 것 같아요. 아마 박사님도 미친 사람이라고 생각할지도 모르고요. 박사님이 받으신 그 많은 상을 보면 틀림없는 전문가인데도 말이죠. 가족들에게 이 사실을 알릴 수 있게 절 좀 도와주세요.

E.J.D. 올림

인터넷에서는 이름을 공개하지 말라고 배웠기 때문에 나는 약자로만 이름을 적었다. 내가 나이를 말하지 않았으니 콜런 박사는 나를 성인이라 생각할 수도 있었다. '보내기'를 누르면서 손이 조금 떨렸다.

이제는 정말 과제에 출처를 적고 오늘의 과제도 해야 했다. 하지만 난 샤워를 했다. 이제 머리카락이 없어서 오래 걸리진 않았다. 그러고는 부엌에 가서 간식을 먹었다. 과제는 어떻게 되어 가냐는 아빠의 질문을 피하려고 귀에는 이어

폰을 꽂았다. 방으로 돌아온 나는 이제야말로 사회 과제를 마무리하기로 마음먹었다. 딱 이메일만 확인하고 나서 말이다. 콜런 박사가 벌써 답장을 썼을 리는 없으니까 과제를 미루는 거라고 할 순 없었다.

그런데 이메일이 하나 와 있었다. 콜런 박사가 보낸 이메일이었다. 잠시, 나는 숨 쉬는 것을 잊었다.

E.J.D.님에게,

가족에게 말씀하십시오. 소중한 사람들의 안전이 우리 손에 달렸습니다. 당신이 안 하면 누가 하겠습니까? 가족들이 처음에는 받아들이지 않을 수 있습니다. 저 역시 많은 동료의 반발을 마주했습니다. 진실이 눈앞에 있는데도 보고 싶어 하지 않는 것입니다. 과학자들은 자존심이 너무 셉니다. 과학자로 살다 보면 자기가 먼저 중요한 것을 발견하고 영광을 얻으려고 앞다투어 경쟁하게 됩니다. 하지만 지금은 그럴 때가 아닙니다. 우리는 이 재앙에 대비해야 합니다. 그 소행성의 사진을 몇 장 첨부하겠습니다. 어쩌면 E.J.D.님의 가족들이 현실을 받아들이는 데 도움이 될지도 모르겠습니다.

제 말을 의심하고 있다고 해도 이해합니다. 세상의 종말을 예언한 사람들이 지금까지 많았지만, 다들 틀렸었지요. 하지만 우주에서 날아온 무언가가 지구와 충돌한 일은 지금까지 수없이 많았습니다. 그중 몇몇 경우에는 대규모 멸종으로 이어졌습니다. 수학적으로 볼 때, 인류의 삶이 바뀔 만한 심각한 충돌은 이미 일어나고도 남았을 시간입니다. 그동안 우리가 운이 좋았던 거죠. 하지만 내년 봄에, 그 운이 다하게 됩니다. 용기 내어 소중한 사람들을 지키십시오.

마틴 콜런 박사 올림

나는 이메일을 한 번 더 읽었다. 내가 무엇을 해야 할지 의심의 여지가 없었다.

"아빠! 이리 와 봐!"

7장 어마어마한 경고

"왜? 무슨 일이야?"

아빠가 허둥지둥 계단을 뛰어 올라오면서 소리쳤다. 내가 너무 크게 소리를 질렀나 보다. 아무리 목숨이 달린 일이어도 당장 큰일 나는 것도 아닌데.

급히 내 방을 둘러보는 아빠는 작업복 차림 그대로였다. 남색 바지, 허리춤에서 옷깃이 빠져나와 있는 하늘색 셔츠.

"무슨 일인데?"

아빠가 다시 물었다. 그리고 아빠의 겨드랑이 사이로 에드워드가 고개를 내밀고 물었다.

"거미 나왔어? 큰 거미?"

"아냐. 넌 저리 가. 난 아빠랑만 얘기할 거야."

이렇게 말하면 호기심 천국인 동생들을 자석으로 끌어당기는 것이나 마찬가지다. 이제 에드워드와 필립 둘 다 내 방에 서 있었다.

"아빠가 누나하고 얘기 좀 하게 너희는 가 있어."

아빠는 동생들을 밖으로 내보내고 방문을 닫았다. 그림자로 보건대 둘은 멀리 가지 않았다.

"무슨 일인데?"

"이것 때문에."

나는 그 웹사이트를 띄워 둔 노트북을 가리켰다. 아빠는 몸을 숙이고 웹사이트를 보았지만 오래 읽지 않았다. 아빠의 두 눈썹이 가운데로 모였다.

"이게 뭔데?"

"그 박사가 추적 중인 소행성이 내년 봄에 지구에 충돌해."

아빠에게 말할 걸 생각하니 긴장되었는데, 막상 말하자 흥분되었다. 아빠는 다시 웹사이트를 읽기 시작했다. 기다리면서 나는 입술을 잘근거렸다. 아빠의 읽기 속도가 이렇게 느린 줄 몰랐다. 도저히 더 기다릴 수 없어서 나는 콜린 박사가 교수실에서 찍은 동영상을 클릭하고는 화면과 아빠를 번갈아 보았다.

"어떻게 생각해?"

"그거…… 참 흥미롭네."

아빠는 노트북 옆을 손가락으로 두드렸다.

"우리 어떻게 해야 해?"

아빠에게 물었다. 내 머릿속은 수많은 생각으로 윙윙거렸다. 벙커가 필요할까? 물은 얼마나 있어야 할까? 군용 식량은 너무 싫지만 그걸 더 장만해야겠지? 삼촌, 숙모들한테도 전화해야 할까? 아마 전화보다는 직접 만나서 말하는 것이 낫겠지. 맥네 가족도 대비할 수 있도록 우리가 도와야 할 텐데.

아빠는 웃었다.

"어떻게 하긴 뭘 어떻게 해? 이 영상은 풍자 코미디잖아."

"아니야."

"엘리너, 너 이 말도 안 되는 걸 믿는단 말이야?"

아빠는 마치 우리가 서로 다른 언어를 쓰기라도 하는 것처럼 고개를 갸우뚱한 채 나를 보았다.

"아빠, 이 박사는 티어트워키가 언제 오는지를 말해 주는 거야!"

아빠가 끙 소리를 내더니 책상 의자를 빼서 앉았다.

"하아, 내가 너희 할아버지 때문에 진짜……."

"할아버지랑 상관없어. 이 웹사이트는 내가 찾은 거라고, 내가."

주먹을 꽉 쥐어 내 손톱이 손바닥을 파고들었다. 버블스가 내 무릎 위로 올라오려 했지만 내가 밀어냈다.

"'티어트워키' 같은 용어를 보통 애들은 몰라. 네 할아버지가 자꾸 그런 이야기를 하시고 생존 훈련이니 뭐니 하시니까 너도 그걸 보고……."

"아니야! 나 생존 훈련 싫어하고 깨끗한 식수 만들기 같은 것도 싫어해. 에드워드랑 필립이 좋아하지, 난 아니야."

나는 그것도 모르는 아빠가 답답해 고개를 저었다.

"알았다."

아빠가 항복하듯 두 손을 올렸다. 나는 노트북을 아빠에게 건넸다.

"아빠, 이거 자세히 읽어 봐. 내가 잘 준비 하는 동안 빠짐없이 읽어."

나는 욕실로 가서 양치를 천천히 했고, 부엌에 가서 마실 물도 떠 왔다. 그 증거들을 아빠가 꼭 확인해야 했다. 방으로 돌아와 보니 아빠는 이미 노트북을 덮은 채, 버블스의 귀 뒤를 긁어 주고 있었다.

"아빠한테도 보여 줘서 고맙다."

"그래서, 어떻게 생각해?"

"이 소행성은 걱정할 것이 못 돼."

"그 소행성은 진짜야!"

"진짜겠지만 안 위험해. 세상은 그 소행성 때문에 끝나지 않아."

"그러면 어떻게 끝나는데?"

"아무도 모르지, 엘리너. 이 박사는 그걸 몰라. 너희 할아버지도 몰라."

"콜린 박사는 알아. 하버드 대학 박사야. 세계 최고의 천체 물리학자 중 한 명이라고. 이 사람이……."

"진정해, 엘리너. 전문가도 틀릴 때가 있어. 자기 지위를 남용하기도 하고."

"아니야."

"이상한 부분이 한두 군데가 아니야. 제대로 된 과학적 주장이 아니야. 어마어마한 경고를 하면서, 증거라고는 희미한 위성 사진들뿐이야."

나는 울고 싶지 않았지만 참기 어려웠다.

"그래도 그 박사 말이 옳으면 어떡해?"

"너희를 안전하게 지키는 게 아빠의 가장 중요한 일인데, 그런 내가 봐도 그 소행성은 너희의 안전을 위협하지 않아. 아빠 말 믿어."

고개를 기울인 아빠의 얼굴은 나를 딱하게 여기는 듯했다.

나는 아빠 말을 믿고 싶어서 고개를 끄덕였다. 아빠는 똑똑한 사람이다. 하지만 자동차 에어컨을 설계하는 기술자지 천체 물리학자가 아니다.

"아빠하고 약속하자. 이 일 때문에 걱정되거나 더 궁금한 게 있으면 꼭 아빠한테 이야기하기로. 넌 혼자 너무 많은 생각을 할 때가 있어."

"알았어."

나는 거짓말로 대답했다. 증거가 더 나올 때까지는, 진짜라는 것을 설득할 수 있을 때까지는 아빠에게 이야기하지 않기로 마음먹었다. 어차피 소행성이 가까워질수록 더 많은 과학자가 나서서 목소리를 낼 것이다. 더 선명한 사진, 더 많은 데이터가 나올 것이다. 그때까지는 기다려야 한다. 내년 봄에 세상의 종말이 오더라도 그때까지는 한 학기나 남아 있다.

· ★ ·

아침 알람이 울리기 전에 내 전화기가 울렸다. 발신자를 보니 할아버지였다.

"무슨 일 있냐?"

내가 '여보세요'도 하기 전에 할아버지가 소리쳐 물었다.

"별일 없어요."

"너하고 네 아빠 둘 다 어젯밤에 나한테 전화를 했잖냐. 생전 이런 일은 없는데. 진짜 아무 일 없어?"

"아빠가 언제 전화했는데요?"

"네가 전화하고 얼마 후에 했어. 진짜 무슨 일이야? 내가 네 아빠한테 전화해서 물어볼까?"

"아빠가 따지는 거 듣고 싶으신 거 아니면 아빠한텐 전화 걸지 마세요."

"네 아빠가 나한테 따지는 건 처음도 아닌데 뭘."

나는 콜런 박사와 소행성 이야기를 할아버지에게 하지 말까도 생각했다. 어른들은 판단을 너무 빨리 내려 버린다. 때론 설명을 다 하기도 전에.

"여보세요? 엘리너, 너 끊었냐?"

하지만 할아버지는 다른 어른들과 다르다.

"컴퓨터 좀 켜 보세요. 보여 드릴 인터넷 사이트가 있어요."

나는 그 사이트의 주소를 말해 주었다. 그러고는 전화를 침대에 내려놓고 화장실에 다녀오고, 버블스도 뒷마당에 데리고 나갔다 들어왔다.

"보셨어요?"

나는 방으로 돌아와, 젖은 손을 바지에 닦으며 할아버지에게 물었다.

"세상에나 마상에나. 넌 이 사이트를 어떻게 찾았냐?"

"우연히요."

"이건…… 참…… 너무나 놀랍다."

할아버지의 거친 숨소리에 나는 전화기를 귀에서 떨어뜨렸다.

"할아버지는 거기 적힌 걸 믿으세요?"

"여기에 안 믿을 게 뭐가 있냐? 이 대단한 과학자가 세상이 끝날 거라고 알려주고 있는데. 아아, 이럴 수가, 이럴 수가."

갑자기 할아버지에게 심장마비가 오는 것은 아닐까 걱정되었다. 마음의 준비를 하시라고, 앉아서 전화를 받으시라고 미리 경고할걸.

"괜찮으세요?"

"그래. 웹사이트 읽어 보고 있었다. 내년 봄이라고? 우리가 대비할 시간이 대여섯 달밖에 안 남았다는 소리네."

나는 어깨의 짐이 한결 가벼워지는 느낌을 받았다. 이제 나 혼자가 아니다.

"아빠는 그걸 안 믿어요."

"항상 저만 똑똑한 줄 알지. 네 아빠는 그런 소리 하려고 전화했던가? 저녁 8시도 넘어서 말이지. 거의 9시였어."

"네. 그리고 9시는 그렇게 늦은 거 아니에요, 할아버지."

"소행성이 충돌하고 나면 9시도 늦은 시간이 되겠지. 해 떨어지면 자고 해 뜨면 일어나야 할 테니까."

"우리가 살아남는다면 그렇겠죠."

"살아남지, 살아남고말고. 우리 집안은 무엇이든 다 이겨 낼 수 있다."

할아버지가 가슴을 한껏 내미는 모습이 안 봐도 눈에 선했다.

"아빠한테도 그렇게 말씀하실 거예요? 아빠는 안 믿……."

"고 작고 예쁜 머리에 걱정 따위는 담지 마라, 엘리너. 네 아빠는 내가 알아서 할 테니까."

"그건 좀 성차별적인 말이에요. 여자애들한테 작고 예쁜 머리에 걱정 담지 말라는 말은 하지 마세요."

"그래, 사과한다. 하지만 그 부분만 빼면, 진심이다. 네 아빠 걱정은 하지 말란 말이야."

손에서 전화기가 떨렸다. 알람이었다. 하루를 시작할 때였다.

"감사해요, 할아버지. 이제 학교 갈 준비 해야 해요. 나중에 또 얘기해요."

"알았다. 사랑한다, 엘리너. 그리고 할아버지한테 정보를 공유해 줘서 고맙다. 우린 무사히 살아남을 거다."

"저도 사랑해요."

나는 서랍장 위에 있는 거울 속을 가만히 보았다. 아직도 푸르딩딩한 못난이 바가지 머리를 한 나를 말이다. 숙제를 다 못 해서 아침을 먹으면서 해야 하고 (아빠에게 안 들켜야 하고) 체육이 든 날이니까 창피나 부상을 겪을 위험이 있었다. 그런데도 어쩐지 다 괜찮을 것 같은 기분이 들었다. 소행성이 지구에 충돌해서 좋다는 건 아니지만, 덕분에 세상이 조금 다르게 보였다.

8장 점심시간의 대화

점심시간에는 남들이 듣지 않게 대화를 나누기 어렵다. 내가 앉은 곳은 식탁의 가장자리고 맥이 내 오른쪽에 앉아 있지만, 제한된 공간을 모두 같이 쓰기 때문에 우리 맞은편에도, 맥의 다른 쪽 옆에도 아이들이 있다. 그 애들이 가끔 맥에게 말을 걸기도 한다. 나한테 말 거는 일은 없다.

"우리 엄마 아빠는 왜 안 믿지? 진짜 과학자가 하는 말인데 말이야. 콜린 박사가 뭣 하러 그런 걸 지어내겠어?"

"그러게 말이야."

나는 애써 작은 소리로 맞장구치며, 땅콩버터샌드위치를 한입 크기로 뜯었다.

"적어도 너희 할아버지는 믿으시니까 다행이다."

맥은 주스 팩을 색안경 가까이 들어 올려 무슨 맛인지를 확인했다. 크랜베리와 포도 맛 주스였다.

"맞아. 그리고 우리 할아버지가 믿는 게 우리 부모님들이 믿는 것보다 더 중요해. 그 분야를 잘 알고 가르쳐 줄 수 있는 사람이니까. 그리고 부모님들도 마음을 바꾸실 거야. 뉴스에 대대적으로 나올 테니까."

"너무 늦지 않길 바랄 뿐이야. 지하 벙커에 필요한 걸 다 채우려면 시간이 얼마나 걸릴까?"

맥이 사과를 캐러멜 소스에 찍으며 물었다.

"글쎄. 눈이 7센티미터 내린다는 뉴스만 나와도 가게에 우유랑 빵이 동나잖아. 위성 지도에 소행성이 뜬 뉴스가 나가면 어떻게 될까?"

"모두 소행성 충돌에 대비하시기 바랍니다."

맥이 이렇게 말하고는 휘파람을 불고 폭탄 터지는 소리를 냈다. 같은 식탁 아이들 절반이 우리 쪽을 보았다. 나는 맥을 조용히 시켰다.

"너희 무슨 얘기 하는 거야?"

이렇게 묻는 아이는 스펜서 데이비드슨이었다. 굽실굽실한 적갈색 머리카락이 두 눈을 덮은 백인 남자아이다. 평소에는 도미닉 밀러, 에이제이 펀리와 함께 다니지만, 지금은 그 애들이 아직 식당 줄을 서 있었다. 내가 급히 말했다.

"아무 얘기도 아냐."

"폭탄 어쩌고 그러는 거 내가 들었는데."

스펜서가 이렇게 말하더니, 맥이 낸 폭탄 소리를 따라 했다. 내가 고개만 저으며 발뺌하자 스펜서가 말했다.

"학교에서 폭탄 이야기는 하면 안 되지. 사회 시간 빼고는."

"폭탄 이야기 안 했어!"

나는 너무 큰 소리로 대답했다. 그때 도미닉과 에이제이가 왔다.

"무슨 폭탄?"

식판을 내려놓으며 에이제이가 물었다. 나는 팔꿈치로 맥을 쿡 찔렀다.

"네가 말해!"

맥의 말이라면 다들 믿으니까. 맥은 7학년 중 가장 신뢰받는 아이다.

"엘리너가 어떤 웹사이트를 찾았는데 말이야……."

"아니, 그 얘기 말고! 폭탄 얘기한 거 아니라고 하라고."

하지만 이미 늦었다.

"무슨 웹사이트?"

"뭘 발견했는데?"

"퍼먼 선생님 이야기를 하고 있었어? 그 선생님 감옥 갔다 왔다던데."

스펜서와 에이제이, 도미닉이 연이어 질문했고, 나는 얼굴이 점점 뜨거워지고 식은땀이 났다. 여자 화장실로 달려가고 싶었지만, 맥이 다 불어 버릴까 봐 자리를 지켜야 했다.

"그래, 우리 폭탄 얘기 하고 있었어. 내가 텔레비전에서 봤는데, 독일에서는 아직 2차 세계대전 때 안 터진 폭탄이랑 지뢰가 계속 발견된대."

나는 거짓말했고, 그 거짓말이 먹힌 듯했다. 맥이 거들어 주기만 하면 되었다. 나는 슬쩍 맥의 손목을 잡고는 힘을 꽉 주었다. 지금까지 단짝으로 지내 온 세월이 몇 년인데, 이 정도면 알아챌 터였다.

"진짜 그 얘기를 하고 있었다고?"

"응."

나는 이렇게 우기며 맥의 손목을 더 세게 쥐었지만 맥은 다르게 대답했다.

"아냐."

그러고는 내 손을 잡고 힘을 꽉 주는 맥. 진정시키려 하는 행동인 건 알지만 나는 심장이 빨리 뛰기 시작했다. 세 아이는 몸을 내밀었고, 스펜서가 말했다.

"얘기해 줘, 맥."

"그러니까 말이야, 세상의 종말이 예고된 웹사이트를 찾았어. 하버드 교수라는 사람이, 내년 3월에 지구에 혜성이 충돌할 거래."

에이제이, 스펜서, 도미닉 모두가 서로를 쳐다보았다. 이 말을 믿어야 하나 말아야 하나 결정하지 못하는 것 같았다.

"혜성? 진짜?"

그때 내가 말했다.

"혜성이 아니라 소행성이야. 3월이 아니라, 4월이나 5월이고."

이왕 공개할 거면 정확하게 해야지.

"아주 큰 충돌일 거야. 공룡들이 다 멸종해 버렸던 때처럼."

맥이 이렇게 덧붙이고 유기농 주스를 한 모금 마셨다.

"말도 안 돼."

도미닉이 말했다. 세 남자아이 중에 가장 키가 작은 아이다. 옅은 갈색 피부에 머리는 짙은 갈색인 흑인이고, 항상 체크무늬 셔츠만 입는다.

"공룡이 소행성 때문에 죽게 됐는지는 아무도 몰라. 원시인들이 공룡 사냥을 너무 많이 해서 멸종됐는지도 모르지."

에이제이는 이렇게 말하며 안경을 벗어 냅킨에 닦았다. 까만 눈, 단정히 빗은 까맣고 굵은 머리카락, 숱 많은 눈썹을 지닌 인도계 아이다. 나는 농담을 한 건가 싶어 계속 쳐다보았다. 농담이겠지. 영재 소리를 듣는 아이인데.

"아니야. 공룡이 멸종된 건 노아의 방주에 타지 않았기 때문이야."

도미닉이 말했고, 세 아이가 모두 웃음을 터뜨렸다.

"맞아, 그렇게 된 거야. 너 과학 숙제 다 했어?"

내가 화제를 바꾸려 맥에게 물었다.

"우리 과학 숙제 없는데."

앤 정말 도움이 안 된다.

"그럼 가짜가 아닌 거야? 세상이 정말 4월에 터져 버려?"

스펜서가 물었다. 맥이 아니라 나를 보면서 말이다. 나는 대답했다.

"4월 아니면 5월에. 그리고 지구를 날려 버릴 만큼 큰 소행성은 아니야. 지구는 계속 있지만, 세상이 다 무너져. 우리가 아는 세상은 끝나."

"소행성이 우리가 있는 쪽에 직접 떨어지지 않는 한 말이지."

맥이 거들었다. 그리고 목소리를 깔고 덧붙였다.

"우리 쪽에 떨어진다면 우리는 완전히 가루가 되어 버릴 거야."

"소행성이 우리 쪽에 떨어져? 경로가 어떻게 되는데?"

에이제이가 걱정하는 목소리로 물었다. 내가 대답했다.

"몰라. 우리 쪽에 떨어지면 우린 곧바로 죽어. 먼 곳에 떨어지면 살아남지. 살아남은 후를 대비해야 하는 거야."

모두가 나를 쳐다보고 있었다. 처음으로 점심시간에 다른 아이들과 대화해서 기분이 이상했다.

"전기도 깨끗한 물도 없을 거야. 며칠 내로 연료도 떨어질 거야. 토네이도가 왔을 때처럼 일주일 내에 대략 수습하거나 하는 건 불가능해."

나는 생각나는 대로 말하고 있다. 구체적으로는 나도 모른다. 하지만 케이블 채널의 프레퍼족 방송들을 할아버지와 꽤 보았다.

"원래대로 돌아가는 데는 얼마나 걸려?"

스펜서가 물었다.

"절대 전처럼 돌아갈 수 없어!"

맥이 흥분해서 대답했다. 나는 맥의 팔을 찰싹 때리고는 말했다.

"아냐. 몇 년은 걸릴 거야. 빙하 시대가 올 거니까. K-T 멸종 이후처럼. 공룡 멸종 말이야."

"이제 세상이 끝나면 우리 학년말 시험도 걱정할 필요 없는 거야?"

내가 답 대신 어깨를 으쓱하자 도미닉이 반달눈 웃음을 지으며 말했다.

"좋았어! 그러면 숙제도 굳이 할 필요 없어. 전기도 없고 물도 음식도 없는데 성적에 무슨 신경을 쓰겠어?"

스펜서는 물었다.

"소행성이 바다에 떨어지면? 그러면 우리 무사한 거야?"

"아니. 해일이라고 들어 봤어?"

스펜서가 고개를 절레절레 저었다.

"인터넷에서 찾아봐. 2004년에는 바닷물 벽의 높이가 15미터나 된 해일이 일어났어. 건물도 무너지고 마을 전체가 물에 잠겼어."

이건 윌시 선생님이 준 책에서 K-T 멸종 때 소행성 때문에 해일이 일었다는 내용을 읽고, 내가 직접 찾아본 것이다.

"소행성이 대서양에 떨어지면 그것보다 더 큰 해일이 생길 수도 있고."

"소행성, 해일, 곰. 아이고 무서워라!"

내 뒤에서 누군가 몸을 내밀고 이렇게 말했다. 누구지? 런던 디그스였다. 나는 놀라 런던의 식판에 정수리를 찧었다. 도대체 언제부터 엿들은 걸까?

"저리 가, 런던."

스펜서가 말했다.

"아이고, 한심해라. 뭔 소리든 다 믿지."

런던은 우리 쪽을 향해 말했지만 눈으로는 나만 보고 있었다.

"나는 요정이나 트롤을 믿지 않는걸."

맥이 희한한 말투로 대꾸하자 런던은 사나운 눈빛을 쏘고는 지나가 버렸다. 남의 하루를 5초 만에 망칠 수 있다는 것을 또 증명하면서.

"소행성이 남극에 떨어지면 어떻게 돼? 얼음에 충돌하나?"

"이제 이 이야기 그만할래."

나는 스펜서에게 이렇게 답했다. 식당 불이 잠깐 어두워졌다가 돌아와, 점심 시간이 5분 남았음을 알렸다. 푸딩 한 숟가락을 먹는데 나를 향한 에이제이의 말이 들려왔다.

"난 네 말 안 믿어. 내가 미국항공우주국 방송을 항상 보는데, 이런 이야기는 한 번도 안 나왔단 말이야."

이 이야기를 꺼낸 내 잘못이지. 아니 맥 잘못이다.

"그러면 사실이 아니야? 솔직하게 말해 줘, 엘리너. 금요일까지 내야 하는 독후감이 있단 말이야. 네 말이 진짜면, 내년 봄까지는 아무 일 없다고 해도 이번 학년 성적은 의미 없잖아. 시간 낭비 안 하고 싶어. 진짜야, 아니야?"

도미닉에게 맥이 대신 대답했다.

"진정해. 엘은 이미 자기가 아는 걸 다 말해 줬어."

맥은 도시락 쓰레기를 챙기고 캔디를 펼친 다음 덧붙였다.

"각자의 목숨은 각자가 알아서 합시다. 다들 잘 살아남길 바라."

우리 쪽 식탁이 잠시 조용해졌다. 에이제이가 물었다.

"그 웹사이트 주소가 뭐라고?"

9장 프레퍼족

목요일 방과 후, 할아버지가 말도 없이 우리 집에 들렀다. 나는 또 생존 훈련을 받을까 봐 걱정했다가, 사실 그 훈련이 필요하다는 걸 깨달았다.

"무슨 일로 오셨어요?"

나는 버블스를 안아 올린 후 대문을 열었다.

"주고 갈 게 있어서. 일부러 네 아빠 없을 때 왔다."

할아버지가 윙크를 날렸다.

"아빠하고 그 얘기는 해 보셨어요?"

벌써 며칠이 지났지만, 아빠는 내게 소행성이나 할아버지 이야기를 꺼낸 적이 없다.

"응, 문자로 좀. 네 아빠는 소행성 걱정이 아니라 네 걱정을 하더라. 자, 받아라."

할아버지는 들고 있던 낡은 책 한 권을 건넸다.

"좋은 책이야. 준비하는 데 도움이 될 거다."

나는 이 책을 안다. 프레퍼족의 필독서 같은 책으로, 내가 기억하는 할아버지 거실에는 언제나 이 책이 있었다. 표지를 넘겨 보니 내가 그린 나와 할아버지 그림이 있다. 삐뚤삐뚤 간단한 선으로 된 이 걸작을 아마 나는 여섯 살인가 일곱 살 때 그렸던 것 같다.

"잠깐 있어 봐."

할아버지가 트럭으로 달려가 커다란 파란색 플라스틱 통을 들고 왔다.

"안에 뭐가 들었어요?"

"필요한 것들. 너희들 생존 배낭에 있는 것만으로는 부족해."

그 통 맨 위에는 새 휴대용 정수기와 아주 커다란 구급상자, 그리고 작은 도끼가 있었다.

"우리 생존 배낭 안에도 정수기 있는데요."

"이건 그것보다 더 좋아. 최고로 비싼 거다. 마실 물은 최대한 안전하게 확보해야지. 맥 것도 하나 샀어. 자, 이걸 어디에다 둬야 너희 아빠 눈에 안 띌까?"

우리는 지하실에서 빈자리를 찾았다. 내가 옛날에 갖고 놀던 인형의 집 뒤에 할아버지가 가져온 통을 놓고 낡은 담요를 덮으니 감쪽같았다.

"고마워요, 할아버지. 할아버지가 제 편이라서 다행이에요."

"네 편 내 편이 어디 있냐. 이건 생존의 문제인데. 이 일에 있어서 우린 모두 함께다. 알겠나, 엘리너 이병?"

저녁을 먹고 가라는 내 권유에 할아버지는 볼일이 있다는 핑계를 댔다. 내 생각에는 아빠를 피하고 싶은 것이었다. 적이 눈앞에 없어야 '네 편 내 편이 없다'는 말도 하기 쉬운 법.

방으로 온 나는 할아버지가 준 책을 훑어보았다. 첫 장은 물과 음식에 관한 내용이었다. 식량을 많이 저장해 놓아야 하지만 식량을 기르는 법도 배워야 한다. 군용 식량과 통조림만 먹으며 평생을 살 수는 없으니 말이다. 나는 토마토와 오이를 할아버지 댁에서 길러 보았다. 낚시나 사냥은 해 본 적 없다. 어쩌면 나는 소행성 충돌 이후 채식주의자가 될 수도 있다.

나는 평화롭게 풀을 뜯는 공룡들이 표지를 장식한 공책을 집었다. 이 공룡들도 앞날을 내다볼 수 있었더라면 좋았을 텐데 말이다.

그 공책에 앞으로 필요한 것들과 해야 할 일들을 써 내려가기 시작했다.

할아버지의 책에는 각자가 스스로를 보호하는 법도 길게 나와 있었다. 총기와 탄약 설명이 책장을 넘겨도 넘겨도 이어졌고, 주변을 경계하기 위해 개들이 있으면 좋다는 내용도 나왔다. 한 마리도 아니고 개 '들'이 말이다! 그리고 사람들도 늑대들처럼 무리를 지어 다니게 될 것이라고 했다.

"넌 어떻게 생각해, 버블스? 동생 맞이하고 싶어?"

버블스의 턱을 살살 긁어 주었더니 목을 죽 빼고 눈을 감았다.

"좀 더 크고 더 사나운 개가 필요해. 기분 나빠지라고 하는 소린 아닌데, 전에 본 어떤 나비가 너보다 무서웠어."

컴퓨터로 나는 '경비견'을 검색했다. 완전히 훈련된 셰퍼드를 한 마리에 7000달러에 파는 웹사이트를 하나 발견했다. 버블스를 보호소에서 데려오면서 100달러를 냈기 때문에, 아빠가 경비견을 데려오는 데 동의할 리는 없어 보였다. 나는 버블스의 귀에다 속삭였다.

"내가 널 훈련 시켜 볼게. 공격은 안 해도 돼. 네 성격이 아니잖아. 그래도 위험할 때 짖어서 알려 줄 순 있지? 우리 모두 밥값은 하자, 응?"

버블스가 '아니, 난 그런 거 못 해'라고 말하듯 내 턱을 핥았다.

· ★ ·

맥이 사물함을 닫고 내 오른쪽 팔꿈치를 잡았다. 다른 손으로는 캔디를 잡았다. 맥은 혼자서도 학교를 잘 돌아다니지만, 우린 이렇게 다니기를 좋아한다. 이게 더 빠르다. 갓 6학년이 되었을 때, 다들 우리가 사귀는 사이라고 놀려 댔다.

"엘리너, 네 웹사이트 확인해 봤어."

갑자기 스펜서가 달려와 말했다. 나는 작게 대답했다.

"'내' 웹사이트 아니야."

"네 말 진짜더라. 소행성이 다가오고 있어. 우리 어떻게 해야 해?"

"응?"

"4월 아니면 5월에 세상이 끝나잖아. 그런데 손 놓고 있어야 해?"

스펜서의 목소리가 점점 커졌고, 맥이 말했다.

"우리가 뭘 어떻게 해? 미사일로 소행성을 폭파해? 과학 준비물로 그런 걸 할 수 있다면 모를까 우리가 어떻게 해."

"엘리너! 엘리너!"

뒤에서 나를 부르는 건 에이제이였다. 나는 맥을 버리고 여자 화장실로 숨어버릴까 생각했다. 그런데 맥이 아주 꽉 잡고 있었다, 마치 달아나고 싶은 내 맘을 읽기라도 한 것처럼. 에이제이가 종이 한 장을 내밀었다.

"첼랴빈스크 소행성 알아? 이건 네 소행성보다 더 작았어."

나는 앓는 소리를 내며 고개를 저었다.

"'내' 소행성 아니야."

"첼랴빈스크가 뭐야?"

스펜서가 이렇게 묻고는 나를 빤히 봤지만, 나도 몰라서 어깨만 으쓱했다.

"2013년 2월에 어떤 소행성이 러시아의 첼랴빈스크 하늘 위를 날아서 시베리아에 떨어졌어. 지름이 18미터 정도인가 그랬는데, 그 어떤 위성이나 기술도 감지하지 못했어. 모두가 놀랐던 거야. 만약 그 소행성이 뉴욕이나 도쿄 같은 도시에 떨어졌더라면 수백만 명이 죽었을지도 몰라. 운이 좋았던 거야."

"인명 피해도 있었어?"

맥이 선 채로 몸을 흔들며 물었다. 에이제이가 말했다.

"죽지는 않았는데 건물 몇백 개의 창문이 깨져서, 사람들이 다쳤어."

"우아!"

"우리가 이 위험을 알려야 해."

"그 웹사이트는 누구나 볼 수 있는데 뭘. 각자가 알아서 해야 해."

나는 이렇게 말하고 맥과 자리를 떴지만, 스펜서는 따라오면서 말했다.

"우리 부모님은 봐도 안 믿으실 거야."

에이제이가 맞장구쳤다.

"우리 부모님도."

아니 왜 부모님들은 콜런 박사의 말을 안 믿는 걸까.

런던 디그스가 복도를 마주 걸어오고 있었다. 나를 노려보는 런던의 눈이 빨갛게 부어 있었다. 나는 런던의 길을 막지 않게 비키려다가 열린 사물함 문에다 맥을 부딪을 뻔했다.

"우리가 준비할 수 있는 게 뭐든 있을 거야."

스펜서는 포기하지 않고 말하면서 교실에 들어가려는 우리를 막아섰다. 그러자 맥이 말했다.

"엘, 그날에 대비할 수 있게 네가 좀 가르쳐 줘. 너는 거의 프레퍼족이잖아."

"프레퍼족이 뭔데?"

스펜서가 날리는 앞머리를 넘기며 물었다. 맥이 대답했다.

"프레퍼족이 뭐냐면, 바로 세상의 종말을 준비하는 사람들이지."

"프레퍼족이라……."

스펜서가 이렇게 읊조리더니, 파란 펜을 꺼내 제 팔에다 '프레퍼족'이라고 적었다. 에이제이가 나에게 물었다.

"나도 프레퍼족이 될 수 있어?"

"나는 프레퍼족이 아니야. 너희를 못 도와줘. 직접 인터넷으로 알아봐."

하지만 맥이 말했다.

"엘, 넌 할 수 있어."

나는 맥을 팔꿈치로 세게 찌르며 쏘아붙였다.

"입 다물어."

"우읍!"

"우리 늦겠다."

나는 이렇게 말하고, 맥을 교실로 끌고 들어왔다.

"나는 아무도 못 도와줘. 너는 왜 그 웹사이트 얘기를 해서 일을 이렇게 만들어. 하아, 애초에 내가 그 웹사이트를 발견하지 말걸."

말은 이렇게 했지만, 정말 그렇게 생각하진 않았다.

"아니, 왜? 이건 네가 이 세상을 구할 기회란다, 엘리너 드로스."

또 목소리를 쫙 깔고 말하는 맥에게 나는 단호히 대답했다.

"아니, 못 구해. 구하고 싶지도 않고."

"불타는 소행성이 떨어져서 우리 반 아이들이 다 죽어도 그냥 내버려 둘 거라고? 그건 좀 별로잖아."

맥이 내 팔을 꽉 잡았다.

"그럼 어때서. 그리고 근처에 소행성이 떨어진다면 어차피 아무도 살아남지 못해."

마침내 맥과 나는 자리에 앉았는데, 도미닉이 지나가면서 내 책상에 쪽지를 떨어뜨렸다. 학교 방송이 시작될 때 펼쳐 보니 이렇게 적혀 있었다.

세상의 종말이 정확히 언제야?

아악. 이게 다 맥 때문이다.

나는 쪽지를 구겨 버리고, 더는 질문을 받지 않으려고 방송에 집중했다. 우리 학교는 모든 교실에 모니터가 있다. 낮 동안에는 아날로그 시계가 나오고, 이따금 화면 밑에 공지 사항이 지나간다. 하지만 아침에는 텔레비전으로 쓰이는데 뉴스 진행자를 꿈꾸는 아이들이 나와 안내 사항을 알려 준다. 데스크에 앉아서, 우리에게 전해야 할 소식들을 읽어 주는 것이다.

"네 소행성 소식 같은 게 학교 방송에 나와야 하는데 말이야."

스펜서가 우리 반의 절반은 들리도록 크게 속삭였다.

"그만해."

나는 이를 악물고 속삭였고, 스펜서가 고개를 끄덕이곤 말했다.

"알았어. 나중에 얘기할게."

스펜서가 예고해 준 덕분에, 나는 온종일 스펜서를 피해 다녔다. 점심도 미디어 센터에서 먹었다. 나는 내 가족, 내 개, 내 유일한 친구를 구하는 데 집중해야 한다. 그것만 해도 내년 봄까지 너무나 바쁠 것이다.

10장 지구 종말 대비 동아리

점심시간이면 우리 식탁에서는 지구 종말 이야기가 끊이지 않았다. 스펜서와 에이제이, 도미닉이 종말에 대비하는 방법을 알려 달라고 매일 졸랐다. 뭘 준비해야 하고, 어떤 생존 전략이 필요하냐고 자꾸 물었고, 맥은 아무런 도움이 안 되었다. 맥은 꼭 내가 전문가인 것처럼 말했다. 그 애들보다 많이 알기는 하지만 나 역시 아마추어인데 말이다.

"MAG를 결성해야겠어."

맥이 말했고, 스펜서가 물었다.

"그게 뭔데?"

"상호 지원 집단(Mutual Aid Group)이라는 뜻이야."

맥이 이것을 아는 건, 책에 나온 그 부분을 내가 어젯밤에 전화로 읽어 주었기 때문이다.

"학교에 하나 만드는 게 좋겠어."

맥의 말에, 스펜서는 흥분해서 맞장구쳤다.

"맞아!"

"맞긴 뭐가 맞아. 맥, 너는 내가 읽어 주는 거 제대로 안 들었지? MAG는 그렇게 만드는 게 아니야. 서로에게 도움이 되기 위해서 조직하는 집단이야. 상처를 꿰맬 수 있는 사람, 불 위에서 음식 만들 수 있는 사람처럼 기술 있는 사람들로 꾸리는 거야. 방과 후 동아리가 아니야."

나의 지적에 맥이 대답했다.

"우리가 방과 후 동아리로 만들 수도 있지."

"우리 동아리 만들자, 응? 꼭 만들자."

스펜서가 졸랐고, 에이제이도 고개를 끄덕이며 덧붙였다.

"좋은 생각 같아."

나는 반대했다.

"학교에서 종말 대비 동아리를 잘도 허가해 주겠다. 어림도 없어."

맥이 머리를 긁적이면서 말했다.

"이름을 딴것으로 생각해 보자."

그러고는 내 팔을 토닥거리며 말했다.

"엘, 우리 이거 하자. 동아리를 만들어서 애들이 살아남게 돕자."

"그건 내 우선순위에 있는 일이 아니야."

맥은 앉은 채 몸을 흔들거리며 말했다.

"그럼 이건 어때? 동아리를 만들어서, 동아리 모임에서만 지구 종말 대비와 소행성 이야기를 하는 거야. 식당이나 교실에서는 하지 않고."

제한된 시간에만 종말 이야기를 할 것이라는 점에 끌린다. 그렇게만 되면 나의 점심시간도 다시 평범해질 것이다. 나는 아무 질문도 받지 않고 샌드위치를 조각조각 떼어 먹을 수 있을 것이다.

"그러면 너도 이 동아리 같이할 거야? 금방 콘래드 학교로 가 버리지 않고?"

나는 맥에게 물었는데, 스펜서가 대답했다.

"할 거야."

그리고 맥이 대답했다.

"그럼, 당연히 나도 하지."

콘래드 학교로 가지 않겠다는 말은 없다.

"맥 네가 회장 해. 나는 하기 싫으니까."

"회장이 꼭 필요해?"

"안 필요하지. 그럼 회장 없이 가자."

"너희, 동아리 모임에서 말고는 이 소행성 이야기 안 하겠다고 약속해."

나는 말했고, 스펜서, 에이제이, 도미닉에게서 차례로 동의를 받았다.

"좋아. 그럼 동아리를 만들자."

나는 이렇게 말하고 맥의 손을 꽉 쥐었다.

"선생님이 필요해, 지도 교사. 모일 장소도 필요하고."

동아리 활동을 많이 해 본 맥이 말했다. 작년에 짧게 있었다가 사라진 독서 동아리를 직접 만들기도 했으니, 맥이 잘 알 것이다. 나는 선생님을 제안했다.

"월시 선생님이 맡아 줬으면 좋겠어."

"그러면 내일 월시 선생님께 여쭤 보자."

남은 점심시간 5분 동안 아무도 세상의 끝에 관해 이야기하지 않았다. 꿀맛 같은 시간이었다.

• ★ •

다음 날 아침, 아빠가 맥과 나를 평소보다 일찍 학교에 데려다주었다. 내 팔 꿈치를 잡은 맥과 함께, 타닥타닥 바닥을 짚는 캔디를 앞세우고 우리는 과학 실에 도착했다.

내가 학교에서 가장 좋아하는 시간은 월시 선생님이 가르치는 과학 시간, 점 심시간 그리고 월시 선생님이 담임으로서 우리 반을 가르치는 1교시다.

나는 질문에 자꾸 틀린 답을 하는데도 월시 선생님은 나에게 잘해 준다. 원 래 교사에게는 편애하는 학생들이 있다. 바로 성적이 우수한 학생들. 그게 교 사의 잘못은 아니다. 애들을 똑똑하게 만드는 게 교사의 일인데, 그런 애들은 똑똑하니까. 어떤 직업인이건 더 좋아하는 대상은 있다. 치과 의사는 하루에 칫

솔질도 세 번 하고 치실까지 쓰는 환자들을 더 좋아할 것이다. 판매원은 물건을 많이 사 주는 사람을 좋아할 것이다. 그러니 교사도 똑똑한 아이들을 좋아하는 것이다.

"어, 안녕? 들어와."

내가 교실의 열린 문을 노크하자 윌시 선생님이 말했다. 나는 맥을 이끌고 교실 뒤편에 있는 선생님 교탁 옆으로 가 앉았다. 선생님이 즉석 오트밀 컵을 들어 보이며 말했다.

"아침 먹는 거 걸렸네. 무슨 일로 이렇게 찾아오셨나 들어 볼까?"

"엘리너랑 제가 동아리를 만들고 싶은데 지도 교사가 필요해서요."

"무슨 동아리? 작년에 선생님도 과학 동아리를 꾸렸는데, 솔직히 애들이 별로 관심 없더라."

"자연 동아리요."

맥이 대답했다. 우린 동아리의 이름을 두고 밤새 토론했다. 성별 초월 스카우트 동아리, 탐험 동아리, 모험 동아리 등등 이것저것 고려해 보았고, 모든 후보가 마음에 들지 않았다. 하지만 '지구 종말 대비 동아리'라고 할 수는 없었다. 학교에 허가받지 못할 테니까.

"자연 동아리? 아이들이 가입하고 싶어 할 것 같아?"

"아니었으면 좋겠어요."

내가 작게 웅얼거렸다.

"뭐라고?"

"아, 아니에요."

나는 선생님의 눈을 피하려고 주위를 둘러보았다.

"이 동아리는 뭘 하는 동아리인데?"

선생님은 이렇게 묻고는 오트밀 한 숟가락을 떠먹었다. 맥이 제 무릎에 두 손을 가지런히 올리며 대답했다.

"그냥, 뭐…… 자연에 관련된 거요. 엘리너가 이끌 거예요."

"아, 그렇구나."

선생님이 나를 쳐다보니, 대답은 내 몫이 된 모양이었다.

"그게 그러니까…… 우리가 모여서……."

나는 '생존'이라는 단어를 내뱉지 않으려고 안간힘을 썼다. 어젯밤 침대에 누워서도 밤새 이걸 고민하면서 요령까지 적어 두었는데 침대 옆 탁자에 두고 왔다.

월시 선생님이 마치 나의 비밀 언어를 해독하려 애쓰는 것처럼 고개를 갸웃거리고 두 눈썹을 올렸다.

"자연 사랑 활동을 해요!"

나는 급히 말했다. 그리 절묘한 답은 아니어도, 대강 넘어갈 만한 답 같았다. 뒤이어 맥이 말했다.

"어떤 식물을 먹을 수 있고, 어떤 식물을 먹으면 설사를 하는지 알아볼 거예요."

맥은 장난스레 말했지만, 실제로 우리가 할 만한 일이었다.

"글쎄, 나는 내 학생들이 먹어도 되는지 안 되는지 모르는 식물을 먹지 않았으면 하는데. 배탈 날 수도 있어."

맥이 대답했다.

"네, 배탈보다 더 심각한 결과가 생길 수도 있고요."

내가 대답했다.

"안 먹을 거예요, 선생님. 저희는 먹으면 죽는 열매 같은 거 안 먹어요."

나는 이마의 식은땀을 닦았다.

"엘리너, 너 괜찮니?"

"네, 저 괜찮아요. 이 동아리는 자연을 감사하게 여기고 자연에 관해서 배우는 동아리예요. 특히 우리 주변의 환경에 관해서요."

맥이 말을 보탰다.

"어떤 문화에서는 벌레도 먹는 거 아니셨어요? 이 주변에 벌레가 많아요. 특히 학교 식당예요. 아마 거기서 점심을 사 먹는 애들은 이미 벌레를 먹고 있을걸요. 저는 손해예요. 제가 바퀴벌레를 한 입 하는지 어떤지를 볼 수 없으니까요."

맥은 겁 없이 아무 말이나 하기 대장이다. 내가 말했다.

"저희 벌레도 안 먹어요, 선생님."

"그러면 이 선생님이 뭘 해 주기를 바라?"

선생님이 다 비운 오트밀 용기를 치우고 물병에서 물을 한 모금 마셨다. 나는 말했다.

"과학실을 동아리 모임 장소로 써도 될까요? 교실에 같이 안 계셔도 괜찮아요."

"선생님은 방과 후에도 이 교실에 있어야 해, 의무적으로. 나의 교사 업무는 2시에 끝나지 않아."

"아, 네······."

"하지만 학생이 동아리를 이끌겠다는데, 응원하고 싶어. 너희가 먼저 무언가를 해 보려는 거잖아."

선생님이 고개를 끄덕이면서 나를 빤히 보았다. 다른 어른이 그렇게 나를 보았다면 의심스러웠을 것이다. 더 많은 과제를 내려고 나를 어르는 것은 아닐까 하고 말이다. 맥이 크게 말했다.

"맞아요, 학생이 이끄는 동아리. 선생님은 아무것도 안 하셔도 돼요. 저희가 알아서 해요!"

월시 선생님이 두 손을 짝 맞잡았다.

"좋았어. 선생님은 수요일이나 목요일 방과 후에 괜찮아. 그리고 정말 아무것도 안 먹겠다고 약속해야 해."

우리는 다음 주부터 2주에 한 번씩 수요일 오후에 모이기로 했다. 월시 선생님은 복도에 홍보 포스터를 붙이거나 아침 방송을 해서 동아리를 알리라고 권했지만 나는 아무도 모르기를 바란다.

"너희 둘은 힘 모아서 잘할 거야. 동아리가 대박 났으면 좋겠다."

"감사합니다. 저도 그랬으면 좋겠어요."

나는 말했다. 종말을 대비하는 동아리가 대박 난다는 것이 어떤 것인지는 모르겠지만.

11장 현명한 선택

자연 동아리 첫 모임을 앞두고, 나는 며칠 동안이나 악몽을 꾸었다. 꿈에서 전교생이 우리 동아리로 몰려와, 할아버지가 준 재난 대비 용품들을 달라고 떼썼다. 그래서 내가 그 용품들을 나눠 주는데, 맥이 나를 배신했다. 모두에게 내가 사기꾼이라고 말한 것이다. 곧 소행성이 지구에 충돌하게 생겼는데, 모두가 나를 학교 밖으로 몰아냈다. 말이 안 되는 내용이지만 내가 동아리 모임을 얼마나 걱정하는지 잘 드러난 꿈이었다.

나는 콜런 박사에게 도움말을 구하려고 메일을 한 통 더 썼다.

콜런 박사님께,
제 동료들이 소행성 충돌에 관해 더 알고 싶어 합니다. 자기들도 대비하고 싶다고 합니다. 제가 알게 된 것을 알려 주겠다고 약속했는데, 제대로 알려 주지 못할까 봐 걱정됩니다. 혹시 좋은 생각이 있으신가요?

E.J.D. 올림

다음 날 콜런 박사의 답장이 왔다. 짧고 간단한 내용이었다.

E.J.D.님께,
우리 인류가 살아남기 위해서는 당신 같은 사람들이 더 많이 필요합니다.

나는 그 메일을 출력해서 내 공룡 공책에 테이프로 붙였다. 어쩌면 이것이 내가 자연 동아리에서 살아남을 수 있는 용기를 줄지도 모른다는 생각으로. 그런 다음 첫 모임에서 나눌 이야기들을 목록으로 적어 보았다. 이 (아마도) 괴로울 모임에서 살아남을 준비를 할 수 없다면, 지구 종말에서 살아남을 준비도 할 수 없을 것이다.

• ★ •

마침내 수요일이 되자, 나는 유행성 독감이나 광견병, 아니면 흑사병에 걸린 것만 같았다. 온몸이 쑤셨다. 오한이 들었다. 속이 울렁거렸다. 하지만 원인은 바이러스가 아니었다. 동아리 모임이었다.

맥과 함께 과학실에 도착하니, 이미 여자아이가 둘이나 있었다. 아마 6학년 아이들인 것 같았다. 나는 소곤소곤 맥에게 말했다.

"문제가 생긴 것 같아."

"스트레스 받지 마."

"스트레스 안 받아."

이 말이 거짓말인 건 맥도 알았다.

"진짜 자연 동아리에 오는 사람이 있으면 어떡해?"

"무슨 말이야?"

"진짜로 자연에 관해서 배우려고 오면? 티어트워키에 대해서는 모르고, 이게 진짜 동아리인 줄 알고 오면 말이야."

나는 의자에 가방을 내려놓았다. 그 여자아이들에게 미소를 지어 보였지만 미소로 답하는지는 확인하지 않고 눈을 돌려 버렸다.

월시 선생님이 교탁으로 손짓해 나를 불렀다.

"첫 모임을 여는구나. 신난다."

선생님은 빙그레 웃었다.

"너 괜찮니?"

나는 마른침을 꿀꺽 삼키고 답했다.

"네, 괜찮아요."

"내가 뭘 좀 도와줄까?"

"모임 좀 취소해 주세요."

나는 생각하지 않고 말해 버렸다.

"긴장되니? 내가 있어서 더 긴장돼?"

"모르겠어요."

내가 안절부절못하는 것이 윌시 선생님 때문은 아니다. 나는 사람들 앞에서 이야기하는 것을 싫어한다. 특히나 내 또래들 앞에서는. 아이들이 속으로 나를 비웃기 때문이다. 가끔은 소리 내어 비웃기도 하고.

"선생님이 사무실로 가 있으면 좀 낫겠어?"

선생님이 등 뒤, 커다란 창문이 달린 자신의 사무실을 가리켰다.

"선생님이 쳐다보고 있지 않으면 네 맘이 좀 편할지도 모르잖아."

"'아무도' 쳐다보고 있지 않으면 제 맘이 좀 편할 것 같아요."

나는 날숨으로 앞머리를 날렸다. 그때 갑자기 선생님이 손을 맞잡고는 말했다.

"한번 실험해 보는 건 어때? 이걸 악몽 같은 일이 아니라 술술 진행될 일이라고 상상해 보는 거야. 심지어 아주 재미있을지도 모른다고 말이야."

"그다지 실험 같지 않은데요."

선생님이 웃었다.

"맞아. 그래도 네가 잘될 거라고 기대하면 이 모임은 잘될 거라는 게 내 가설이야. 한번 시도해 볼래?"

나는 표정 관리가 어려웠지만 좋은 의도임을 알기에 고개를 끄덕였다.

"좋았어."

스펜서와 에이제이, 도미닉을 포함한 다른 아이들이 하나하나 교실로 들어왔다. 모임 시작까지 3분이나 남았는데, 벌써 여덟 명이나 와 있었다. 열 명까지 늘어난다면 내 심장이 터질지도 몰랐다. 내 몸의 모든 부분에서 땀이 나고 있었다. 나는 집에 가야 했다. 자연 동아리가 내 건강을 위협했다.

한편 맥은 교실 앞으로 나섰다. 캔디가 바닥을 타닥타닥 두드렸다. 맥은 평소의 윌시 선생님 자리에 섰다. 눈으로는 보이지 않아도 모두가 쳐다보고 있다는 걸 맥은 알았다. 그리고 아주 많이 즐기고 있었다.

제 손목시계에서 신호음이 나자 맥이 손뼉을 크게 두 번 쳤다. 그러고는 주목받아 신나는 목소리로 말했다.

"모임을 시작할게. 나는 맥 제퍼슨이라고 해. 해밀턴 중학교의 하나뿐인 자연 동아리 공동 설립자야."

윌시 선생님이 내게 속삭였다.

"이번 한 번만 회원들한테 이야기를 좀 할게. 얼른 빠질 테니 염려 마."

나는 창가로 옮겨 갔고, 선생님은 맥이 있는 쪽으로 갔다.

"자, 모두 잘 들어."

선생님은 교실을 깨끗이 쓸 것, 학교와 서로를 존중할 것, 2시 이후에도 2시 이전과 다름없이 과학실 이용 규칙을 지킬 것을 당부했다. 그러고는 사무실로 들어가 문을 닫았다.

"이 동아리의 다른 공동 설립자는 엘리너 드로스야."

맥의 소개에 나는 작게 손만 흔들었다.

"그럼 나머지 사람들도 각자 소개해 줄래?"

"나는 스펜서야."

"안녕, 스펜서."

맥이 인사했다.

"나는 도미닉 밀러."

"안녕, 도미닉."

"에이제이 판리라고 해. 7학년. 퍼먼 선생님 반이야."

"정보 고마워, 에이제이."

맥이 장난스럽게 말했다.

"나는 와이어트 매클루어."

내가 모르는 남학생이었다. 꼭 우리 아빠처럼 황토색 바지에 파란색 셔츠를 입은 키 큰 백인 아이.

"와이어트구나. 와 줘서 고마워."

맥은 와이어트에게 아주 친근하게 말했지만 처음 만나는 사이일 수도 있었다. 맥이니까 가능했다.

이번엔 분홍빛 섞인 긴 금발의 백인 여자아이가 말했다.

"나는 제이드야. 저 아이는 이저벨."

이저벨은 라틴 아메리카 출신으로 까만 머리카락이 어깨까지 오고, 몸집이 작았다. 제이드와 이저벨이 똑같은 우정 팔찌를 찬 것이 눈에 띄었다. 많이 닳아 버린 그 팔찌를 두 아이가 몇 년이나 차고 다녔을 것이 상상되었다.

"안녕, 이저벨. 안녕, 제이드. 우리 동아리에 온 걸 환영해."

맥의 인사를 끝으로 조용해졌다.

"이게 다야?"

맥이 묻고, 스펜서가 대답했다.

"응, 다 소개했어."

"알았어. 자연 동아리는 아주 특별한 동아리야. 이 동아리 덕분에 말 그대로 우리 자신의 생명을 구할 수도 있어."

두 여자아이가 눈빛을 교환했다. 혼란스러워하는 건지 두려워하는 건지, 아니면 재미있어하는 건지 알 수가 없었다.

"자연의 힘이 우리에게 어떤 해를 입힐 수 있는지 이야기할 건데, 너희가 학교에서 배우는 가장 중요한 내용이 될 수도 있어."

맥이 설명하는 동안 나는 조용히, 내 생각들을 적어 온 공룡 공책을 꺼냈다. 살아남는 법을 가르친다고 말하지 않으면서 살아남는 법을 가르치기란 만만찮을 터였다.

"어서 핵심으로 가면 안 돼?"

도미닉이 물었다. 스펜서가 맞장구쳤다.

"그래. 벙커는 어떻게 짓는지 뭐 그런 거나 얘기하자."

나는 얼른 선생님 쪽을 보았고, 선생님은 컴퓨터를 보고 있었다.

"그건 이 동아리의 공동 설립자가 말해 줄 거야. 이제 네가 해 줘, 엘."

나는 움직일 수가 없다. 일어서려 했다가는 소변이 나올 것 같다.

"음……."

나는 공책을 내려다보지만 모든 것이 흐릿해 보인다.

"벙커 짓는 법 좀 빨리 말해 줘. 내가 이번 주 점심시간에 너 한 번도 귀찮게 안 했잖아."

스펜서가 조르자, 나는 웅얼웅얼 대답했다.

"우린 벙커 안 지을 거야. 그건 자연 동아리를 만든 목적이 아니야."

내가 선생님도 아닌데, 이저벨이 손을 들었다. 내가 고개를 끄덕이자, 이저벨이 나보다도 작은 목소리로 물었다.

"이거 지구 종말에 대비하기 위한 비밀 동아리 아니야?"

"어…… 그런 얘길 어디서 들었어?"

내가 묻자 이저벨은 조용히 맥을 가리켰다. 하아, 이 녀석은 정말.

나는 와이어트에게도 물었다.

"같은 이유로 여기 온 거야?"

"뭐, 그런 셈이야. 내 목표는 해밀턴 중학교의 모든 동아리에서 활동하는 거야. 내 생활기록부를 위해서."

월시 선생님은 여전히 우리 쪽을 보지 않았다. 나는 모두에게 내 주위로 모여 보라고 손짓했다. 교실 앞에 서 있는 맥을 스펜서가 데려왔다. 우리는 동그랗게 모였다. 잘될 거라고 기대하면 잘될 거야, 하고 생각하며 나는 큰 숨을 쉬었다.

"자, 공식적으로 이 동아리는 자연 동아리야. 그러니까 그렇게만 부르기야. 다른 이름으로 부르지 마."

나는 아이들이 고개를 끄덕이는지 하나하나 확인했다.

"그리고 우린 벙커를 짓지 않을 거야. 그건 현실적으로 이 동아리에서 할 수 있는 일이 아니야. 현실적으로 생각해야 해. 그리고 다른 사람을 동아리에 초대하지 마. 지금 인원으로 충분해."

이 규칙들을 적어서 명시하는 것이 좋을지도 모르겠다.

"다들 그 소행성은 알고 있지?"

점심시간 삼총사가 고개를 끄덕였다. 와이어트와 제이드, 이저벨은 알아듣지 못하는 표정이었다.

"그러면 거기서부터 시작하자."

나는 내가 소행성 2010PL7에 관해 아는 모든 것을 다시 한 번 말했다. 여전히 얼마 되지 않는 정보였다. 하지만 모두의 반응을 보는 것이 좀 재미있었다. 스펜서는 얼빠진 듯 함박웃음을 지었다. 와이어트는 눈이 왕방울처럼 커졌다. 이저벨은 모든 게 완벽히 이해되는 것처럼 고개를 끄덕였다.

"난 이거 안 믿어."

제이드가 말했다. 나는 물었다.

"그럼 왜 왔어?"

"지구 온난화 때문에."

"아아."

"해수면이 오르고 있어. 이상 기후 현상이 계속해서 일어나고 있어. 온실가스에 환경은 숨이 막히고 있어. 2080년이면 지금 있는 식물의 절반과 동물의 3분의 1은 사라지고 없을 거야!"

"다 맞는 말이라고 생각해. 하지만 이 소행성은 2080년이 되기 훨씬 전에 지구에 와. 내년에 말이야."

"우리 다 죽는 거야?"

도미닉은 셰익스피어의 한 장면을 연기하는 것처럼 가슴을 움켜쥐었다.

"아니, 노스캐롤라이나에 떨어지지만 않는다면 우린 살아남을 거야. 그때를 대비해야 해. 이건 자연 선택이야. 충분히 대비한 사람들만 살아남아."

스펜서가 공책을 꺼내면서 재촉했다.

"본론으로 가자, 좀. 그 소행성에 대해서는 이미 알아. 살아남으려면 어떻게 해야 해?"

"알았어. 가장 기본적으로 필요한 것부터 시작하자. 그게 뭔지 다들 알지?"

"먹을 것, 물, 피신할 곳."

에이제이가 사회 시간에 배운 정답을 말했다. 나는 설명했다.

"그렇지. 하지만 깨끗한 공기가 먼저 필요해. 바로 산소 말이야."

"우리의 공기에는 이미 너무 많은 탄소가 있어."

제이드가 말했다.

"그렇지. 그런데 소행성이 떨어지면 더 심각해질 거야. 어디에 떨어지느냐에 달렸어. 공룡들이 멸종한 K-T 멸종 사건을 일으킨 소행성에 관해서 내가 많이 읽어 봤어. 그때처럼 이번 소행성 2010PL7이 지구에 충돌한다면 공중으로 돌과 흙과 먼지가 솟아오를 거야. 그냥 돌이 아니야. 압력과 속도 때문에 불타는 돌, 불타는 유리 조각이 될 거야. 그것이 다시 비처럼 하늘에서 땅으로 떨어져서, 숲과 들판과 건물에 불이 날 거야. 그럼 먼지와 흙뿐 아니라 연기까지 생기는 거지. 그러니까 깨끗한 공기를 마시기가 어려워져."

시간이 지나면 빛을 받지 못한 식물들이 광합성을 하지 못해 산소가 줄어들거라는 이야기까지는 굳이 하지 않았다. 차차 논할 일이지, 첫 모임에서부터 다룰 일은 아니니까.

"혹시 모르니까 아마존이나 이베이에서 방독면을 사 둬야겠어."

"좋을 대로 해. 그럼 우리에게 꼭 필요한 다른 것들을 얘기해 보자. 깨끗한 물이 가장 중요한 것 중 하나야. 음식은 안 먹고도 며칠 동안 살 수 있지만 물은 생명 유지에 필수야. 집에 있는 수도는 안 나올 수도 있고, 나오더라도 오염된 물만 나올 수도 있어. 마시면 탈이 나는 물 말이야."

"바다는 이미 오염되어 있어. 인류 역사상 지금보다 바닷물의 산성도가 높았던 적이 없어."

이렇게 말하는 제이드는 '하나뿐인 지구, 하나뿐인 바다'라고 적힌 파란색 티셔츠를 입고 있었다. 스펜서가 제이드에게서 등을 돌리며 말했다.

"어차피 바닷물은 못 마셔. 엘리너, 수도에서 나오는 물이 깨끗한지 아닌지는 어떻게 구분해?"

"그냥 깨끗하지 않다고 생각하는 게 좋아."

그때 맥이 말했다.

"휴대용 정수기로 정수하면 돼. 당장이라도 구해 놔. 나도 하나 구했어."

"물 다음으로 중요한 것이 식량과 안전한 장소야. 식량은 뜯어서 먹기만 하면 되는 간이 식량이랑 조리 도구, 농사지을 씨앗을 말해. 안전한 장소는 우리가 사는 집을 말하는 게 아니야."

"그렇지. 벙커여야 해."

나는 스펜서의 말을 무시하고 설명을 이었다.

"집을 안전한 장소로 이용해야 하는데, 전기가 없을 거라는 점 기억해. 스토브나 전자레인지 없이 음식을 만들고, 난방 기구 없이 난방도 해야 해. 그러니까 안전한 장소란, 건물 자체만 말하는 게 아니라 이런 게 다 포함되는 거야."

이저벨이 다시 손을 들고 물었다.

"넌 이런 걸 어떻게 다 아는 거야?"

"책을 몇 권 읽었어."

맥이 덧붙여 말했다.

"엘리너의 할아버지가 진짜배기 프레퍼족이셔. 벙커 비슷한 것도 있다."

내가 맥의 갈비뼈를 팔꿈치로 찔렀지만, 신이 난 맥은 아파하지도 않았다. 재갈을 물리지 않는 한 맥의 입을 막을 방법은 없었다.

"벙커는 없지만, 우리 할아버지가 재난 대비에 진심이시긴 해."

나는 한때 할아버지가 프레퍼족이라서 창피를 당할까 걱정했다. 그런데 이 동아리에서는 그런 할아버지를 멋지게 여긴다.

"내 생각에는 엘리너가 우리 동아리 회장을 맡아야 해."

스펜서가 말했고, 와이어트는 자기 역할을 제안했다.

"나는 회계 담당자 할게. 다른 동아리에서도 회계 담당을 했거든."

맥이 나 대신 나서서 대답했다.

"엘리너는 감투를 원하지 않아. 우린 회장 없는 동아리야!"

"글쎄."

내가 말했다. 그러고는 어깨를 으쓱했다. 한 번도 회장이나 조장 같은 '장'을 맡아 본 적이 없었다. 아무도 내게 그런 역할을 맡기지 않았다.

"생각해 보니까 내가 회장을 맡는 것도 그리 나쁘진 않을 것 같아."

우리는 빠르게 거수투표를 했고 나는 만장일치로 회장이 되었다. 맥은 부회장이 되었고, 와이어트는 회계 담당자가 되었다(기록할 자금이 어디 있는지 모르겠지만). 또 글씨가 깔끔하다는 이유로 내가 서기까지 맡게 됐다.

남은 시간은 응급처치, 식량 재배, 어망 만들기, 물물교환, 개 등에 관해 생각나는 대로 이야기하면서 쏜살같이 흘러갔다.

"생각할 게 진짜 많다."

에이제이가 말했다. 나는 내 공책을 덮으면서 맞장구쳤다.

"맞아. 그래도 우리한텐 시간이 있잖아."

"다음 모임은 언제야?"

"2주 후, 같은 장소 같은 시간."

맥이 대답하자, 제이드가 불평했다.

"2주씩이나 기다려야 하네."

스펜서도 이렇게 물었다.

"그냥 매주 수요일에 만나면 안 돼?"

"생각해 볼게."

이 동아리를 만들기로 마음먹은 건 내가 내린 가장 현명한 결정 중 하나인지도 모르겠다. 버블스를 입양하기로 한 결정, 유치원 때 맥의 특별 도우미가 되기로 한 결정 다음으로 말이다. 뭐, 두 번째 모임까지 해 본 다음에 판단해야겠지만.

12장 다시 생존 훈련

토요일에 나는 맥과 함께 할아버지네 집으로 갔다. 매듭 묶는 법과 불 피우는 법을 배우기 위해서였다. 내가 먼저 제안했지만 얼어 버릴 듯 추운 날씨에 야외 수업을 받을 줄은 몰랐다. 할아버지네 집 뒤편 발코니에 가장 두꺼운 옷을 입고 앉아 있는데도 바람이 매섭게 파고들었다. 할아버지가 다양한 종류의 밧줄을 풀면서 말했다.

"나 때는 말이야, 꼬맹이 때부터 이런 걸 다 배웠다고."

나는 고개를 갸웃하고 할아버지를 빤히 보며 말했다.

"어, 불을 발명하신 세대 아니었어요? 매머드 사냥하고 동굴에 살고요."

맥이 웃음을 터뜨리더니 호호 불어 두 손을 녹였다.

"어허, 이건 진지한 수업이야. 농담 그만."

할아버지는 이렇게 말했지만 진지한 표정 대신 장난스러운 미소를 지으며 윙크했다. 나는 거수경례로 답했다.

"넵! 알겠습니다!"

할아버지가 밧줄 두 타래를 들어 올렸다. 흰 것 하나, 파란 것 하나.

"이건 로프라고 하고, 이건 코디지다."

"차이가 뭐예요?"

"단어 공부 시간은 아니지만 로프는 천연섬유로 만들어졌고, 더 굵단다."

할아버지가 흰 밧줄을 내게 건넸고, 나는 그것을 맥에게도 건넸다.

"코디지는 합성섬유로 만들어졌고, 로프보다 얇고, 겉이 대체로 꺼풀에 감싸여 있지. 그리고 이것도 가져왔다."

할아버지가 비닐 쇼핑백에서 많은 밧줄들을 한 줌 꺼냈다. 그러고는 갈색과 초록색 밧줄로 만든 것과 회색 밧줄로 만든 것을 우리에게 건넸다.

"파라코드 팔찌네요. 감사합니다!"

나는 전에도 이런 팔찌가 있었지만 늘 잃어버렸다. 나는 맥에게 이것이 무엇인지 설명해 주었다.

"비상시에 이 팔찌를 풀면 약 180센티미터 길이의 튼튼한 밧줄로 쓸 수 있어. 텐트를 치거나 곰을 묶어 두거나 하는 데 말이야."

나는 회색 팔찌를 맥의 손바닥에 얹어 주었다.

"네 동생들 것도 하나씩 마련했다. 녀석들이 소외감 느끼지 않도록."

나는 맥의 왼쪽 손목에 팔찌를 먼저 채워 준 다음에 내 것을 찼다. 어떻게 보면 제이드와 이저벨이 나누어 차는 우정 팔찌와 같다. 하지만 이건 다른 쓰임새까지 있다.

"자, 이제 매듭을 묶어 볼까? 자, 당기면 풀어지는 매듭이다."

"불 먼저 피우면 안 돼요? 너무 추워요."

내가 말했다. 얼어 버린 손가락들이 매듭 묶기에 협조해 줄 것 같지 않았다.

"엘리너 이병, 그렇게 비실비실해서 쓰겠나."

할아버지는 먼저 불 피우기 기술은 음식을 조리하고, 우리 자신을 보호하고, 온기를 얻는 데 필요하다고 설명해 주었다. 불을 피우는 가장 쉬운 방법은 성냥이나 라이터를 이용하는 것이지만 물론 지금은 그 방법들을 쓸 수 없었다. 할아버지는 부싯돌과 부시를 꺼냈다.

"불을 피우려면 불 피우는 도구, 산소, 연료가 있어야 해."

도구와 산소는 있고, 할아버지는 연료가 되는 '둥지' 만드는 법을 가르쳐 주었다. 나뭇가지와 풀, 밧줄 조각을 가지고 말이다.

"잘했다, 병사들."

할아버지는 우리가 둥지를 완성하자 부싯돌과 부시 사용하는 법을 보여 주었다. C자 모양으로 생긴 쇳조각을 오른손으로 쥐고는 부싯돌 조각을 빠르게 긁었다. 불꽃이 튀었다. 할아버지는 부시와 부싯돌을 둥지 위에서 긁어, 불을 붙였다. 내가 할아버지의 시범을 하나하나 설명해 주자 맥은 말했다.

"연기 냄새가 나. 우리 마시멜로 구워 먹자."

할아버지가 불 피우는 게 쉬워 보여서, 나는 신이 나서 시도해 보았다. 부싯돌을 부시에다 부딪고 또 부딪었다. 아무런 반응도 일어나지 않았다. 가장 날카로운 가장자리를 찾으려 부싯돌을 계속 고쳐 쥐면서 해 보았다.

"으으으."

나는 손가락을 열 번쯤 찧고는 다 내팽개쳐 버렸다. 할아버지는 말했다.

"이래서 우리가 연습이 필요한 거다."

맥도 어서 해 보고 싶어 했다. 할아버지는 직접 맥의 두 손을 잡아 동작을 가르쳐 주었고, 금세 불꽃이 이는 것을 보며 나는 부러웠다. 하지만 둥지에 불이 붙진 않았고, 맥 혼자 시도해도 되지 않았다.

"우리 그냥 성냥을 사재기해 놓자."

"야, 그거 좋은 생각이다."

할아버지가 우리를 불쌍히 여기고는 내 둥지에 불을 붙여 주었고, 그것으로 마당의 모닥불 구덩이에 불을 더 크게 만들었다. 이제 나는 정말로 마시멜로가 구워 먹고 싶어졌다. 우리가 다시 매듭을 묶으려는데 맥의 전화벨 소리가 끼어들었다. 시리가 맥에게 물었다.

" '엄마에게 문자가 왔네요. 읽어 드릴까요?' "

"응."

"'오늘 너 좀 일찍 데리러 갈게. 오후에 개빈 스미스필드 씨가 온대.'"

맥은 시리에게 "알았어"라고 답 문자를 보내 달라고 했다. 15분 후에 제퍼슨 씨가 여기에 올 거라는 엄마의 문자가 또 한 번 왔다.

"아이고, 나는 휴대전화가 지긋지긋해. 이동전화 교환국이 쓰러지면 내 속이 시원할 거다."

할아버지가 이렇게 말하고는 웃었다.

"개빈 스미스필드가 누군데?"

나는 맥에게 물었다. 휴대전화를 대체로 좋아하는 나지만, 지금만큼은 할아버지와 생각이 비슷했다.

"콘래드 학교 학생이야. 엄마가 나더러 만나 보래."

"왜?"

"뭐 뻔하지. 나한테 너 대신 새로운 절친을 만들어 주려는 거잖아. 경계해, 엘. 네 자리 빼앗기겠다."

"하하, 웃기기도 해. 다른 누가 너를 잘도 참아 주겠다."

나는 그냥 농담처럼, 전혀 신경 쓰지 않는 것처럼 말하려 애썼다.

"우리 엄마는 내가 이 학생이랑 얘기해 보면 콘래드 학교에 갈지 결정하는 데 도움이 될 거래. 교사나 상담사한테는 묻지 못하는 걸 물어볼 기회라면서. '거기 파티는 어때?', '숙제는 얼마나 내줘?' 같은 것 말이야."

그 학교에 갈지 말지를 결정한다니.

"맥, 그거 다 시간 낭비야. 어차피 종말이 오잖아."

"그러게, 그놈의 소행성 때문에 계획이란 계획은 다 틀어지게 생겼다. 우린 내년에 아무 학교에도 못 가. 내후년에도."

맥은 앉은 채 몸을 흔들거렸다.

"그런데 왜 그 학생을 만나?"

나는 질투도 짜증도 드러내지 않으려 애쓰며 물었다.

"그래야 엄마가 좋아하니까."

"똑똑한 선택이다, 맥. 자, 병사들, 그럼 오늘의 훈련을 마저 하자. 당기면 풀어지는 매듭이랑 보라인 매듭을 배울 시간은 충분해."

할아버지는 우리 각자에게 1미터 정도 되는 흰 밧줄을 건넸다. 나는 갑자기 흥미가 떨어졌지만, 할아버지가 하는 것을 보며 따라 했다. 맥에게 가르쳐 줄 차례가 되자 할아버지는 말했다.

"내가 만날 '눈 감고도' 매듭을 스무 가지쯤 묶을 수 있다고 떵떵거렸는데, 실제로 해 보기는 처음이다."

할아버지와 맥이 함께 웃었지만, 나는 웃을 기분이 아니었다.

이내 맥의 엄마가 모는 자동차가 할아버지네 집 앞에 도착했다.

"오늘은 여기까지인가 보다, 맥 이병."

할아버지가 맥의 밧줄을 정리했다.

"감사합니다, 대장님."

맥은 할아버지에게 인사했고, 두 사람은 악수했다. 나는 맥을 차까지 데려다주었다.

맥은 제 미래를 결정한다고 한다. 소행성 2010PL7이 저와 나, 그리고 우리 모두의 미래를 결정해 버렸는데도 말이다.

13장 불청객의 등장

맥은 콘래드 학교 학생과의 만남이 어땠는지 말하지 않았고, 나도 묻지 않았다. 나는 자연 동아리의 다음 모임을 준비하느라 바빴다. 수요일 점심시간, 내가 공룡 공책에 몇 가지 생각을 더하고 있을 때 맥이 물었다.

"왜 이렇게 조용해?"

"그냥 우리 모임 생각하고 있어."

"쉿. 우리 '그것' 이야기는 하면 안 되잖아."

"난 무슨 모임인지 말 안 했거든. 네가 했지."

나는 공책을 덮었다. 오늘 모임에서는 소행성 충돌 후 첫 72시간에 관해 이야기할 것이다.

"앗, 그러면 나 동아리 모임 참가 금지야?"

"경고쯤으로 생각해 둬."

나는 초콜릿 푸딩을 뜯어서 뚜껑을 핥았다.

"그러면 오늘 하루만 금지해 줘. 오늘 어차피 모임에 못 가니까."

"뭐?"

나는 소리쳐 물었다. 우리 식탁 아이들 절반쯤이 나를 보았다.

"야, 야, 진정해. 수영부 선발 심사가 있어서 그래."

"그건 목요일이잖아."

"날짜가 바뀌었어."

"넌 자연 동아리에 와야 해. 안 그러면 난······."

"앗! 너 자연 동아리라고 말했다. 너도 참가 금지야."

맥은 웃었다.

"장난 그만해, 맥."

나는 내가 진지하다는 것을 알리려고 맥의 팔을 잡고는 꽉 힘을 주었다.

"선발 심사 가지 마. 엄마 아빠한테 메모 하나 써 달라고 하면 되잖아. 수영부는 너를 안 뽑을 수 없어. 안 뽑으면 차별이나 뭐 그런 거라고."

"너나 장난 그만해, 엘. 난 수영부 선발 심사에 갈 거야."

맥이 팔에서 내 손을 밀어냈다. 식당 조명이 잠시 어두워져 점심시간이 5분 남았음을 알렸다. 맥은 남은 시간 동안 아무 말 하지 않았고, 나 역시 그랬다. 더는 할 말이 없었다.

방과 후, 나는 과학실로 혼자 들어갔다. 열두 명의 아이들이 와 있었고, 그중에 내 단짝은 없었다. 오후 내내 나는 맥이 마음을 바꾸기를 바랐다. 요즘 들어 맥은 무엇이 중요한지 제대로 판단하지 못한다. 수영부와 콘래드 학교는 중요하지 않다. 지금은, 그리고 내년 봄에는 말이다.

그래도 나는 모임을 무사히 마칠 준비가 되어 있다. 공책에 중요한 것들을 10장 이상 적어 왔고, 모임 시간은 한 시간밖에 되지 않는다. 휴대용 정수기를 종류별로 설명하기만 해도 시간이 절반쯤 지나갈 것이다. 어젯밤에 거울을 보면서 연습했고, 시간도 재었다(학교 선생님들도 이런 준비를 하는지 궁금해졌다). 그러니 나는 할 수 있을 것이다.

그런데 이게 어떻게 된 걸까? 과학실 둘째 줄에 앉은 아이는 다름 아닌 런던 디그스다. 나 엘리너의 인생을 망치고 싶어 하는 바로 그 런던 디그스가 우리 동아리에 와 있다! 다른 수업의 벌로 여기 앉아 있는 걸까? 그게 더 말이 된다. 나를 괴롭히려고 온 걸까? 그건 이미 체육 시간에 충분히 하고 있는데. 내가 지금 당장 뛰쳐나간다면 집에 가는 버스를 잡을 수 있을까?

다들 작은 무리를 이루어 이야기를 나누고 있다. 나는 혼자다. 무엇을 해야 할지 알 수 없다. 나는 5분 정도 휴대전화를 보는 척했다.

"엘리너, 모임 시작할 준비 됐니?"

내 앞으로 다가온 월시 선생님이 물었다.

"맥이 안 와서요."

"그러네. 그래도 네가 있는데 뭘. 네가 이끄는 동아리잖아."

선생님은 미소 지었지만 나는 배 속이 울렁거렸다.

"선생님이 뭘 좀 도와줄까? 오늘의 모임이 이제 시작된다고 선언해 줄까?"

"아뇨, 제가 할게요."

이토록 중요한 모임을 런던 하나 때문에 망칠 순 없다. 나는 큰 숨을 들이마셨다. 그래도 떨리는 다리는 멈추지 않았다.

월시 선생님은 다시 교실 뒤로 갔고, 나는 교실 앞으로 나갔다.

"저기, 음…… 이제 자연 동아리 모임을 시작할게."

"이 한심한 동아리는 뭐 하는 데야?"

런던이 물었다. 모임을 시작한 지 1초 만에 쉬고 싶어졌다.

"몰라?"

스펜서가 이렇게 되묻고는 런던과 나를 번갈아 보았다.

"난 새로 온 회원이잖아. 쟤한테서 직접 듣고 싶어."

런던이 까맣게 칠한 손톱으로 나를 가리켰다. 나는 그대로 굳어 버렸다. 숨 막히는 몇 초가 흐른 후, 와이어트가 말했다.

"회계 보고를 할게. 지금까지 동아리의 수입은 0달러고, 지출도 0달러야."

"아이고, 고마워라."

도미닉이 말했다. 그때 런던이 단어 하나하나에 힘을 주어 물었다.

"이 동아리 뭐 하는 데냐니까?"

"자연에 대해 배우고 감사하는 동아리야."

나는 대답했다. 그리고 내 공책을 들어 보였다. 표지 속 공룡들의 머리 위에 다가 내가 이 가짜 목표를 적어 두었다. 그렇게 따분하게 적어 놓으면 의심의 눈초리를 피할 수 있으리라 생각했다.

"그러니까 그 주제에 관심이 없다면 나가도 좋아."

"아니, 나 아주 관심 있어. 이 동아리의 목적은 그게 아니잖아."

런던이 이렇게 답하고는 미소 지었고, 드라큘라의 송곳니가 드러날 줄 알았는데 평범한 치아가 보였다.

"여기 생존 동아리 아니야?"

오늘 새로 온 또 다른 아이가 물었다. 아니라고 해 봐야 소용없었다. 나는 검지를 입에 가져다 대고는 말했다.

"쉿, 공식적으로는 그런 동아리가 아니야."

"너 누구한테 그렇게 듣고 왔어?"

도미닉이 묻자, 그 새로 온 남자아이가 대답했다.

"맥 제퍼슨한테서."

"너는 누구한테 듣고 왔어?"

내가 런던에게 묻자, 런던이 한쪽 눈썹을 올리고는 대답했다.

"나도 맥한테서."

나는 런던의 말을 믿지 않았고, 내 손을 내려다보며 말했다.

"이 동아리에 관해서 다른 사람들한테 이야기해서는 안 돼. 알았지? 맥한테 는 내가 입조심하라고 경고할게."

나는 오늘의 주제를 소개했다.

"이제 모임 시작하자. 소행성이 충돌한 다음의 72시간은 아주 중요해. 첫 3일을 살아남지 못하면 1년을 살아남을 수도 없지. 이제부터⋯⋯."

스펜서가 내 말을 끊고 물었다.

"잠깐만. 아무한테도 말 안 하는 게 아니라, 모든 사람한테 말해야 하는 거 아니야? 소행성이 지구에 충돌한다고 말이야."

이저벨이 손을 들었다. 내가 발언권을 주자 이저벨이 어깨를 으쓱하며 말했다.

"나는 내 사촌한테 말했어."

나는 설명했다.

"어차피 시간이 지나면 다들 알게 될 거야. 그 소행성이 더 다가오면 미국항공우주국이나 다른 기관에서도 가만히 있을 수 없을 거야. 세계 곳곳 천문관의 천체망원경으로 그 소행성을 보고 난리가 날 거야."

나는 내 파라코드 팔찌를 꼬았다. 뻣뻣하고 불편했다. 이 모임처럼.

"그땐 너무 늦지 않아?"

스펜서가 물었고, 에이제이가 대답했다.

"그럴지도 몰라. 지난주에 ATLAS가 지름 300미터 이상인 소행성을 발견했는데, 금요일에 지구와 달 사이를 지나갈 거래. 10일도 안 남았잖아. 첼야빈스크 소행성도 아무도 미리 발견 못 했으니까⋯⋯."

"그 얘긴 이미 했잖아!"

내가 에이제이의 말을 끊었다. 하지만 스펜서가 물었다.

"ATLAS가 뭔데?"

"소행성 충돌 경보 시스템이야. 하와이에 있어."

안경을 밀어 올리는 에이제이는 당장이라도 소행성 충돌 경보 시스템에 관해 긴 강의를 할 준비가 된 것 같았다.

"다들 그만해. 우린 천문학 배우려고 모인 거 아니잖아. 그런 건 월요일에 해. 내가 이 동아리를 만든 건, 너희한테 기본적인 생존 기술을 가르쳐 주기 위해서야. 너희가 좀비가 되지 않도록."

"좀비?"

도미닉이 눈을 휘둥그렇게 뜨고 물었다. 놀란 건지 무서운 건지, 아니면 신난 건지 알 수 없었다.

"그땐 좀비가 있어?"

스펜서는 이보다 더 좋은 소식은 없다는 듯 밝은 얼굴로 물었다.

"이 동아리, 생각했던 것보다 더욱 답 없네."

런던이 비웃으며 말했고, 나는 설명했다.

"죽지 않고 뇌를 파먹는 좀비 얘기가 아니라, 재난에 대비하지 않은 사람들을 부르는 용어야. 그냥 별칭이야."

유튜브에서 프레퍼족의 동영상을 줄줄이 보고 주말에 할아버지와 생존 훈련을 하지 않는 한, 알기 어려운 내용이다.

제이드가 끙 소리를 내면서 휴대전화를 꺼냈다. 지루해하는 것일까, 내 말이 사실인지 확인하려는 것일까? 나는 계속 설명했다.

"왜 영화에서 좀비들을 보면 정처 없이 돌아다니잖아. 뇌가 없는 멍청이들이기도 하고 말이야. 생존할 수 있도록 대비하지 않으면 그렇게 된다는 뜻으로 좀비라고 하는 거야. 그러니까 티어트워키 이후에 살아남으려면 꼭 대비해야 해."

대부분이 알아듣지 못하는 표정이었다, 내가 수학 문제 풀이라도 하는 것처럼. 하지만 스펜서는 예외였다. 거의 의자에서 튀어나오면서 말했다.

"티어트워키가 뭔지 알아. '우리가 아는 세상의 끝'이라는 뜻이야."

스펜서 역시 유튜브 중독인지도 모르겠다.

"맞아."

나는 좋은 생각이 하나 떠올랐다.

"우리 용어 공부부터 하는 게 좋을 것 같아."

소행성 충돌 직후의 72시간에 관한 이야기는 미루기로 했다. 스펜서가 일기용 공책을 꺼내며 호응했다.

"아주 좋은 생각이야!"

"좋아. 아까 말했듯, 미리 대비하지 않아서 티어트워키 이후에 살아남기 막막해진 사람들을 좀비라고 해.

"WROL. 이건 법의 규칙이 없다(Without Rule Of Law)는 말로, 법 없는 세상이 된다는 뜻이지."

"그런 세상 좋을 것 같은데."

도미닉이 등받이에 등을 기대고, 뒤통수에 두 손을 깍지 끼고 말했다.

"어리석은 소리야!"

내가 쏘아붙이자 도미닉이 움찔했다. 나는 보충 설명을 했다.

"미안. 그런데 이건 늦게 자도 된다거나 숙제가 없다거나 하는 의미가 아니야. 도둑이나 살인자가 있어도 체포할 경찰이 없다는 뜻이야. 감옥을 지키는 사람도 없을 거야. 무서운 세상인 거야."

"경찰이 왜 없는데?"

에이제이가 물었고, 나는 대답했다.

"경찰도 자기 집에서 자기네 가족을 지켜야 하니까. 일해도 돈을 받을 수 없어서 아무도 일하러 가지 않을 거야."

모두가 심각한 표정이다. 마침내 내 이야기가 와닿는 걸까?

"다음으로, BOB는 생존 배낭(Bug Out Bag)이라는 뜻이야. 사흘 동안 생존하는 데 필요한 것들이 들어 있어야 해. BOL은 대피 장소(Bug Out Location)라는 뜻이야. 집이 파괴되면 갈 수 있는 곳. MAG은 상호 지원 집단이라는 뜻이야."

"좀 천천히 해."

스펜서가 공책에 글씨를 휘갈겨 쓰며 말했다. 그때 런던이 말했다.

"이걸 다 알 필요는 없어. 용어를 안다고 생존할 수 있는 것도 아니고."

"그래도…… 필요해."

어린애처럼 나온 내 목소리가 마음에 들지 않았다. 런던이 고개를 뒤로 젖히더니 만화에 나오는 악당처럼 웃었다. 나는 손목이 아플 때까지 팔찌를 꼬고 또 꼬았다. 런던이 그걸 보고는 물었다.

"그건 왜 찼어?"

나는 작게 대답했다.

"파라코드 팔찌라는 거야."

"알아! 학교에 왜 차고 왔느냐는 거야. 텐트 쳐? 지혈대라도 만들 거야? 아무 쓸모 없잖아. 왜 너 같은 애 말을 듣고 앉아 있는 건지 모르겠다."

런던이 까만 워커 신은 두 발을 쿵 하고 책상에 올린다. 내 얼굴은 불타오르고 목구멍은 바싹 마른다. 나는 런던을 동아리에서 쫓아내거나 한 대 치기라도 해야 할 것이다. 하지만 고개를 숙이고, 눈에 눈물이 고이지 않게 자꾸 눈을 깜박일 뿐이다.

"난 알고 싶어. 설사 소행성이 비켜 가더라도 이런 건 중요한 정보 같아."

이저벨의 말에 나는 중얼거렸다.

"비켜 가지 않아."

"설사 비켜 가더라도 지구 온난화가 심각하니까 알아 둬야 해."

제이드였다.

"나도 알고 싶어. 아는 것이 힘이라고."

에이제이가 이렇게 말하고는 한 손을 공중에 휘둘렀다.

그때 런던이 책상에서 발을 내리고 상체를 내밀더니 천천히 내뱉었다.

"시, 간, 낭, 비."

런던이 나를 빤히 노려보았다, 할 말 있으면 해 보라는 듯한 눈빛으로. 나는 아무 말도 할 수 없었고, 공책을 덮어 가방에 마구 넣느라 표지가 찢어질 뻔했다. 그러고는 그대로 교실에서 나와 버렸다. 맥이 이 모임에서 빠져도 된다면, 나도 마찬가지다. 나의 리더 역할도 이것으로 끝이다. 모두가, 특히 런던 디그스가 좀비가 되도록 내버려 두는 수밖에.

14장 친절과 관용

그날 저녁, 맥은 내가 받을 때까지 세 번이나 전화를 걸었다. 안 받으면 계속 걸 것 같아서 나는 받거나 전화기를 끄는 방법밖엔 없었다.

"아, 왜?"

"응, 안녕이라고? 그래 너도 안녕? 동아리 모임은 어땠어?"

"전화를 받았다고 해서 내가 너랑 말을 하겠다는 뜻은 아니야."

나는 버블스를 들어 올려서 함께 침대에 누웠다. 내 마음을 위로할 수 있는 것은 버블스뿐이다.

"그래, 그래, 말이 되는구나. 네가 말을 안 하면 내가 하지 뭐. 수영부 선발 심사가 어떻게 됐는지 궁금해할 것 같은데."

맥은 잠시 기다렸지만 나는 아무 대답 하지 않았다.

"나 뽑혔어."

맥은 이렇게 말한 다음 관중의 환호 소리까지 흉내 냈다.

"우아아아아! 잘한다아아! 그래, 그거지!"

그 환호가 10분쯤 이어지는 것 같았다. 나는 반응하지 않고 버블스의 흰 털에서 풀잎 조각을 떼어 냈다.

"내가 선발된 건 아마 스무 명 뽑는데 열두 명만 왔기 때문일 거야."

나는 끙 소리를 낼 뿐이었다.

"또 내가 모든 경기에서 1등 했기 때문이기도 해. 내가 제일 못하는 배영까지 1등 했어."

"그러니까 너는 거기 갈 필요도 없었던 거네."

맥에게 침묵이라는 벌을 더 오래 주지 못하고, 내가 말했다. 맥은 맞섰다.

"갔으니까 뽑힌 거야, 이 한심아. 수영부에 들어가고 싶으면 선발 시험에 가야 하는 거야."

"넌 자연 동아리에 먼저 가입했잖아."

"수영은 꼬마 때부터 했어."

맥의 목소리에서 평소의 밝은 기운이 빠져나가 버렸다. 화를 거의 내지 않는 맥이지만 점점 기분이 상해 가고 있었고, 나도 물러나지 않았다.

"나는 자연 동아리를 만들고 싶지도 않았는데 맥 너 때문에 시작한 거잖아. 그런데 어떻게 나를 내팽개치고 가 버릴 수가 있어."

이렇게 말하고 나니 울음이 나올 것 같았다. 눈물이 따갑게 솟아나는, 화난 울음이 말이다. 버블스가 앞발로 나를 살며시 건드렸다.

"야, 무슨 말을 그렇게 해. 나는 다른 일이 있어서 못 간 건데, 그게 어떻게 너를 내팽개친 거야. 너도 다 알잖아."

"네가 필요했단 말이야."

"무슨 일 있었어?"

"런던 디그스가 모임에 왔어."

나는 소리치지 않으려고 잠시 쉬었다가 물었다.

"맥 네가 걔한테 우리 동아리를 알려 줬어?"

조용했다. 맥이 전화를 끊었나 전화기를 살펴보았지만, 아니었다.

"맥. 네가 런던한테 말했냐고."

"응, 내가 말했어."

"왜?"

"어제 상담실 갔을 때 대기실에 런던이 있었는데, 울고 있더라고."

나는 런던이 엉엉 우는 모습을 상상해 보았다. 전혀 동정심이 들지 않았다.

"내가 무슨 일이냐고 물어봤는데 대답을 안 하더라고. 그래서, '무슨 일이건 내년 봄 이후에는 세상이 끝나니까 중요하지 않다'고 말했어."

나는 베개에 머리를 찧었다. 맥은 왜 세상 모두와 대화해야만 할까?

"난 런던이 내 말을 듣지도 않은 줄 알았거든. 그런데 어젯밤에 나한테 문자를 보냈더라고. 그래서 웹사이트를 알려 주고, 우리 동아리에도 나오라고 했어."

"런던은 나를 싫어해."

"그건 아니야."

런던은 동아리 모임에서 나를 몰아붙였고, 점심시간에도 나를 건드렸고, 농구공으로 내 머리를 날려 버리려고도 했다.

"사악한 아이라고."

"오히려 네가 걔를 싫어하는 것 같은데."

런던 디그스도 초등학교 때는 괜찮은 아이였다. 뭐, 적어도 사람을 괴롭히진 않았다는 것이다. 우리는 같은 무용 수업을 한 번 들었는데, 내가 두 달 만에 그 수업에서 빠졌다. 런던은 만화를 잘 그려서 교내 연말 축제 때면 온갖 미술상을 탔다. 한번은 나를 생일 파티에 초대한 적도 있었다. 나는 물론 가지 않았다. 맥이 초대받지 않았기 때문이다(여자아이들만의 파티였다).

그러다가 6학년 때 런던에게 새 친구들이 생겼다. 인기 많은 아이들이었던 것 같다. 요즘 알록달록한 염색 머리를 하고 다니는 바로 그 아이들이다. 런던은 늘 그 무리와 함께 놀았고, 금요일 밤마다 스케이트 월드에 갔다. 해밀턴의 비공식 인기남 1위인 제러미 도너휴와 사귄 적도 있다. 그해 연말에는 콜 어쩌고 하는, 다른 초등학교에 다니는 새 남자친구를 사귀었다.

"그래, 나 런던 싫어해. 오늘 모임 때도 걔는 나를 방해하고 모욕했어."

"세상에, 방해를? 아휴 끔찍해라. 벌점을 주어야겠어."

맥이 나를 놀리려고 과장되게 말했다.

"걔가 또 모임에 나오면 난 빠질 거야. 안 한다고."

"그러지 마, 엘."

맥이 부드럽게 나를 다독였지만 나는 참을 수 없었다.

"우린 서로를 싫어해. 그런데 내가 왜 걔랑 같이 있어야 해? 세상이 곧 끝날 거야. 마지막 소중한 몇 달은 좋아하는 사람들과 보내기도 아깝다고."

"아니면…… 마지막 몇 달 동안 좀 더 친절과 관용을 베푸는 것도 좋지."

나는 어이가 없어서 입을 일그러뜨리고는 말했다.

"학교 선생님처럼 말하지 좀 마."

"그리고 꼭 하고 싶은 걸 적어 보는 것도 좋겠어. 버킷리스트 만들자."

"뭐? 친절과 관용으로는 부족해?"

"당연하지. 몸에 문신도 하고, 피어싱도 하자."

맥이 웃었다. 하지만 나는 맥이 조금이라도 진심일까 봐 걱정되었다.

"나 전화 끊는다."

나는 문신과 피어싱을 응원하지 않고 싶어서 말했다. 맥이 귀에 피어싱을 한다면 맥의 엄마가 얼마나 화를 낼까.

"아무나 뽑아 주는 수영부에 합격한 거 축하해. 나중에 또 얘기하자."

"야, 농담 아니야. 너랑 나랑 모양 맞춰 문신하자니까. 그리고……."

내가 전화를 끊어 버렸기 때문에 뒷말은 듣지 못했다. 내 생존 전략에 문신은 포함되지 않는다.

• ★ •

다음 날 오전 내내, 나는 마치 공습에 대비하듯 몸을 사리며 다녔다. 런던과 내가 한 공간에 있게 되는 시간은 체육 시간과 점심시간뿐이었다. 교실은 안전했다. 복도, 학교 식당, 체육관은 안전하지 않았다.

"너 좀 초조해 보이는데."

나와 학교 식당으로 들어서면서 맥이 말했다. 내가 떠는 게 잡은 팔꿈치를 통해 느껴지나? 아니면 나한테 식은땀 냄새가 나나?

"괜찮아."

"거짓말."

"다시는 런던 디그스를 상대할 일 없으면 좋겠어."

지금부터 세상의 종말까지 피하고 싶은 것 세 가지는 런던 디그스, 머릿니, 골절이다. 종말 이후에도 피할 계획이다.

"제발 걔한테 다음 모임에 오지 말라고 해."

"그렇겐 안 해."

우리는 평소와 같은 식탁에 앉았다. 식당엔 7학년들이 가득했다. 런던이 어디쯤 앉았는지 둘러보았지만, 제 친구들의 식탁에 있지 않았다. 우리 식탁에 마구 끼어 앉지도 않았고, 우리 옆의 식탁에도 없었다. 좀 더 고개를 돌리다 보니 런던이 구석 칸막이 식탁에 혼자 앉아 있었다. 주로 교사들이나 학교를 방문하는 어른들을 위해 비워 두는 식탁에 말이다.

어른과 함께 앉은 것도 아니다. 혼자 앉아 있는데도 그 4인용 식탁에 일곱 명이 끼어 앉기라도 한 것처럼 구석에 붙어 있다. 나는 늘 런던을 친구 많은 아이라고 생각했다. 런던과 친해지고 싶어 하는 아이들도 많다고 생각했다. 그런데 이 상황은 뭘까? 수업 시간에 욕이라도 해서 저기에서 점심 먹는 벌을 받았을까? 그랬다면 말이 된다.

나는 땅콩버터샌드위치를 꺼냈다. 그 빵을 조각조각 떼면서, 런던을 지켜보

왔다. 아무도 런던이 있는 식탁에 앉지 않았다. 그런데 해나라는 아이가 지나가면서 런던에게 무슨 말을 했다. 런던의 자세가 쭈그러드는 것을 보면 그 말은 "안녕?"이 아니었던 것 같다.

"너 왜 이렇게 말이 없어?"

맥이 내게 물었다. 나는 결심하고 대답했다.

"좋아. 다음 동아리 모임에는 갈게. 그런데 만약 런던이 와서 또 막말하면 그땐 내가 동아리 그만둘 거야."

"음, 알았어."

내가 자연 동아리를 그만두게 될 확률은 꽤 높다. 런던 디그스가 60분 동안이나 상식적으로 행동할 리가 없으니.

15장 고급 정수기 쓰는 법

기다렸던 추수감사절인데 할아버지와 아빠는 만나서 다투기나 했고, 나는 같이 있기 너무 불편한 나머지 차라리 학교 가는 날이 기다려질 지경이었다.

말다툼의 첫 번째 이유는 저녁 식탁을 차리는 우리를 할아버지가 '병사들'이라고 불렀다는 것이었다.

"아버지는 무슨 사이비 종교나 민병대라도 창설하는 것처럼 말씀하시네요."

할아버지가 재난용 빗물 집수통을 주문했다고 말했을 때도 분위기는 냉랭해졌다.

"감사하지만 저희는 수돗물 쓸게요."

그리고 할아버지가 식전 기도를 할 때, 아빠는 '실수로' 자신의 와인 잔을 깨뜨렸다.

"주님, 일용할 양식을 주셔서 감사합니다. 그리고 저의 아들, 두 손자, 멋진 손녀로 이루어진 아름다운 가족을 주셔서 감사합니다. 이 훌륭한 나라를 주셔서 감사합니다. 모든 것에 감사합니다. 이번이 우리의 마지막 추수감사절일지도 모른다는 것을 알고 있습니다. 지금도, 그리고 종말 후에도 세상에 이바지하며 살아갈 수 있기를 기도합니다."

할아버지는 후식으로 파이를 먹기도 전에 집으로 돌아갔고, 아빠는 남은 저녁 내내 텔레비전으로 미식축구를 보았다, 눈을 감고서.

나는 살금살금 내 방으로 올라와 자연 동아리의 다음 모임을 준비했다. 핵심 용어와 콜린 박사의 웹사이트에서 얻은 중요한 정보들을 표로 정리해 적어 넣었다.

그사이 웹사이트는 훨씬 커졌다. 박사가 거의 매일 게시물을 올렸다. 그중에는 복잡한 수학 계산식도 있고 위성 사진도 있었다. 내 눈엔 그 사진들이 다 똑같아 보였지만, 내가 뭘 알겠는가? 박사는 사람들이 의견과 질문을 남길 수 있는 게시판도 만들었다. 때로는 사람들이 친절하지 않은 글을 올리기도 했지만 그런 글은 누군가가 빨리 삭제했다. 전 세계 곳곳의 사람들이 글을 남기고 있었다. 다행히 모든 글은 영어로 올라왔다. 이 정보가 전 세계로 퍼지고 있었다. 모두가 보는 게시판에는 글을 올리고 싶지 않아서, 나는 콜런 박사에게 또 한 통의 이메일을 보냈다.

> 콜런 박사님께,
>
> 추수감사절 즐겁게 보내시길 바랍니다. 웹사이트를 통해 알려 주신 모든 정보에 감사드립니다. 박사님이 사람들의 목숨을 구하고 계세요. 저는 박사님이 영웅이라고 생각합니다.
>
> E.J.D. 올림

· ★ ·

12월의 첫 수요일이 되었다. 맥과 나는 가장 먼저 과학실에 도착했다(나는 맥이 또 동아리 모임에 빠지지 않도록 사물함에서부터 맥을 따라왔다). 오늘은 월시 선생님이 출근하지 않아, 나는 임시 교사가 우리 모임을 취소할까 봐 걱정되었다. 하지만 임시 교사는 이미 월시 선생님에게서 방과 후 과학실을 사용하는 아이들이 있다는 전달을 받았다고 했다.

다음으로 스펜서와 에이제이, 도미닉 삼총사가 들어왔다. 스펜서는 주말에 구매한 프레퍼족 잡지를 보여 주었다. 표지부터 맨 뒷장까지 몇 번이나 읽은 듯 책장이 말리고 구겨져 있었다. 에이제이는 금속으로 된 트렁크를 가져왔다.

"뭐가 들었어?"

내가 묻자, 에이제이가 트렁크의 옆면을 톡톡 치면서 답했다.

"셀레스트론 넥스타 식스 SE."

나는 알아들을 수 없어 어깨만 으쓱했다.

"내 휴대용 망원경이야. 집에 더 큰 게 있는데, 거실에 설치되어 있어서 학교로 가져올 순 없었어."

"그걸로 그 소행성을 볼 수 있어?"

나는 물었다. 가능할 것 같지 않은데도 신났다.

"말도 안 되지. 그 소행성은 너무 멀리 있고 어차피 지금은 낮이잖아."

지금이 한낮이라는 것을 내가 모를까 봐, 에이제이는 창문을 가리켰다.

"그러면 왜 들고 왔어?"

"멋지니까."

에이제이는 트렁크를 열고는 자신의 장난감을 사랑스럽게 바라보았다.

"여기가 그 '지구 종말 동아리'야?"

오늘도 새로운 아이가 한 명 나타났다.

"'자연 동아리'야."

내가 대답했고, 맥이 거들었다.

"우리는 자연을 더 잘 알고 사랑하기 위해 모였어."

우리는 가짜 목표를 새로 만들어야 한다. 이러다 어느새 식물원 견학을 다니고 있을지도 모른다. 새로 온 아이는 혼란스러운 표정으로 입을 열었다.

"내가 듣기로는……."

내가 그 아이의 말을 잘랐다.

"더는 못 하겠다. 그래, 우린 '지구 종말 동아리' 맞아."

제이드와 이저벨이 교실에 들어오고, 뒤이어 와이어트도 왔다. 처음에 나는 맥과 나 둘이서 하는 동아리를 원했다. 거기에 점심시간 삼총사까지는 끼워 줄 마음이 있었고 말이다. 하지만 이제는 다른 아이들한테까지 책임감을 느낀다.

"엘리너, 이거 너 주려고 가져왔어."

제이드가 스테이플러로 찍은 종이 한 묶음을 건넸다. 어느 과학 웹사이트의 내용을 종이에 출력한 것이었다. 맨 앞장의 〈기후 변화에 관하여 당신이 알아야 할 것들〉이라는 제목이 눈에 띄었다.

"고마워."

나는 스펜서 옆에 앉아서 스펜서가 가져온 잡지를 뒤적이며 몇 초마다 한 번씩 교실 문을 쳐다보았다. 런던이 나타나기를 기다렸다. 런던이 어디든 다른 곳에서, 다른 누구를 괴롭히고 있기를 바라면서.

"이름이 뭐야?"

나는 새로 온 아이에게 물었다.

"브렌트."

브렌트가 갈색이 섞인 금발을 뒤로 쓸어 넘기고, 치아 교정 장치를 드러내며 커다란 미소를 지었다. 백인이고, 여드름이 있고, 마른 체격인 남자아이다.

"알았어. 그럼 오늘 모이는 인원은 이 정도인가 보다."

"오늘 우리는 무엇을 하나요, 회장님?"

맥의 물음에, 나는 대답했다.

"정수기에 관해 이야기할 거야."

나는 할아버지가 나에게 사 준 정수기를 들어 올렸다. 할아버지는 맥에게도 똑같은 것을 사 주었다. 100달러가 넘는다.

"물 없이는 하루밖에 살지 못해. 병에 든 생수를 장만해 두는 것도 좋지만,

상황이 오래가면 좀 더 장기적인 해결책이 필요해."

나는 책상에 그 정수기를 올렸다.

"SHTF 상황에서는……."

"SFTF란 걷잡을 수 없는 재난이 닥쳤을 때라는 뜻이지."

이 말로 내 설명을 끊으며 들어온 아이는 런던이었다. 내 어깨 근육이 다시 뻣뻣해졌고, 머리는 뜨거워졌다. 나는 런던 알레르기가 있나 보다. 런던은 맥의 다른 쪽 옆자리를 차지했다.

"런던 왔구나."

맥이 말했다. 맥 말고는 그 누구도 런던에게 인사하지 않았다. 인사는커녕 쳐다보지도 않았다.

"음……."

나는 내가 하던 말이 기억나지 않았다. 그러자 런던이 마치 시간 아깝다는 듯이 손가락으로 드르륵 책상을 두들겼다.

"왜 그래?"

맥이 내게 물었다. 나는 고개를 저으며 답했다.

"아니야. 음…… 그러니까 물이 중요하고……."

"그건 우리도 알아. 초등학교 1학년도 알아."

런던이었다. 나는 내 정수기를 왼손에서 오른손으로, 그리고 다시 왼손으로 옮겨 쥐었다. 런던이 쏘아보는 앞에서는 머리가 돌아가지 않았다. 런던이 물었다.

"그거 쓰는 법 보여 주긴 할 거야?"

"보여 줘야지."

나는 이걸로 정수하는 법을 안다. 할아버지가 확실히 알려 주었다. 하지만 재미로 사용해서는 안 된다. 정수기는 쓸 수 있는 횟수가 제한되어 있다. 티어트워커가 오기 전에 이것을 쓰면, 이것이 정말 필요할 때 쓸 수 있는 횟수가 그만큼 줄어든다.

나는 자리에서 일어나 모두에게 교실 뒤 싱크대로 따라오라고 손짓했다. 임시 교사가 우리를 쳐다보았다.

"물의 순환과 정화에 관해서 이야기하는 거예요. 저 비커 하나만 빌려 쓸게요."

임시 교사는 잠시 두 눈썹을 모았지만 결국 고개를 끄덕였다. 나는 캐비닛을 열어 400밀리리터짜리 비커를 찾았다. 주머니에서 내 정수기를 꺼내고, 싱크대 수도꼭지를 돌렸다. 시범을 보이려는데, 런던이 손을 뻗어 물을 잠가 버렸다.

"이건 아니지."

런던이 검게 화장한 눈으로 나를 노려보고 있었다.

"이 물은 이미 깨끗하잖아. 깨끗한 물로 하면 정수되는지 안 되는지 어떻게 알아?"

"그냥 시범 보이는 거잖아."

"그런 시범은 멍청하고 쓸모없는 일이야."

멍청하고 쓸모없는 건 '나'라고도 말할 것 같았다. 그러나 런던은 그렇게 말하지 않았다.

"내가 뭘 어떻게 하면 좋겠는데?"

나는 이렇게 물어 놓고는 곧바로 아차 싶었다.

"더러운 물로 해야지. 우린 간식 준비가 아니라 종말 대비를 하는 거잖아."

"맞아."

도미닉이 맞장구치며 고개를 끄덕였다.

"런던 말이 맞네."

스펜서가 말했다. 나는 이제 회장 자리에서 내쫓기는 듯한 기분이 들었다.

"밖에 나가서 더러운 물을 찾자."

스펜서의 말에, 나는 설명했다.

"이 주변에는 물이 없어. 그리고 아무리 이게 있어도…… 웅덩이 물 같은 걸 걸러 마시는 게 아니야. 실제 상황이라면 우리는 빗물을 모아서……."

"웅덩이 물이 빗물 아니야?"

다시 내 말을 끊고 런던이 물었다.

"빗물이라는 건 식수용 물통에다 모은 빗물을 말하는 거야. 그런 빗물이 없으면 개울이나 강처럼 흐르는 물이 가장 좋아. 바닥의 돌이 천연 필터 역할을 하니까 나쁜 것들이 많이 걸러져. 정수기는 아주 미세한 오물까지 걸러 주는 거고."

몇몇 아이들이 고개를 끄덕였다. 나는 물었다.

"시범 보일까 말까?"

다른 누가 대답할 틈도 없이 런던이 말했다.

"변기 물은 어때? 변기 물도 그걸로 정수하면 마실 수 있어?"

런던이 손가락으로 내 정수기를 쳤다. 맥이 코웃음 치고는 말했다.

"변기 물이라니 좀 더럽다. 그런데 진짜 변기 물도 돼?"

나는 답했다.

"변기 뒤 물탱크에 있는 물은 깨끗해. 싱크대에서 나오는 물이랑 같아."

런던이 물었다.

"변기통에 있는 물은?"

"모르겠어. 물을 서너 번 내린다고 해도 모든 찌꺼기가 내려갈까?"

나는 이렇게 대답하고는 어깨를 으쓱했다.

"네 그 고급 정수기가 미세한 똥오줌도 걸러 주지 않을까? 네가 권한 강물

115

에도 물고기가 오줌 싸지 않아?"

"저기, 내가 소변이나 변기 전문가는 아니지만, 변기 물이랑 강물은 분명히 달라."

난 그냥 정수기 쓰는 시범을 보여 주고 싶을 뿐이었다, 젠장.

"해 보면 되겠네."

런던이 이렇게 말하고는 씨익 웃었다.

"안 돼!"

나는 고개를 저었다.

"해 보자."

스펜서가 말했다. 에이제이도 고개를 끄덕였다.

"이야, 이거 진짜 대박이다. 너 진짜 변기 물을 정수할 거야?"

맥이 물었고, 나는 완강히 대답했다.

"절대 안 해!"

"무슨 생존주의자가 이래?"

이렇게 말한 런던이 정수기를 내 손에서 빼앗았고, 교실 문으로 향하면서 이렇게 말했다.

"누가 비커 하나 챙겨."

"너희 어디 가니?"

임시 교사가 물었다.

"잠시 화장실 다녀오려고요."

맥이 대답했다. 모두가 런던을 따랐다. 도미닉은 비커를 챙겼다. 맨 뒤에서 따라가는 맥의 지팡이가 타닥타닥 교실을 가로질렀다.

이게 도대체 무슨 일이지?

16장 우리만의 비밀

이제 일이 어느 쪽으로 전개되건 나쁜 결말뿐이었다. 런던이 혼자 시범을 보이면 내 정수기를 망가뜨릴 게 분명했다. 내가 따라가서 시범을 보이면 나는 변기물을 정수할 신세였다. 결정은 오래 걸리지 않았다. 나는 앞서간 아이들을 바싹 뒤쫓았다.

"금방 올게요."

임시 교사는 나를 붙잡지 않았다. 앞장선 런던을 따라 모두 텅 빈 여자 화장실로 들어갔다. 스펜서와 에이제이는 새로운 행성에 도착이라도 한 것처럼 주위를 둘러보았다. 런던이 화장실 문 한 칸을 밀어 열었다. 변기 커버가 올려져 있고, 거품이 있는 파란색 물이 변기통에 고여 있었다.

"우리가 운이 좋네. 우리의 물그릇이 방금 씻긴 모양이야."

런던은 발로 변기 물을 내렸다. 물이 소용돌이를 일으키며 내려갔다. 런던은 한 번 더 물을 내렸다. 변기에 맑은 물이 새로 차올랐지만, 어쨌거나 변기 물이었다. 런던이 정수기를 내 가슴에 밀었다.

"시범 시작하시죠, 지구 종말 교수님."

나는 숨을 깊이 들이쉬고 말했다.

"이건 한심한 짓이야. 한 사람이 하루 동안 마실 양도 안 돼. 아무도 이런 짓은 안 할 거야. 물을 제대로 얻을 수 있는 곳을 찾아야 해."

"네가 안 하면 내가 할게."

런던이 한 걸음 다가섰다. 우리는 키가 같다. 어쩌면 내가 조금 더 큰지도 모른다. 그런데 어떻게 런던이 나에게 그림자를 드리우는지 알 수가 없다. 나는 내 정수기를 잡았다.

"알았어. 물을 깨끗하게 만들기 위해 두 단계를 거쳐야 해. 거르기와 정화. 이 정수기로 거르기와 정화가 다 돼."

부디 그래야 할 텐데.

"이쪽으로 물을 넣고."

나는 바닥 옆쪽의 튀어나온 부분을 가리켰다.

"여기에다가 호스를 연결하는 거야."

나는 호스를 끼우고 단단히 연결되었는지 확인했다. 그러고는 호스의 다른 쪽 끝을 변기에 담갔다.

"으으으으."

제이드가 몸서리쳤다.

"무슨 일인데?"

맥이 물어보자 스펜서가 설명했다.

"엘이 호스를 변기에 넣었어."

"이 노즐에서 물이 나와."

나는 또 하나의 투명 호스를 정수기에 연결했다.

"물이 바닥에서 위로 이동하면서 필터를 거칠 때 박테리아나 기생충이 99.99 퍼센트 걸러져. 그리고 숯 필터를 통해서 화학 물질도 제거돼."

"콜레라균이랑 대장균도 제거돼?"

에이제이가 초조해서 티셔츠 밑단을 비틀며 물었다.

"아마 그럴 거야."

"소변도 제거돼?"

도미닉이 물었다.

"응."

내가 '응' 말고 무슨 대답을 할 수 있겠는가?

정수기에서 계속 아무것도 나오지 않아 나는 말했다.

"마중물을 부어야겠다. 그리고 처음 나오는 50밀리리터 정도는 안 마시는 게 좋아."

나는 스펜서에게 변기에 대고 호스를 들고 있게 했다. 내가 한 손으로는 필터를, 다른 손으로는 펌프를 잡아야 했기 때문이다. 정수기에서 변기로 물이 빠지자 꼭 소변보는 것 같은 소리가 났다. 펌프질을 다섯 번 한 나는 배수 튜브 끝을 비커에 대라고 지시했다. 도미닉이 휴대전화로 사진을 찍었다.

"사진은 안 돼."

나는 고개를 숙였지만 머리가 짧아서 얼굴이 가려지지 않았다.

"너 뭐 하는 거야?"

런던이 말했다. 나에게 말하는 줄 알았는데 고개를 들어 보니 런던이 도미닉의 손에서 휴대전화를 빼앗으며 이렇게 덧붙였다.

"비밀 동아리 활동을 사진으로 찍으면 안 되지."

비커가 반쯤 찼을 때 나는 멈추고 물었다.

"자, 이제 됐어?"

런던은 팔짱을 끼고 대답했다.

"글쎄. 네가 말해 줘. 그걸 마시고 5분 동안 살 수 있어?"

"이건 그냥 시범이잖아!"

나는 이를 악물었다.

"그래, 시범 맞는데, 이제는 마실 차례라고."

"네가 마셔."

나는 도미닉이 들고 있던 비커를 런던에게 내밀었다. 런던은 내게 말했다.

"네가 먼저 마셔. 내가 그다음으로 마실게."

"아니. 난 너 안 믿어. 내가 마시면 너는 엘리너 드로스가 변기 물을 마셨다고 모두에게 말하고 다닐 거잖아."

"그렇다면 나도 너 안 믿어. 네가 전문가잖아. 네가 그렇게 마시기 싫어하면, 네 정수기에서 정수가 제대로 안 된다는 뜻이니까."

"제대로 돼. 시중에서 가장 좋은 거야. 군용이라고."

내가 어쩌다 이 정수기 홍보 대사가 되었나.

"그러면 마셔."

런던이 몸을 내밀며 나를 마주 보았다.

"싫어. 마셔 보고 싶은 사람 있어?"

나는 모두에게 그 변기 물을 내밀었다. 아무도 받지 않았다.

"네가 마시면 나도 마실게. 약속해."

런던이 말했다. 그 목소리에 가짜 달콤함이 있었다.

"나도 마실게."

맥이 말했다. 맥은 보지 못했겠지만, 그 말에 내 눈이 개구리처럼 튀어나왔다. 맥이 덧붙였다.

"이건 우리 동아리 입회식 같은 거야. 자연 동아리인 척하는 지구 종말 동아리와 함께하고 싶으면, 마셔야 해."

"그럼 엘 네가 먼저 마셔. 그래야 공평해."

런던이 말했고, 나는 모두를 둘러보았다. 하나같이 하얗게 질린 표정이었지만 모두가 고개를 끄덕였다.

나는 심장이 뛰었다. '어떻게 하지?' 변기 물을 마신 아이로 알려지고 싶지 않았다. 하지만 모두가 마신다면 우리끼리의 공감대 같은 것이 생길 것이다. 모두가 이 일을 비밀로 하고 싶을 것이다. 함께 은행을 턴 도둑들처럼 아무도 이 일을 남에게 말할 수 없게 될 것이다. 런던이 재촉했다.

"온종일 여기 있을 순 없어. 10분 후면 다들 차 타고 집에 가야 한다고."

나는 아무 말 없이 비커를 입술에 댔고, 더없이 적은 한 모금을 마셨다. 아마 티스푼 하나 정도의 양일 것이다. 나는 맛을 느끼지 않고 삼켰다. 적어도 그러려고 노력했다. 쇠 맛과 흙 맛이 난 건 아마 기분 탓이었을 것이다.

"이제 네 차례야."

나는 입을 앙다물고 런던에게 비커를 건넸다.

"엘이 마셨어?"

맥이 물었다. 새로 온 아이가 대답했다.

"마셨어."

런던이 웃음을 터뜨렸다. 그러면 그렇지. 나는 런던이 안 마시리라는 것을 알고 있었다. 나는 주먹을 불끈 쥐었다. 하지만 내가 그 물을 런던의 머리 위에 쏟아 버리려고 비커를 빼앗기 전에, 런던이 한 모금을 마셨다. 그러고는 어깨를 으쓱했다. 뭐, 별일 아니네, 하듯이. 가장 가까이에 있는 도미닉이 다음으로 그 비커를 받았다.

"쟤네 둘 다 마셨어."

스펜서가 맥에게 말해 주었다. 도미닉은 한 손으로 코를 쥐고 그 비커를 기울였다. 그렇게 모두가 그 변기 물을 마셨다. 이저벨까지도. 사실 이저벨은 마시는 시늉만 하고 넘어가려 했지만 제이드에게 걸렸다. 제이드는 팔꿈치로 이저벨을 쿡 찌르며 말했다.

"야, 그러지 마. 진짜로 마셔."

맥이 비커를 마지막으로 받았다. 비커를 들어 올리고 '건배!' 라고 말하고는 맥은 남은 물을 다 마셨다. 우리 중 확실히 가장 많이 마셨다.

"동아리 모임 할 때마다 변기 물을 마셔?"

새로 온 아이가 묻자 스펜서가 대답했다.

"아니. 이번만 특별한 거야."

나는 모두에게 말했다.

"좋아. 우리 중 누구든 오늘 밤에 갑자기 많이 아프다면, 정수가 제대로 안 됐다는 뜻일 거야. 구토나 설사를 하는 사람이 있다면 부모님이랑 같이 병원에 가. 특히 피가 조금이라도 보인다면."

와이어트는 말했다.

"그런 건 마시기 전에 말해 줘야 하는 것 같은데."

에이제이가 얼굴이 하얘져서 말했다.

"나 아무래도 토할 것 같아."

"지금 토한다면 방금 마신 물 때문이 아니야. 그렇게 빠를 수가 없거든. 적어도 한 시간은 지나야 알 거야."

내가 정수기를 씻은 다음 모두가 교실로 돌아왔다. 임시 교사는 우리를 의심스러운 눈초리로 쳐다보았다. 오늘 월시 선생님이 나오지 않은 것이 다행스러웠다. 민들레나 이상한 열매를 먹지 말라던 선생님인데, 우리가 변기 물을 마신 것을 알면 얼마나 실망할까.

"마칠 때까지 5분 남았다. 이제 마무리해."

임시 교사는 말했다. 나는 정수기를 다시 보관 주머니에 넣다가 출력해 온 자료를 발견했다. 잊을 뻔했다. 나는 그것을 모두에게 나누어 주었다.

"자, 받아. 지금 일어나고 있는 일이랑, 새로 올라온 소식이랑, 용어 정리야.

모르고 넘어가는 사람이 없도록 내가 준비했어. 새 회원한테도 도움이 될 거고."

"새 회원 이름은 브렌트야."

맥이 상기시켜 주었다. 런던이 제 몫의 자료를 내 손에서 낚아챘다. 내가 종이에 손이 베이기를, 서서히 피 흘려 죽기를 바랐겠지.

"이건 크게 출력한 거야."

나는 맥에게 두 장의 자료를 건넸다.

"그럼 쟤는 시각장애인이 아니야?"

와이어트가 나에게 속삭여 물었다. 나는 이것이 무례한 질문이라고 생각하는데, 내가 대꾸하기도 전에 맥이 기분 나빠 하지 않고 대답했다.

"난 태어났을 때부터 죽 시각장애인이고, 물체를 가까이에서 보면 형태를 구분할 수 있어. 시각장애인은 범위가 넓거든. 나는 글 읽을 때 점자랑 오디오 북이 더 편해. 눈이 피곤해지지 않으니까. 그렇지만 큰 글씨로 출력한 자료도 읽을 수 있어. 엘은 점자 타자기가 없기도 하고."

"그렇구나."

이렇게 대답하며, 와이어트는 목에서부터 이마까지 빨개졌다. 맥은 그런 와이어트를 볼 수 없었지만 분명히 느꼈을 것이다.

받자마자 가방에 넣는 다른 아이들과 달리, 런던은 그것을 읽어 보고 있었다. 나는 함부로 남과 공유하지 말라고 모두에게 당부했다.

비커를 제자리에 놓은 후, 우리는 자유의 몸이 되었다. 내 팔꿈치 위쪽을 붙잡은 맥과 함께 나는 차에서 기다리고 있을 맥의 엄마에게로 향했다.

"우리 진짜 변기 물 마신 거야?"

맥이 물었다.

"응."

나는 웃음을 내뱉으며 대답했다. 하지만 학교 정문에 도착했을 때 뒤에서 런던이 달려오고 있었다. 나는 더 빠른 걸음으로 걸으며 맥을 당겼다.

"야! 거기 서!"

런던이 소리쳤다. 나는 계속 걸었다.

"노리!"

"쟤가 너 부르는 것 같은데."

맥이 이렇게 말하고는 걸음을 멈추었다. 나는 앓는 소리를 냈다.

"왜?"

돌아선 나는 최대한 매서운 표정을 지었다. 런던과 말을 섞고 싶지 않았다. 런던에 대한 인내심 일주일 치가 벌써 동나 있었다.

"이거 전부 네가 쓴 거야?"

런던이 내가 나눠 준 자료를 들어 보이며 물었다.

"어. 그런데 그 웹사이트 내용이랑 거의 같아."

런던이 무슨 꿍꿍이인지 알 수가 없다.

"아니야. 내가 그 웹사이트도 읽어 봤어. 정보는 같지만, 글은 같지 않아."

"어. 그래서 뭐?"

내 글을 지적하러 온 건가? 아니면 뭐 다른 것을 비웃으려고?

"마음에 들어."

나는 런던의 얼굴을 빤히 들여다보았다. 농담의 기색을 찾아 헤맸다.

"이런 글을 계속 써 봐. 내가 도울게. 그렇게 해서 학교에 뿌리자."

"싫어!"

그때 맥이 끼어들었다.

"그거 좋은 생각이다. 소식지처럼 만드는 거야. 다른 사람들한테도 이 일을 경고해야 해. 내가 처음부터 그러자고 했잖아."

"나는 처음부터 그러기 싫다고 했잖아. 우리가 세상을 구할 순 없어. 정 알리고 싶으면 그 웹사이트 링크를 친구들한테 보내든지 뭐 그렇게 해."

"친구는 무슨 친구, 나 친구 없는데."

이때 런던이 헛기침을 하고는 끼어들어 물었다.

"어차피 이건 친구 사이에서만 나눌 일이 아니잖아. 안 그래?"

맥이 대답했다.

"맞아!"

"우리 가야 해."

나는 맥을 세게 당겨서 이끌고 정문을 나섰다. 맥 엄마의 자동차가 도착해 있었다. 런던과 더는 대화하고 싶지 않아서 나는 그 차로 빠르게 맥을 데려갔다. 맥이 캔디를 접고 차 문으로 손을 뻗으며 말했다.

"나는 그거 좋은 생각 같아, 엘. 우린 뭔가 더 해야 해."

"아니, 지금도 충분해."

내가 집에 도착하자마자 휴대전화가 울렸다. 그런데 맥이 아니고, 아빠나 할아버지 번호도 아니었다. 휴대전화 번호가 아니라 지역 전화번호였다.

"여보세요?"

"소식지 만들자."

"너 런던이야? 내 전화번호 어떻게 알았어?"

"뇌세포를 더 활용해 봐. 그러면 짐작이 갈 테니까."

"난 소식지 안 만들 거야."

휴대전화를 잡은 내 손에 너무 힘이 들어가, 곧 끊지 않으면 전화가 부러질 것 같았다.

"네가 나 싫어하는 거 알아."

런던이 이렇게 말하자, 나는 더 크게 말했다.

"너도 나 싫어하잖아."

모두 사실이기에, 우리 둘 다 아무런 반박을 하지 않았다.

"우리가 뭔가 해야 해. 이건 큰일이야."

"난 이미 하고 있어. 자연 동아리 하잖아. 몰라?"

"우리는 그 이상을 할 수 있어."

"우리?"

"그래. 너랑 나."

나와 런던 디그스가 '우리'라는 말로 묶일 줄이야.

"굳이 왜?"

"하아, 너랑 전화로 얘기하니까 만날 때보다 더 짜증 난다. 내가 그리로 갈게."

"뭐?"

"질문 좀 그만해. 내가 지금 그리로 간다고. 20분쯤 걸릴 거야. 지금도 오크
데일에 살아?"

"응."

그걸 어떻게 알았을까?

"알았어."

이 말을 끝으로 런던은 전화를 끊었다.

자, 어떻게 하면 20분 안에 이사를 갈 수 있을까?

17장 런던의 첫 방문

런던보다 먼저 도착한 것은 스위니 아주머니가 데려다준 내 동생들이었다. 두 녀석은 포켓몬에 관해 말다툼하면서 현관을 박차고 들어왔다.

"간식 먹고 나서 숙제해."

큰 소리로 떠드는 둘에게 나도 큰 소리로 말했다. 둘은 바닥 한가운데에 책가방과 코트를 아무렇게나 벗어 던졌다.

"도시락은 부엌에 갖다 놓고."

나는 동생들에게 매일 똑같은 걸 시킨다. 한 시간 후에 아빠가 전화해서 한 번 더 지시한다. 두 녀석 다 결국에 하기는 한다.

에드워드와 필립이 아직도 신발을 벗고 있는데 초인종이 울렸다. 버블스가 소파에서 뛰어내렸지만 몇 번 짖고 커피 탁자 아래에 숨었다. 런던의 침입으로부터 내 인생을 지켜 주지 못하고 말이다.

"내가 열게!"

에드워드가 외쳤고, 동생들은 다시 현관으로 달렸다. 가는 내내 서로를 밀치고 난리를 부리는 두 녀석에게 나는 말했다.

"내 손님이니까 내가 열어야지. 그리고 낯선 사람한테는 대답하면 안 돼."

필립이 나를 무시하고 문을 당겨 열었다. 문 앞에서는 런던이 이미 짜증 난 것처럼 팔짱을 끼고 서 있었다.

"누구세요?"

"너는 누군데?"

"나는 에드워드 드로스인데요."

"나는 필립 드로스예요. 엘리너 누나랑 친구예요?"

"아니야."

나와 생각이 같아서 다행이다. 에드워드가 물었다.

"흡혈귀예요?"

"응."

런던이 당황하지도 않고 대답했다. 에드워드는 눈이 휘둥그레졌고 필립은 웃었다. 런던이 디즈니 스타일 흡혈귀를 닮긴 했다. 까맣고 긴 머리카락과 그 사이사이 몇 가닥의 보라색 머리카락, 아주 진한 검정 눈화장, 검정으로 칠한 손톱, 이런저런 검정 옷. 런던에게 없는 것은 흡혈귀의 송곳니뿐이다.

"가서 숙제해."

나는 어깨를 잡아 두 동생을 뒤로 당기고 런던에게 말했다.

"들어와. 위층으로 올라가자."

런던을 내 방에 들이고 싶지 않았지만, 도깨비 같은 녀석들의 방해 없이 이야기할 방법은 그것뿐이었다.

"집이 좋다."

위층으로 올라가면서 내뱉는 런던의 말이 진심인지 비꼬기인지 알 수가 없었다. 하는 말마다 공격이라고 짐작해도 무방할 것이다.

"어떻게 왔어?"

"자전거로."

"어디 사는데?"

"메도라크."

거긴 우리와 같은 주택단지다. 여기서 얼마 떨어지지도 않았다. 나는 왜 몰랐을까. 내가 놀란 것을 눈치챘는지 런던이 설명했다.

"우리 엄마랑 내가 이모 집에서 잠시 지내는 거야."

우리는 내 방으로 들어왔다. 앉으라고 꼭 권해야 하나 고민되었다. 그냥 서 있으면 런던이 빨리 집에 가지 않을까 해서.

"그래서 용건이 뭐야?"

"네 소식지가 마음에 들어, 노리. 더 많은 사람이 읽으면 좋겠어."

"엘리너야."

"알아."

나는 정돈되지 않은 내 침대의 가장자리에 앉았다. 런던은 내 책상 의자를 당겨, 등받이를 앞으로 두고 앉았다.

"내가 보조할게. 네가 글을 쓰면, 나는 정리하고 그림도 좀 넣을게. 그걸 출력해서 학교에 돌리자."

"난 네가 왜 그런 걸 하고 싶어 하는지 모르겠어."

"난 네가 왜 안 하고 싶어 하는지 모르겠는데."

"진짜 몰라?"

이 아이는 정말 모르는 눈치였다.

"몇 년 동안이나 나를 무시한 애들을 내가 왜 구해야 해."

해밀턴 중학교의 전교생이 나를 투명 인간 아니면 꼴불견 취급한다. 맥을 빼면 아무도 수업 시간에 나와 한 조가 되려고 하지 않는다. 아무도 나와 같이 앉으려 하지 않는다. 내게 말조차 걸지 않는다.

"무시당하는 것쯤 뭐 어때서."

런던이 이렇게 말하며 어깨를 으쓱했다.

"무시하기도 하고, 비웃기도 해."

나는 말했다. 그러고는 서랍장 위 거울에 비친 내 모습을 슬쩍 보며 머리카락을 만졌다. 내 머리카락에는 여전히 푸른빛이 돌았다.

"그러니까 난 다들 좀비가 돼 버리든 말든 상관 안 한다고."

"오오."

런던이 이렇게 내뱉더니, 이상한 미소를 지어 보이고는 덧붙였다.

"뭐, 네 머리가 좀 웃기긴 해."

"조용히 해."

"나는 네가 늘 혼자 있고 싶어 한다고 느꼈어. 다른 애들하고는 전혀 어울리지 않잖아. 만날 남자친구랑만 다니지."

"우웩, 남자친구라니! 아니야!"

나는 몸서리를 쳤다. 맥이 내 남자친구라니. 에드워드나 필립을 남자친구라고 부르는 것이나 마찬가지였다.

"남자친구 아닌 거 알아."

런던은 내가 유난스럽다는 듯한 표정을 지어 보였다.

"그래도 다들 그렇게 본다는 거야. 특히 너나 나랑 같은 초등학교 안 나온 애들은 모르니까, 너희 둘이 늘 손잡고 다니는 걸 보면 그렇게 생각해."

"손잡고 다니는 거 아니야. 맥이 내 팔꿈치를 잡고 걷는 거야."

"뭐 어쨌거나 그래 보여. 그리고 안 걸을 때도 손잡잖아. 넌 뭐든 맥이랑만 하잖아. 나, 내 생일 파티에 너 초대했었어. 그런데 네가 안 왔잖아."

"아홉 살 때잖아. 그리고 너는 반 여자애들을 다 초대한 것뿐이잖아."

그랬으면서 마치 마음 써서 나를 초대했고 내가 안 가서 실망스럽기라도 했던 것처럼 말하기는.

"네가 안 왔잖아."

런던은 같은 말을 힘주어서 또 했다.

"파티를 별로 안 좋아해. 도대체 초등학교 때 이야기를 왜 해야 해?"

"네가 사람들을 멀리한다는 얘기야, 노리. 다가갈 수 없는 분위기야."

나는 런던의 차림새를 보며 말했다.

"그러는 너는 어떻고, 흡혈귀 씨? 넌 다가갈 수 없는 정도가 아니라, 다가가면 가만 안 둘 것 같은 분위기야."

"뭐, 그건 내가 바라는 바야."

런던은 자신의 사악함을 숨기려고도 하지 않는다.

"그런 애가 우리 동아리에는 왜 들고, 소식지는 왜 만들려고 해? 왜 갑자기 남들을 도와?"

"누가 남들을 돕겠대? 나는 애들이 벌벌 떨도록 겁주고 싶은 거야. 이 세상이 자기들 중심으로 돌아가지 않는다는 걸, 설사 지금은 그렇게 돌아간다 해도 머지않아 다 끝장난다는 걸 알려 주고 싶다고."

나는 마른침을 꿀꺽 삼켰다. 나는 그런 의도의 소식지를 만들고 싶지 않다. 절대 사절이다.

"왜? 너 표정이 왜 그래? 내가 네 강아지를 죽이기라도 했어?"

방금 버블스를 보지 못했더라면 난 실제로 그랬을까 봐 걱정했을 것이다.

"나는 사람들 겁주고 싶지 않아."

나는 마침내 말했다. 모두를 구할 마음은 없지만, 그렇다고 모두를 공포에 빠뜨리고 싶은 것도 아니다. 학교에서 그럴 순 없다.

"그러니까 너는 겁주고 싶지도 않고, 돕고 싶지도 않다는 거네. 야, 둘 중 하나를 골라! 일이든 사람이든 피하기만 하면서 살지 말고."

"도대체 무슨 소리를 하는 거야?"

하나를 고르라는 것 자체가 억지인데도, 나는 골랐다.

"겁주는 쪽보다는 돕는 쪽이 나아."

내 말에, 런던은 천장을 보면서 곰곰이 생각하듯 아랫입술을 잘근거렸다.

"좋아. 난 여전히 겁주는 게 더 재미있어. 너는 돕는 쪽으로 해, 나는 사실을 바탕으로 겁줄 테니까. 둘 다 할 수 있는 소식지를 만들자."

"뭐? 난 싫어."

"네가 같이 안 해도 난 어차피 소식지를 만들 거야. 나 혼자서 멋대로 만들면, 그걸 읽은 해밀턴 중학교의 모든 학생과 교사가 악몽을 꾸게 될 거야. 생존 방법 같은 건 난 안 적어. 종말, 파멸, 뭐 그런 얘기만 담을 거야."

눈을 가늘게 뜨고 나를 보는 런던에게 나는 단언했다.

"그렇게 협박해 봤자 소용없어. 난 안 해."

"맘대로 해. 5초 더 줄 테니까 내 제안을 받아들이든지 말든지 결정해. 5초 안에 받아들이지 않으면, 〈종말이 다가온다〉를 혼자 만들게."

"너 그런 거 만들다 걸리면 퇴학당할 수도 있어."

"안 걸려. 그리고 어차피 무슨 상관이야? 네다섯 달 후면 세상이 끝나는데. 그땐 어차피 아무도 학교에 안 다니게 될 거잖아."

"그 소식지에 정확한 사실만 담을 거라고 약속해 줄 거야?"

나는 물었다. 설사 약속한다고 해도 믿지 않을 테지만 말이다. 그런데 생각해 보면, 런던은 변기 물을 마신다는 약속을 지켰다.

"나 혼자 만들면야 아무 약속도 안 하지. 네가 공동 편집자라면 뭐, 고려해 볼 수는 있고."

런던은 시계를 찬 것처럼 제 손목을 톡톡 두드렸다.

"2초 남았어, 노리. 할 거야, 말 거야?"

"할게, 해! 그래도 규칙은 있어야 해. 모두를 공포에 빠뜨리려는 목적으로는 소식지를 만들지 않는다. 중요한 정보를 공유하기 위해서 만든다."

"넌 진짜 사람들을 돕고 싶은 거네. 여리다 여려."

이제 난 내가 뭘 원하는지도 모르겠다. 세상이 머지않아 끝나는데 나는 문제를 해결하는 게 아니라 더 많이 떠안고 있다.

18장 소식지를 만들자

그날 이후, 나는 런던과 한 약속에서 빠져나올 방법을 계속 궁리했다. 기억상 실증에 걸린 척하는 방법도 생각해 보았다. '내가 무슨 약속을 했다고? 내가 언제?' 하지만 런던 역시 소식지 이야기는 꺼내지 않았다. 아마도 우리는 같은 마음일 것이다. 소식지를 만들자는 결정을 후회하는 마음.

그런데 사회 시간에 선생님이 내 준 과제가 꼭 계시처럼 느껴졌다. '문명이 위기에 대처하는 법' 조사하기. 고대 인류가 위기에 어떻게 대처했는지, 그 대처가 성공적이었는지 등등에 관하여. 조사한 내용을 4장 분량으로 쓰고, 5분간 발표하라는 것이다. 선생님은 고대 문명에 관한 자료를 조사할 수 있도록 우리를 미디어 센터로 데려갔다.

이번에는 조별 과제가 아니라 나 혼자 해야 했다. 맥을 돕는다는 명목으로 과제를 피할 수도 없었다. 맥을 위해 책장에서 책을 꺼내 주고, 맥이 아이패드에 필기하도록 그 책을 소리 내어 읽어 주는 보조 교사가 따로 있기 때문이다. 나는 혼자 앉을 수 있는, 벽에 붙은 책상 하나를 발견했다. 그리고 과제를 위해 책을 훑어보다가, 이런 과거가 아니라 현재에 관해 써야 한다는 생각이 들었다. 지금 우리가 위기에 처해 있는데 그 사실을 아는 사람이 거의 없다니. 천 년쯤 지난 세상에서는 어느 7학년 학생이 나를 주제로 조사를 하게 될까? 이 시대에 살아남은 몇 안 되는 인류 중 하나인 내가 생존을 위해 대비하고 학우들을 도왔던 방법을 배울까?

소식지는 중요한 도구가 될 수 있다. 미래의 7학년들은 지구와 소행성 2010PL7의 충돌 사건을 우리 소식지를 통해 배울지도 모른다. 그렇다면 나는 런던과 함께 끝내 주게 훌륭한 소식지를 만들어야 한다. 수 세기 후의 아이들이 '더 많은 사람이 엘리너 드로스의 말을 들었더라면 좋았을 것이다'라고 과제에 쓸 수 있도록.

나는 책을 옆으로 밀어 두었다. 아즈텍 사람들이 일식과 월식에 대해 느낀 공포는 나중에 조사하고, 지금은 진짜 중요한 일을 하고 싶었다.

〈우리 모두 그날에 대비합시다〉
―티어트워키(우리가 아는 세상의 끝)에 대비하기 위한 모든 정보

훗날의 학생들이 우리의 정체와 업적을 알기 어려울 수도 있겠지만, 소식지에 나와 런던의 이름은 쓰지 않았다. 마지막 호에 밝히면 된다. 그땐 아무것도 잃을 것이 없다. 지금은 아빠와 교사들이 우리의 이 특별한 작업을 알아서는 안 된다. 제대로 해 보기도 전에 아무것도 못 하게 될 테니 말이다.

크리스마스 연휴까지 2주밖에 남지 않았으니 소식지 1호를 얼른 발행해야 했다. 나는 책가방에서 몰래 휴대전화를 꺼내 런던에게 문자를 보냈다.

나: 오늘 학교 끝나고 소식지 만들래?

휴대전화를 다시 가방에 밀어 넣으려는데 진동이 왔다. 나는 누가 들었을까 봐 주위를 둘러보고는 문자를 확인했다.

런던: 그래. 어느 버스?

나: 어…… 내가 타는 버스에서 만들까?

런던: 아니, 너희 집에서 만들어야지! 네가 타는 버스 몇 번이냐고.

나: 78번.

135

나는 주로 버스에서 혼자 앉아서 간다. 가끔 누가 내 옆자리에 털썩 앉을 때가 있긴 한데, 뒷좌석에서 누가 초코우유를 흘렸다거나 구토를 했다거나 하는 난리가 났을 때뿐이다. 누가 나와 친해지려고, 또는 친해서 내 옆에 앉는 일은 없다. 오늘은 런던이 내 옆에 앉았다. 우리 집에 가는 거니까.

"안녕."

나는 애써 인사해 보았다.

"어, 안녕."

런던은 바로 휴대전화를 꺼내 들고 나를 없는 사람 취급했다. 두 엄지손가락이 휴대전화 화면을 날아다녔다. 친구와 문자를 주고받는 것 같았다. '나, 그 한심한 엘리너 드로스네 집에 가. 이 애의 우스운 방과 서랍 속 우스운 속옷 사진을 찍어 보낼게' 같은 내용일까? 상상이 제멋대로 펼쳐져 머리가 아팠다. 더는 참기 힘들어졌을 때, 나는 슬쩍 런던의 휴대전화를 보았다.

그런데 문자를 주고받고 있는 것이 아니었다. 오토바이를 타고 도시를 질주하는 게임을 하고 있었다.

집에 도착해서 나는 물었다.

"뭐 좀 먹을래? 내 노트북 가져와서 여기서 작업하면 돼."

런던이 찬장을 하나하나 열어 보는 사이 노트북을 가지고 내려오니 런던이 버블스를 쓰다듬고 있었다. 나는 배신감을 느끼며 내 개를 노려보았다.

"얘 이름이 뭐야?"

"버블스."

"멋진 녀석이네."

런던이 세상 모든 것에 관해 한 말을 통틀어 가장 큰 칭찬이었다. 녹음하지 못한 것이 아쉬웠다.

"맞아. 내가 기술을 하나 가르쳤어. 볼래?"

"그래."

"버블스, 베이컨!"

나의 개는 냉장고 앞으로 달려가 털썩 엉덩이를 대고 앉았다.

"저게 네가 가르친 기술이야?"

런던이 눈을 가늘게 떴다.

"다음에는 너를 공격하는 기술을 가르쳐야겠다."

나는 런던처럼 매서운 눈빛을 쏘려 했지만 숙련된 장인과는 상대가 되지 않았다.

버블스에게 조리한 베이컨 한 줄을 상으로 준 다음, 나는 노트북을 켜고 그 웹사이트를 열었다. 내가 오전 11시 반쯤 체육 시간에 옷을 갈아입으며 확인했을 때는 새 게시물이 하나도 없었는데, 지금은 있었다.

"이것 봐! 그 소행성에 관해서 말하는 다른 전문가가 나타났어. 진 유코프스키 박사라고, 유럽우주기구의 엔지니어였고 국제 우주 정거장과 관련된 일도 했었고, 피타고라스와 레블을 비롯한 몇몇 인공위성 작업에도 참여했대. 20년 전에 은퇴했고, 그 이후로 지금까지……."

"아휴, 누가 이력 읊어 달래? 그래서 그 양반이 뭐래?"

"2010PL7가 지구와 충돌하는 게 맞대. 4월에 충돌한대."

"충돌하는 위치가 어디인지도 말했어?"

버블스를 안고 런던이 내 뒤로 다가왔다. 나는 더 읽었다.

"아니."

"젠장. 어딘지를 알아야 하는데. 해밀턴의 서쪽 30킬로미터라거나 뭐 그런 걸 소식지에 딱 적어야 하는데."

"30킬로미터? 150킬로미터 이내면 우린 다 죽어."

"진짜? 엄청 무섭네. 그거 적자."

런던은 씨익 웃으며 눈썹을 꿈틀거렸다.

"싫어."

"적자. 에휴, 내가 나중에 바꾸지 뭐."

"아니, 그렇게는 안 돼. 하아, 실제 상황인 게 실감 나. 4월이라니, 얼마 안 남았어."

나는 구글로 예상 충돌일까지 남은 날들을 계산해 보았다.

"오늘부터 4월 1일까지는 113일 남았네."

"봄방학 이후였으면 좋겠는데."

"왜?"

"마지막 날은 집에서 보내고 싶지 않아? 설마 학교를 좋아해?"

"난 학교 체질 아니야. 그리고 그런 걱정은 할 필요 없어. 3월 초쯤이면 이미 온 세상이 다 알걸. 뉴스에서도 인터넷에서도 이야기할 거야. 다들 가게에서 이것저것 사재기를 할 거야."

"나는 지금 빵이랑 우유를 사 놔야겠네."

런던은 말했다. 농담 같긴 하지만 구분하기 어려웠다.

"자."

나는 우리가 소식지에 포함해야 할 내용의 목록을 두 장에 걸쳐 적은 다음 런던에게 건넸다. 런던이 버블스를 바닥에 내려놓고 읽었다.

"노리, 우리는 소설을 쓰는 게 아니야."

제 가방에서 빨간 펜을 꺼낸 런던은 이곳저곳에 동그라미를 치기 시작했다.

"이것들에 관해서 쓰자. 내가 그림도 좀 그릴게."

런던이 빨간 동그라미를 쳐 놓은 곳은 가장 무서운 부분들이었다. 충돌, 파괴, 인명 피해, 수십 년간 지속되는 여파. 모두가 사실인 동시에 악몽에 나올 만했다.

"그리고 제목도 이상해. 〈우리 모두 그날에 대비합시다〉라니."

런던이 이렇게 말하고는 토하는 척했다.

"이래 가지곤 아무것도 못 해!"

나는 따졌다. 5분 전까지만 해도 내가 쓴 내용이 마음에 들었는데 런던은 비난만 퍼붓고 있다.

"실제 정보와 조언을 담아야 한다고 했잖아. 안 그러면 난 안 해."

"알았어. 그러면 앞에는 사실을 담아. 소행성이 지구로 빠르게 다가오고 있다. 그것 때문에 수십억 사람들이 죽을 것이다."

"아마 그것보다는 덜 죽을 거야."

"4월일 것이다. 홍수, 기아, 가뭄, 전염병이 있을 것이다."

"너 지금 성경 써?"

나는 어이없다는 표정을 지었고, 런던은 고개를 젓고는 설명했다.

"앞장은 헤드라인이야. 모두의 시선을 끌어야 한다고. 너의 그 쓸모없는 비법과 요령은 뒷면에다 적어."

"비법과 요령이 아니야. 쓸모없지도 않아."

"어차피 우린 다 먼지가 되어 버릴 텐데 뭐."

"아니야! 소행성이 충돌하는 동시에 우리가 먼지가 되어 버릴 확률은 높지 않아. 5퍼센트 이하라고."

콜런 박사가 지난주에 밝힌 확률이다. 지구 어느 지역이건 충돌 즉시 사라져 버릴 가능성은 5퍼센트 이하라고 했다.

"그러니까 소행성이 우리 쪽에 떨어질 가능성을 걱정하는 건 현명하지 않아. 시간 낭비야. 그 이후에 살아남을 생각을 해야 한다고."

"변기 물 먹으면서 말이지?"

나는 대답 대신 어깨만 으쓱했다.

"그거 진짜 역겨웠어."

런던이 이렇게 말하고는 웃었다. 처음 들어 보는 웃음소리였다.

"노리 네가 변기 물을 마셨다는 게 안 믿겨."

나는 빠르게 받아쳤다.

"나도 런던 네가 변기 물을 마셨다는 게 안 믿겨."

런던이 턱을 들며 말했다.

"나는 내가 한 말을 지키는 여자야. 뭔가를 한다고 했으면 하는 거지."

"뭐…… 우리 집에도 변기 물 있어. 콜라도 있고. 둘 중에 뭐 마실래?"

런던이 쿡 웃었다. 그러고는 마치 내가 제 자연스러운 웃음을 보면 안 되기라도 하는 것처럼 얼른 입을 가렸다. 그리고 괜히 진지하게 대답했다.

"나는 콜라가 괜찮을 것 같네."

나는 탄산음료와 감자 칩 작은 것 두 봉지를 가져왔다.

"내가 너희 집 찬장을 좀 봤는데, 참치 통조림이 쌓여 있거나 할 줄 알았더니 보통 집 부엌이랑 비슷하네. 너 프레퍼족 아니었어?"

"난 아니야. 좀 비슷하긴 해도 말이지. 진짜 프레퍼족은 우리 할아버지고, 우리 집 가장인 우리 아빠는 관심 없어. 그래도 생존용품은 좀 있어."

나는 런던을 부엌 안쪽의 창고로 데려가, 바닥에 놓인 쓰레기 봉지들을 옆으로 밀었다. 할아버지가 어느 크리스마스에 선물한 건조 식량이 먼지 쌓인 들통

네 개에 들어 있었다.

"우리 가족이 한 달은 버틸 수 있는 분량이야."

"흠. 난 네가 좀 더 준비되어 있을 줄 알았는데."

"아직 시간이 있는데 뭐."

"사실상 아무것도 없네."

마음 한쪽에서는 '경계해. 이 애를 어떻게 믿어?'라는 생각이 들었지만, 다른 쪽 마음이 앞섰다.

"따라와 봐."

나는 런던을 지하실로 이끌었다.

"나를 죽이려는 건 아니지? 여기 시체 묻어 놓는 곳이야?"

"아직은 그런 거 없어. 내가 가지고 있는 걸 볼 거야 말 거야?"

우리는 지하실의 절반은 차고로 쓰고, 나머지 절반은 벽으로 분리해 '장난 감 방'이라고 부른다. 그곳 선반에 보드게임, 낡고 망가진 장난감들, 먼지 쌓인 군용 식량, 수많은 거미가 있고, 할아버지가 노후 대비 자금을 쪼개어 마련해 준 나의 티어트워키 대비 상자도 몰래 자리하고 있다.

나는 인형의 집을 옆으로 치우고, 커다랗고 파란 통을 꺼냈다.

"드림하우스네. 나 이거 진짜 갖고 싶었었는데."

런던이 분홍색 인형의 집 지붕을 쓸며 말했다.

"너 가져도 돼. 이젠 거의 안 갖고 놀아."

웃는 것을 보니, 다행스럽게도 런던은 진담으로 받아들이지 않았다. 나는 조수를 소개하는 마법사처럼 괜히 거창하게 상자에서 담요를 젖혔다.

"이 안에 뭐가 들었는데?"

런던의 목소리가 신나게 들렸다. 런던은 무릎을 꿇고 통 안을 뒤져 보았고,

먼저 아스피린 다섯 병을 꺼냈다.

"티어트워키 이후에는 약이 금과 같을 거야. 할아버지는 항생제도 엄청나게 마련해 두셨어. 항생제랑 인슐린이 가장 가치 있을 거래."

"씹어 먹는 비타민도 가치 있을까?"

"씹은 거, 아니면 안 씹은 거?"

런던은 어이가 없다는 표정을 지었지만, 결국 또 웃었다.

런던은 모든 것을 천천히 살폈다. 하나하나 보고 나서 바닥에 가지런히 줄지어 놓았다. 나는 에드워드와 필립이 학교에서 오기 전에 다 제자리에 두고 싶었기 때문에, 런던이 좀 서둘렀으면 하는 마음이 들었다.

"대단해, 노리. 넌 거의 다 대비된 것 같아."

놀리는 게 아닌 것 같긴 한데, 그래도 좀 미심쩍었다.

"음…… 고마워. 그리고 이건 아무것도 아냐. 네가 우리 할아버지 지하실을 봐야 해. 웬만한 가게보다 더 많은 식량에, 장비라는 장비는 다 있어. 벌초 칼, 낙하산, 구명조끼, 도가니."

런던은 모든 것을 깔끔하게 제자리에 돌려놓기 시작했다.

"진지하게 하는 말인데, 소행성이 충돌하면 난 여기로 올 거야. 내가 지구 종말 때문에 네 절친이 되면, 맥이 싫어할까?"

19장 첫 번째 소식지

거의 완성된 우리의 첫 소식지가 꽤 근사했다. 런던이 위쪽에 무시무시한 소행성을 그려 넣었다는데, 마치 불타는 미트볼처럼 보였지만 런던에게 말하지는 않았다. 소식지 이름은 〈종말이 다가온다〉다. 런던이 고집한 대로.

앞장에는 우리가 지금까지 알게 된 사실을 적어 넣었다. 뒷장에는 생존을 위한 기본 정보를 담았다. 그리고 내 노트북으로 최종 편집을 했다.

"제목을 더 크게 해."

내 어깨너머로 보며 런던이 말했다. 우리는 내 침대에 앉아 있었다. 동생들이 집에 왔기 때문에 부엌에서 작업할 수 없었다.

"됐어?"

"응. 출력해."

우리는 출력한 소식지를 다시 읽어 보았다. 맞춤법 실수가 가득할 테지만 무슨 상관인가. 이건 선생님에게 검사받는 것도 아니고, 애들은 맞춤법 따위 잘 보지 않는다. 런던이 말했다.

"엄청나게 멋지다."

"그러게."

우리는 아마도 역사상 두 번째로 서로에게 동의했을 것이다.

"진짜 잘 나왔다. 우리 이름도 넣을 수 있으면 좋았을 텐데."

"내 말이! 자기들 세상이 끝난다는 소식을 내가 전했다는 걸 알아야 하는데. 이 일의 주인공은 나란다, 으하하하."

런던은 또 만화 속 악당처럼 웃었다.

"이 일의 주인공은 소행성이야. 런던 너는 그림 작가고 편집자야."

런던은 어깨를 으쓱하고는 물었다.

"몇 부 출력할까? 적어도 300부는 찍어야 해."

"안 돼! 너무 많아. 25부로 하자. 서로 돌려 가면서 읽을 거야."

"25부 가지고는 순식간에 퍼지지 않아."

"어차피 인터넷도 아닌데 순식간에 퍼질 수 있을까?"

"200부는 뽑아야 해. 최소한."

"해 볼게."

나는 귀 뒤의 머리카락 한 가닥을 만지작거리면서 물었다.

"우리, 만약 걸리면 어떻게 될까? 작년에 해밀턴 중학교 최악의 교사 어쩌고 하는 웹사이트 만들었던 애가 정학당한 거 기억나?"

"허접한 웹사이트였어. 상상력 부족한 소문들만 늘어놓은."

"그 선생님이 지하실에 애들을 인질로 잡아 놨다면서 말이야."

런던은 소식지를 내 얼굴 앞에 펄럭이며 말했다.

"우리 것은 차원이 달라. 최상급. 10점 만점에 10점, 별 5개."

"어떻게 나눠 주지? 사물함에 넣어 둘까?"

"하나하나 넣는 건 너무 오래 걸리고 CCTV에도 찍혀. 화장실이 좋겠어."

"화장실?"

"화장실마다 조금씩 나눠서 두자. 화장실 안에는 CCTV 없잖아. 종이 타월 뽑는 곳 옆에다가 두고 '한 장씩 가져가세요' 하고 적어 두자."

"좋아, 여자 화장실은 그렇게 하고, 남자 화장실은?"

"맥한테 해 달라고 하면 되지."

"맥은 정말 입이 싸서, 일급 비밀 작전엔 안 맞아. 스펜서한테 맡겨 보자."

"그래. 아니면 우리가 남자 화장실에 몰래 들어가고. 일단 1교시 전에 체육관 근처에서 만나자."

"알았어."

"으하하, 우리는 내일 해밀턴 중학교를 벌벌 떨게 할 거야."

• ★ •

할아버지는 우리 소식지를 아주 좋아했다.

"너하고 이 일을 공모한 녀석을 어서 만나 보고 싶은데. 이름이 런던이라고? 영국의 도시처럼?"

"네. 런던도 할아버지를 만나고 싶어 해요."

우리는 소식지를 100부 뽑았다. 할아버지가 몇 장 가져갔다(할아버지는 냉장고에 붙여 놓을 것이다. 내가 1학년 때 쓴 '나는 할아버지가 좋아요' 시 옆에 말이다). 할아버지가 복사 가게에서 나오며 계산대 점원에게도 한 부 주려는 걸 내가 도로 뺏었다.

다음 날, 런던과 나는 첫 소식지 부수가 많지 않으니 여자 화장실에만 배포하기로 했다. 각자 절반씩 맡아 내가 미술실과 음악실 쪽 화장실에, 런던은 학교 식당 근처와 7학년 건물 화장실에 두기로 했다. 여자 화장실에 소식지를 몰래 가지고 들어가기는 어렵지 않았지만 마치 과제 발표를 하기 직전처럼 심장이 방망이질하고 손바닥에 식은땀이 났다. 화장실은 텅 비어 있었다. 나는 종이 타월 걸이 위에 소식지를 얹고, 포스트잇에 '무료로 한 부씩 가져가세요' 하고 적어서 붙였다.

체육 시간 전, 탈의실에서 런던이 다가와 속삭였다.

"다 뿌렸어?"

"조금 남았어."

나는 책가방을 열어 런던에게 보여 주었다. 왜 남겼는지 나도 알 수가 없다.

"그거 다 증거야. 심문 수색에 대비해서 증거는 없애 버려."

"누가 우릴 심문하고 수색해?"

"학교 당국, 경찰, FBI."

런던은 겁주려고 애썼지만, 입이 씰룩씰룩 웃음으로 변했다.

"우리가 범죄를 저지른 것도 아니잖아."

"민소매 옷 입는 것도 범죄로 보는 학교가 이 학교야. 별일 아니지만 나라면 조심하겠어."

점심시간이 시작되기 전, 복도에서 아이들이 〈종말이 다가온다〉를 읽고 있었다. 100부밖에 안 만들었는데, 다들 한 부씩 들고 있는 것 같았다. 심지어 어느 선생님도 들고 있었다. 그 앞을 지나가는데, '넌 체포야' 하며 그 선생님이 내 팔을 붙드는 상상이 들었다.

나는 나답지 않게 빠르게 움직였다. 그래서 오히려 더 수상해 보였을 것이다. 식당에 도착해, 거친 숨을 쉬었다.

"왔어? 너희 소식지 점자판으로도 만들었어?"

내가 옆자리에 앉자, 맥이 물었다.

"자, 여기."

점자판은 아니지만, 맥을 위해 큰 글자로 특별판을 만들었다.

"그리고 '그것' 얘기는 꺼내지 마."

그때 이상한 일이 일어났다. 런던이 아무렇지 않은 듯 우리 식탁에 앉은 것이다. 에이제이와 도미닉 사이에 끼어 앉더니 말했다.

"우리 소식지가 베스트셀러가 됐어."

"쉿, '그것' 얘기 꺼내지 마. 그리고 베스트셀러가 될 수 없어. 파는 게 아니

146

잖아."

런던이 갑자기 눈이 커다래지며 물었다.

"판매할 수도 있을까? 너라면 〈종말이 다가온다〉를 얼마 주고 사겠어, 스펜서?"

"1달러?"

스펜서는 치킨너깃을 입안 가득 우물거리면서 대답했고, 나는 또 간청했다.

"학교에서 '그것' 얘기는 하지 말자, 제발."

하지만 다들 소식지 얘기뿐이었다. 주변 대화에 하나하나 귀를 기울이느라 내 머리가 빙빙 돌았다. 나는 샌드위치를 되도록 빨리 먹고 나머지 음식을 가방에 넣은 다음 일어났다. 잠시 혼자만의 시간이 필요했다. 런던이 물었다.

"어디 가?"

"미디어 센터에. 추가 점수 받는 과제 하려고."

등 뒤로 맥이 런던에게 하는 말이 들렸다.

"거짓말이네. 엘은 필수 과제 아니면 생전 안 하거든."

미디어 센터로 온 나는 아침 방송 스튜디오 근처의 둥근 책상에 앉았다. 하지만 혼자만의 시간은 채 5분도 지나기 전에 끝나 버렸다. 맥과 런던이 들이닥쳐서 나를 둘러쌌기 때문이다.

"'그것' 이야기는 이제 다 했어. 더는 안 할게. 미안해, 노리."

런던은 웃음을 참는 것 같았다.

"스트레스 줘서 미안해, 엘. 다른 얘기 하자."

맥이 이렇게 말하고 손을 내밀었다. 나는 잡지 않았다.

런던이 책상을 손가락으로 두들기며 말했다.

"무슨 이야기 할까, 우리? 기말시험? 아니다, 그때쯤이면 세상이 끝나 있을 테니까. NBA 챔피언십 경기? 아냐, 그때도 종말 이후야."

맥이 거들었다.

"하키나 스탠리 컵 경기 얘기도 못 해. 경기 시즌은 세상이 끝난 이후거든. 먹을 것도 없는데 누가 스케이트를 타겠어."

런던은 이제 손가락을 하나하나 접으며 말했다.

"어버이날 얘기, 졸업식 얘기, 여름방학 얘기도 다 안 돼."

"새 마블 영화 얘기도 못 하지. 마블 영화는 늘 여름에 나오니까."

맥이 이렇게 말하고는 우는 척을 했다. 둘은 같이 웃었고, 나는 둘의 목을 조르고 싶었다.

"콘래드 학교 얘기도 하지 마."

내가 불쑥 말했다. 왜 갑자기 그 말이 나왔는지 모르겠지만.

"학교 얘기는 다 안 할게."

런던이 말했다. 나는 이제 맥이 '어차피 콘래드 학교도 못 다녀'라거나 '어차피 거긴 안 다니려고 했어' 같은 말을 해 주길 바랐다. 하지만 맥은 그 망할 학교에 관해 아무 말도 하지 않고 이렇게 말했다.

"우리가 해야 할 일 생각났어."

"뭔데?"

런던이 물었다.

"버킷리스트 쓰기. 세상이 끝나기 전에 우리가 하고 싶은 걸 다 적어 보자."

"그 버킷리스트 타령 좀 그만해. 세상이 끝난다는 게 아예 끝난다는 게 아니잖아. 그리고 난 문신 안 한다고 했다."

"버킷리스트 쓰는 거 좋은 생각이다, 맥. 나는 '몰리네 아이스크림'에서 '싱크대 아이스크림' 사 먹고 싶어. 싱크대만큼 큰 통에 50스쿱인가 들어간다는 아이스크림."

"그거 괜찮겠다, 런던. 그거 적자."

맥의 말에, 런던은 뒤쪽 책상에 놓인 민트색 종이를 한 장 가져왔다. 한쪽에는 지난달의 점심 메뉴가 적힌 그 종이의 뒤쪽에 런던이 버킷리스트를 적기 시작했다. 내가 말했다.

"싱크대 아이스크림은 생각보다 진짜 별로야. 다 먹기도 전에 다 녹고 섞여서 아이스크림 수프처럼 돼. 가족이 다 같이 먹었는데도 다 못 먹었어."

"난 한 번도 못 먹어 봤거든."

런던이 이렇게 말하며 저만의 사악한 눈빛을 나에게 쏘았다. 마지막으로 본 지 하루쯤 되는 그 눈빛이 아직 살아 있어 다행이었다.

"4월 이후에는 아이스크림이 없을 거잖아. 전기도 없고 냉장고도 없으니까 아이스크림도 없지. 그러니까 이게 우리 마지막 기회야."

런던의 말에, 나는 설명했다.

"세상은 결국 재건될 거야. 그러니까 아이스크림도 다시 먹을 수 있고. 적어도 달콤하게 만든 눈 정도는 먹을 수 있을걸. 우린 아마 짧은 빙하 시대를 겪게 될 거야."

"나는 집라인 타고 싶어."

맥이 소원을 말했고, 나는 지적했다.

"집라인은 티어트워키 이후에도 탈 수 있어. 전기가 필요 없잖아."

"뭐 어때. 여기 써넣을게."

펜을 든 런던이 말했다.

"그때 되면 사냥하고 채집하느라 바빠서 레저 활동을 할 시간은 별로 없잖아."

맥이 농담처럼 말했다. 그 후로도 런던과 맥은 주거니 받거니 버킷리스트 아이디어를 냈다. 나는 대부분을 무시했다.

행글라이딩이라는 런던의 아이디어에 내가 한숨을 쉬자, 런던이 물었다.

"네 버킷리스트에는 뭐가 있는데?"

"나와 내 가족이 생존하기에 충분한 식량, 물, 필요품뿐이야."

"아아, 따분해. 그리고 사실상 그런 건 이미 갖고 있잖아."

맥이 내게 물었다.

"하고 싶은 재미있는 일 없어?"

"전혀."

"이루고 싶은 대단한 일은?"

"마라톤을 하고 싶긴 한데, 훈련할 시간이 없어."

맥과 런던은 내가 벌거벗고 학교를 뛰어다니겠다고 한 것처럼 나를 빤히 보았다. 나는 설명했다.

"종말에 대비하려면 체력도 단련해야 해. 티워트워키 이후엔 종일 책상에 앉아 지내지 못하잖아. 산으로 들로 다니고, 농사짓고, 무거운 것도 나르고. 어쩌면 적이랑 싸워야 할지도 몰라."

"적이 누군데? 왜 싸우는데?"

맥이 물었다.

"우리 식량이나 생존용품을 빼앗아 가려는 사람들이 적이야. 그런 사람을 때려서 물리쳐야 해."

나는 허공을 상대로 권투를 하는 시늉을 했다.

"달리면 그런 몸싸움을 잘하게 돼?"

런던이 이렇게 말하고 콧방귀를 뀌었고, 나는 쏘아붙였다.

"됐어. 마라톤 안 해. 버킷리스트도 안 해."

"버킷리스트는 해."

런던이 말했다. 그리고 맥이 덧붙였다.

"마라톤도 하자."

그래, 너희 맘대로 해라.

그날 내내 나는 자꾸 뒤를 돌아보았다. 교장 선생님이 나를 붙잡아 교장실로 데려갈 것만 같았다. 교장실에 가면 우리 아빠와 경찰, 법조인들이 나를 기다리고 있을 것만 같았다. 하지만 그런 일은 일어나지 않았다. 나는 버스를 타고 집으로 왔고, 평소와 다른 일은 없었다. 세상은 어제 그대로였다.

20장 크리스마스 선물

맥의 가족은 크리스마스 연휴 동안 뉴저지로 가서 친척을 만난 다음, 플로리다로 가 또 다른 친척을 만났다. 매년 나도 익숙해진 일이었다. 내가 익숙하지 않은 일은 런던이 곁에 있는 것이었다. 크리스마스이브 오후에, 나는 문자를 받았다.

런던: 너희 집 가도 돼?

나: 되지.

나는 곧바로 답장을 보냈지만, 과연 잘한 일인지 알 수 없었다. 우리는 생강빵 집을 꾸미고 가족들끼리 하는 크리스마스 활동을 할 계획이니까. 런던은 과연 어떻게 생각할까?

런던: 할아버지도 계셔?

나: 나중에 오실 거야.

런던: 잘됐네.

아빠가 식사를 준비했다. 대체로 가게에서 사 온 음식들을 데우는 거였다. 동생들은 마치 제멋대로인 하이에나 새끼들처럼 뛰어다녔다. 런던이 도착하자마자, 아빠는 면접을 시작했다.

"자전거 타고 왔니? 어디에 사니?"

"엄마랑 같이 메도라크에 있는 이모 댁에 살아요."

"이모 성함이 어떻게 되시는데?"

"수전 콜킨스요."

"음, 내가 뵌 적은 없는 분 같구나."

"크리스마스에 특별한 계획 있니?"

"아니요."

런던은 모두 대답하기는 했지만, 꼭 필요한 말 외에는 하지 않았다. 버블스가 꼬리를 흔들며 런던을 맞이했고 런던은 '나의 개'를 안아 올렸다.

"날 공격하는 법은 아직 안 가르쳤나 보네."

런던은 버블스를 보러 왔는지도 모른다. 그렇게 생각하면 말이 된다.

"동생들이 생강빵 집을 만들고 있는데, 너희도 하고 싶으면 하렴."

"글쎄, 아빠…… 우린 같이 '과제' 할 것 같아."

과제는 〈종말이 다가온다〉를 의미하는 암호다.

"연휴에? 알았다. 아빠는 부엌에서 식용 집의 건축과 파괴를 감독하고 있을 테니까 하고 싶으면 와."

아빠가 의심스러운 눈으로 런던과 나를 두고 부엌으로 갔다.

"뭐 할래?"

내 물음에 런던이 대답했다.

"가서 생강빵 집 꾸미자."

"진심이야?"

"왜? 너희 아빠가 그래도 된다고 하셨잖아."

"그래, 하자. 난 그냥, 크리스마스를 기념하는 활동 같은 건 네가 안 좋아할 줄 알았어. 넌 그런 스타일이 아니잖아."

런던은 한 번도 그런 생각을 해 본 적이 없는 듯, 제 검은 바지와 진회색 후드 티를 내려다보았다. 지금은 다 흰 개털에 덮여 있지만.

"미안. 내가 그런 순록 스웨터가 없어서."

런던이 이렇게 말하며 내 옷을 가리켰다. 루돌프 그림이 있는 이상한 스웨터

다. 그래서 나는 내 방을 가리키며 말했다.

"나 크리스마스 옷 되게 많아. 기꺼이 너한테도 빌려……."

"아니! 우리는 옷 나눠 입는 사이가 될 수 없으니까 알아 둬."

런던은 독하게 말했지만, 나는 웃음이 나왔다. 런던도 풋 웃었다.

"내가 다 준비해 놨다."

아빠가 부엌과 거실을 구분하는 탁자를 가리켰다. 식탁은 이미 동생들이 차지해, 크림 범벅이 되어 있었다. 우리는 각자 과자 집을 지었는데, 내 건 자꾸 무너졌다. 반면 런던은 손이 야무졌다. 금세 튼튼하게 과자 오두막을 세우고는 비스킷 타일을 지붕에 얹었다. 묘지나 귀신 들린 정신병원 따위를 지을 줄 알았던 런던이 내 것보다 훨씬 밝고 튼튼한 과자 집을 만들었다. 다 짓고는 부엌을 정리하는데 현관문이 열리며 큰 목소리가 들렸다.

"호오, 호오, 호오!"

런던이 나를 보며 웃음을 띠고 말했다.

"너희 할아버지셔?"

"응."

동생들은 현관으로 달려갔고, 런던도 곧장 따라갔다.

"메리 크리스마스다, 우리 전사들."

얼룩덜룩한 군복 재킷을 입고 빨간 산타 모자를 쓴 할아버지가 서 있었다. 크리스마스 선물이 든 커다랗고 까만 쓰레기봉투를 들고 말이다. 필립과 에드워드가 거수경례하고는 선물 봉투를 건네받으려 손을 내밀었다.

"트리 밑에 놔둬."

할아버지가 이렇게 말하면서 에드워드의 머리를 헝클어뜨렸다.

"아버지."

아빠가 자신의 아빠를 불렀다.

"올해는 선물 과하게 하지 않기로 약속하신 줄 알았는데요."

"내 유일한 손주들이잖냐. 해 주고 싶은 건 해 줘야겠어."

할아버지는 어깨를 으쓱하고 미소 지었다. 크리스마스 때마다 오가는 두 사람의 똑같은 언쟁이 몇 년째인지.

"손님은 누구시냐? 아마도 런던?"

할아버지가 런던에게 악수를 청했다.

"만나 봬서 정말 반가워요, 할아버님. 말씀 많이 들었어요."

런던은 꼭 유명인을 만난 것처럼 얼굴이 환해져서 할아버지와 악수했다.

"그냥 조 할아버지라고 부르렴. 가까운 사람들도 다 그리 불러."

아빠가 나를 보곤 눈썹을 으쓱했다. 아빠는 아무것도 모르는 것이다. 혹시 아는 걸까? 그러면 안 되는데.

"런던, 내 방에 너한테 보여 줄 게 있어."

"뭔데?"

"보면 놀랄 거야."

나는 방으로 올라가자고 고갯짓했다. 런던은 불만스럽게 대답했다.

"알았어. 그런데 혹시라도 선물 준비했다면 말인데, 나는 네 선물 준비 안 했어. 기대하지 마."

내 방에 도착해, 나는 문을 닫았다.

"있잖아……."

"또 경고하려는 거야? 소행성 얘기는 너희 아빠 앞에서 꺼내지 말라고?"

"그게……."

"노리, 나 멍청하지 않아. 그 경고는 이미 했잖아."

"그래도 우리 할아버지가 오셨잖아. 그러니까 그런 얘기를 안 하기 더 어려울 수도 있지. 할아버지는 아주 예전부터 종말을 대비해 온 사람이야. 우리가 그 소행성에 관해 알게 되기 훨씬 전부터."

할아버지를 도대체 어떻게 설명한담?

"평생토록 큰 시합을 기다려 온 투수인데, 슈퍼볼 경기가 다가오는 거나 마찬가지야."

런던이 혀를 차고는 말했다.

"월드 시리즈겠지."

"그래, 그거."

"알았으니까 걱정하지 마."

우리는 다시 가족들에게로 내려가, 거실에서 영화 〈엘프〉를 보았다. 팝콘과 설탕 쿠키를 먹었고, 버블스는 런던의 발치에 앉았다. 그런 다음 다 함께 '티켓 투 라이드' 게임을 했다. 런던은 규칙을 빠르게 배우고는 아빠 다음으로 2등을 했다. 아빠는 늘 1등이다.

바깥이 어두워지자, 아빠는 나에게 앞마당의 크리스마스 전구를 켜고 오라고 하고는 이렇게 물었다.

"네 친구 저녁 먹고 갈 거야? 먹고 가라고 해."

나는 고개를 끄덕였다. 런던은 식탁에서 필립, 할아버지와 함께 젠가 게임을 하고 있었다.

"너 저녁 먹고 갈 거야?"

내가 물었는데, 뒤로 다가온 아빠가 덧붙였다.

"엘리너 말은, 저녁 먹고 가도 좋다는 뜻이다."

"먹고 갈게요."

런던의 대답에, 아빠는 말했다.

"어머니께 먼저 여쭤봐. 그래도 되는지."

런던이 휴대전화를 바지 뒷주머니에서 꺼내더니 빠르게 문자를 보내고 올려다보았다.

"엄마가 괜찮대요."

아빠는 긴 숨을 쉬었다. 런던을 믿어도 되는지 결정하지 못하는 것이었다.

"엄마가 컨디션이 좀 안 좋고, 이모는 일하고 계세요. 간호사인데 내일 아침은 되어야 집에 오세요."

나는 크리스마스에 외로운 아이를 생각해 본 적 없다. 광고나 영화에서 외로운 사람은 늘 나이 든 사람들이었다. 회색 머리의 여인이 고양이와 함께 있거나, 종일 마당에서 삽질하는 퉁명스러운 이웃을 상대하듯이.

런던은 결국 저녁을 먹고 가기로 했고, 디저트까지 같이 먹었다. 런던은 내내 우리 가족들과 함께 있었다.

"런던, 내가 집까지 태워 주마. 어두운데 자전거 타고 가지 말고."

아빠의 말에, 할아버지가 마치 교통정리를 하는 사람처럼 손을 들었다.

"아니, 아니. 크리스마스 선물 먼저 뜯자. 런던 가기 전에."

"선물은 내일 아침에 뜯어 볼 거예요, 아버지."

아빠가 짜증을 억누르며 말했다. 아빠가 뭘 걱정하는지 나는 알았다. 런던의 선물은 없으리라는 점.

"선물 하나만 뜯어 보자, 뭐 대수냐. 내가 런던 선물하고 맥 선물도 준비해 왔어. 맥 것은 너희가 만나면 전해 줘라."

"좋아요!"

에드워드가 환호했다. 에드워드가 트리로 뛰어갔고, 버블스와 필립이 바싹 뒤를 쫓았다. 에드워드가 선물들을 흔들기 시작했다.

"안 된다, 안 돼. 흔들어 보고 고르는 거 아니야. 포장지에 지팡이 사탕이 그려져 있는 걸 찾아봐라."

필립도 합류했다. 둘은 한참을 뒤지다가 3개의 선물을 찾았다.

선물 중 하나에는 '드로스가 세 남매에게'라고, 다른 하나에는 '런던과 런던의 가족에게(런던의 철자가 틀려 있었다)', 마지막 것에는 '맥과 맥의 가족에게'라고 적혀 있었다. 필립이 런던에게 선물을 건넸다.

"고맙습니다."

어색한 표정으로 작게 인사하는 런던에게 할아버지는 말했다.

"자, 뜯어 보렴!"

필립과 에드워드는 우리 것을 마구 뜯었다. 빨간색과 흰색의 종이가 거실에 날아다녔다. 런던은 테이프를 붙인 가장자리부터 살살 뜯었다. 에드워드가 상자를 머리 위로 들면서 말했다.

"워키토키야. 우아, 좋다."

"단순한 워키토키가 아니다. FRS와 GMRS가 다 되는 이중 대역 휴대용 무전기야. 양방향 무전 범위가 50킬로미터고, 배터리로 작동하니까 전력망에 의존하지 않아도 되지. 물론 GMRS를 사용하려면 허가가 필요해. 소형 수동 발전기도 나쁘지 않은데, 그건 산타클로스 할아버지가 내일 가져다줄 수도 있지."

할아버지는 윙크하고, 모자를 살짝 들어 올렸다가 내렸다.

아빠는 할아버지를 빤히 보았지만 아무 말도 하지 않았다. 아빠의 턱 근육이 경직되었고, 아빠가 지금 입을 열면 좋지 않은 말을 할 거라는 걸 나는 경험으로 알았다. 조용하고 낮고, 또 무서운 목소리로 말이다.

"감사합니다, 조 할아버지."

런던은 할아버지에게 조금 더 다가가서 작은 소리로 덧붙였다.

"정말 많은 도움이 될 거예요."

"별말씀을. 엘리너하고 서로 돕고 지내렴. 문자를 못 보내게 될 때도 서로 소식 주고받고. 지구에 소행성이 떨어지고 나면 아주 고생……."

"그만 좀 하세요, 아버지!"

아빠의 말에 나는 움찔했다.

"이런 거 안 한다고 약속하셨잖아요."

버블스가 탁자 아래로 달려가서 숨었다.

"미안하다. 소행성 이야기는 못 들은 걸로 해. 그냥 시나리오를 가정해서 말해 보는 거지. 지진이 나면 어떻게 될까, 생각해 보는 것처럼."

할아버지가 말하며 나에게 윙크했다.

"아버지, 저랑 이야기 좀 해요."

아빠가 꼭 부모가 자식에게 하듯 할아버지에게 말했다. 그리고 할아버지는 꼭 부모가 아닌 것처럼 아빠 말에 따랐다.

두 사람은 방으로 들어갔다. 문 닫히는 소리가 난 다음 목소리가 커졌다. 평소 목청을 높이는 일 없는 아빠의 목소리도 커졌다. 하지만 무슨 이야기를 하는지는 잘 들리지 않았다. 에드워드가 속삭이듯 말했다.

"무전기는 돌려주지 않아도 되었으면 좋겠어."

곧 한 사람의 발소리만 들려왔고, 나타난 사람은 아빠였다.

"런던, 집에 데려다주마. 늦었다."

우리는 미니밴 트렁크에 런던의 자전거를 넣었다. 나는 앞자리를 런던에게 양보하고 뒷좌석에 앉았다. 런던은 선물을 무릎에 올려 두었다. 그 선물을 가져도 되는지 아빠에게 물어야 할 것 같았지만, 런던도 나도 묻지 않았다. 런던은 아빠에게 길을 알려 주었고, 마침내 도착한 작고 예쁜 런던의 집은 안도 밖도 완전히 깜깜했다.

"태워 주셔서 감사해요."

런던이 문을 열고 차에서 내렸다. 내가 앞자리에 타려는데, 아빠는 말했다.

"자전거 내리는 거 도와주고, 집 앞까지 데려다줘."

"알았어."

트렁크에서 힘들게 자전거를 꺼내던 런던이 내게 물었다.

"뭐 하는 거야?"

"너 문 앞까지 데려다주려고."

나는 런던이 옆구리에 끼고 있던 무전기를 들어 주었다.

"네가 뭔데? 데이트 상대라도 돼?"

"우리 아빠가 시켰어."

이 대답이 적절했는지, 런던은 말이 없어졌다.

런던은 현관 발코니에 자전거를 내려 두었다. 제 목에 걸고 있던 열쇠를 꺼내 잠긴 대문을 연 다음, 집 안과 발코니에 불을 켰다. 안을 슬쩍 보니 거실 탁자에 작은 크리스마스트리가 있었다.

"너 괜찮아?"

내가 집 밖에 서서 물었다.

"우리 엄마가 집에 있어. 괜찮아."

집 안이 텅 비고 춥게 느껴졌다. 나는 할아버지의 선물을 건네며 런던에게 인사했다.

"갈게. 메리 크리스마스."

런던은 아무 말 없이 문을 닫았다.

집에 도착하자 동생들은 벌써 잠옷을 입고 있었다. 크리스마스 아침이 더 빨리 오도록 어서 잠자리에 들고 싶어 했다.

"할아버지는?"

"가셨어."

"뭐?"

나는 아빠를 향해 돌아서서, 내가 지을 수 있는 가장 심각한 표정으로 쏘아보았다. 아빠는 한숨을 쉬고는 말했다.

"할아버지는 내일 또 오실 거야. 그래도 이렇게 애들끼리 놔두고 가 버리시다니, 한마디 해야겠다."

'충분히 하지 않았어?' 라고 말하고 싶은 걸 참고, 나는 내 방으로 갔다. 티어트워키가 닥치기 전 마지막으로 맞이한, 이상한 크리스마스이브였다.

나는 맥에게 문자를 보냈다.

나: 잘 있어?

맥: 지금은 문자 못 해

맥: 미안 엄마 때문에 미사 보는 중

휴대전화를 내려놓자, 곧바로 진동이 울렸다. 나는 맥이라고 생각하고 휴대전화를 집어 들었다. 그런데 맥이 아니었다.

런던: 메리 크리스마스

21장 마지막 새해 전날

런던과 나는 크리스마스 연휴 내내 작업해서, 그 주 주말에 소식지 2호를 완성했다. 런던이 우리 집으로 올 수 없을 때는 무전기로 논의했다(전화로 하면 누가 들을 걱정도 없고 더 편하지만, 무전으로 하는 게 재미있기도 하고 사용법도 익힐 수 있었다). 그러는 사이사이에 우리는 영화도 두 편 보았고, 아빠, 동생들과 함께 볼링도 치러 갔다. 필립은 확실히 나보다 런던을 더 좋아한다.

"런던 누나가 우리 누나였으면 좋겠다."

12월 31일에 가족 여행에서 돌아온 맥은 내게 전화를 걸어, 자기 집에서 영화를 보며 새해를 맞이하자고 했다. 나는 물었다.

"런던도 오라고 할까?"

"런던이 과연 오겠다고 할까?"

"혹시 모르니까 물어볼게."

말은 이렇게 했지만, 나는 런던이 올 거라고 생각했다.

5시쯤 아빠가 차로 런던과 나를 맥의 집에 데려다주었다. 나는 할아버지가 준비한 맥의 선물을 챙겨서 갔고, 그걸 본 아빠는 한숨을 쉬었다.

아빠 말대로 크리스마스 아침에 할아버지가 다시 왔었다. 우리가 일어나기도 전부터, 산타클로스가 아니라 그린치의 모습으로 기다리고 있었다. 우리가 아래층으로 내려왔을 땐 전날 밤에 있던 크리스마스 선물들이 보이지 않았다. 하지만 우리가 이미 받은 무전기는 가져도 좋다고 허락받았다.

맥의 집에 와 보니, 맥의 부모님이 새해를 위해 거실을 꾸며 두었다. 풍선과 장식 끈이 곳곳에 달려 있고 탁자에 폭죽과 파티용 나팔도 준비되어 있다. 나만 올 때는 이렇지 않았는데. 맥 역시 오늘은 매일 입는 청바지와 까만 티셔츠 대신 청바지에 하늘색 스웨터 차림이다. 런던이 오니 특별한 손님 초대가 된 것 같다.

"만나서 반갑다, 런던. 네 얘기 많이 들었어."

맥의 엄마가 말했다. 맥의 아빠는 과자 봉지들을 뜯어 주고, 크래커와 치즈를 접시에 담아 주었다. 맥의 엄마는 쟁반에 채소를 담아 가지고 왔고, 맥에게 음식들의 종류와 위치를 하나하나 말해 주었다. 맥은 아주 가까이에서 그 음식들을 살펴보았다.

"오레오 쿠키는 어디 있어요, 엄마?"

"코코넛 오레오? 갖다 줄게. 피자랑 닭날개도 시켰다. 8시 정도까지 배달될 거야."

"고마워요, 엄마."

"코코넛 오레오를 좋아해? 진짜? 난 그거 못 먹겠던데."

나는 진저리를 쳤다.

"아, 우리 버킷리스트에 넣을 거 생각났어. 모든 맛의 오레오 쿠키 먹어 보기."

맥이 말했다.

"그게 가능할까? 오레오는 거의 이틀에 한 번씩 새로운 맛이 나오는 것 같아."

런던이 말했다.

"그래도 4월부터는 더 못 만들 거야. 우리 그때까지 한 50가지 맛은 먹어 보자."

"'우리'가 아니라 네가."

나는 맥에게 이렇게 지적하고는 토하는 시늉을 했다. 코코넛 맛과 파인애플 맛 과자들은 사람이 먹을 수 있는 것이 아니다.

"버킷리스트에 넣을 다른 일들도 생각해 냈어. 우리 캠핑 가자. 아이스스케이트도 타고. 또, 세계 신기록도 하나 세우자."

나는 맥에게 물었다.

"세계 신기록? 어떤 걸로?"

런던이 대신 대답했다.

"말도 안 되는 아이디어 많이 내기 세계 신기록 어때? 우린 많잖아."

나는 화제를 돌려 보았다.

"우리…… 무슨 영화 볼 거야?"

"내가 종말에 관한 영화만 쫙 골라 놨지. 오늘은 우리의 마지막 새해 전날 밤일지도 몰라."

나는 맥에게 지적했다.

"스트리밍으로 영화를 볼 수 있는 새해 전날 밤으로서 마지막인 거겠지."

맥은 리모컨을 누르며 영화를 나열했다.

"우선 〈월드워Z〉로 시작할 거야. 다음으로 〈투모로우〉, 〈나는 전설이다〉, 마지막 영화는 당연히 〈아마겟돈〉. 〈아마겟돈〉은 거대한 소행성이 지구로 날아드니까, 미국항공우주국에서 그 소행성을 산산조각으로 날려 버리려고 우주 비행사 대신 석유 굴착 기술자들을 보내는 이야기야!"

나는 말했다.

"스포일러 말하지 마."

런던은 물었다.

"우린 왜 그런 걸 안 할까? 그러니까, 미국항공우주국이나 공군이 왜 그런 방법을 안 쓸까?"

"아마 쓰겠지. 그런데 그 전에 먼저 콜런 박사의 말을 믿어야겠지."

내 대답에 맥은 다른 의견을 내놓았다.

"아니면…… 우주로 보낼 팀을 꾸리고 있지만, 일급 비밀이라서 우리가 모르는지도. 로켓과 강력한 폭탄을 바로 지금 만들고 있는지도 몰라."

나는 의자에 등을 대고 발을 발 받침대에 올리고 접시를 무릎에 올리며 말했다.

"아니라는 데 한 표. 첫 번째 영화 틀어 줘."

맥이 말했다.

"그래, 영화 보자. 세상의 종말을 이야기하면서 이 밤을 보낼 필요는 없지. 나는 돈 많이 들여 만든 영화들과 함께 보내겠어."

맥은 영화를 튼 다음 영상 확대기를 무릎에 올렸다. 그리고 그것의 화면을 제 얼굴 가까이 조정했다.

우리는 영화를 보며 차려진 음식과 피자를 먹었다. 맥과 런던이 자극하는 바람에 나는 코코넛 오레오를 먹어 보았고, 그 맛은 끔찍했다. 맥은 우리 할아버지가 준비한 선물을 열었다. 엄마 아빠가 없을 때 말이다. 런던과 나는 크리스마스이브 때 일어난 일들을 맥에게 다 이야기해 주었다. 그리고 우리는 계획했던 영화 중 하나는 건너뛰고 〈아마겟돈〉을 보았다. 자정에는 하이파이브를 하고, 탄산이 든 발효 사과주스를 마셨다.

"지구에서의 마지막 1년을 위하여, 건배!"

런던이 플라스틱 샴페인 잔을 들어 올리며 말했다.

"'우리가 알던 세상'의 마지막 몇 달을 위하여."

내가 좀 더 정확하게 말했다. 세상이 완전히 끝나는 게 아니라 우리가 알던 세상이 끝나는 것뿐이라고 도대체 몇 번을 말해 줘야 할까?

"버킷리스트를 위하여!"

맥이 이렇게 말하고는 폭죽을 터뜨려, 나는 떨어지는 색종이 조각들을 맞았다.

소행성 충돌이 일어나고 나면, 나는 거의 늘 가족들과 함께 있을 것이다. 그건 선택의 여지가 없다. 하지만 이 아이들과의 시간도 지켜 낼 것이다. 화염 폭풍과 산성비가 멈추고, 밖에 나가도 안전해지는 때가 오면, 우리 셋이서 함께 보내는 시간을 꼭 만들 것이다.

22장 생존 식량 시식 시간

1월은 자연 동아리와 소식지, 그리고 버킷리스트로 바빴다(말은 버킷리스트지만, 맥이 짜는 우리들의 토요일 오후 계획이었다). 시험 기간이기도 했지만, 나는 거기에 너무 많은 시간을 빼앗기지 않도록 했다.

런던과 나는 크리스마스 연휴가 끝나자마자 소식지 2호를 배포했다. 하지만 다음으로 어떤 내용을 담아야 할지 몰라 3호는 빨리 만들지 못했다. 그런데 콜런 박사가 중요한 소식을 발표했다.

2010PL7이 4월의 첫째 주 또는 둘째 주에 지구에 충돌하리라는 것이

90퍼센트 확실합니다.

이렇게 우리 소식지 3호의 헤드라인이 나왔다.

나는 자연 동아리 모임 한 회를 응급처치 방법을 알려 주는 데 할애하고, 다음 모임 때는 생존 배낭에 관해 알려 주었다. 내 생존 배낭을 가져가서 그 속에 든 것을 모두 보여 주었는데, 다들 군용 식량에만 엄청난 관심을 보였다. 그래서 2월 5일, 그러니까 소행성이 지구에 충돌하기 약 두 달 전, 나는 책가방에 12인분의 군용 식량을 가득히 넣고, 수업 자료는 집에 두고 학교로 왔다.

"간식 시간이야."

내 말에 다들 환호하며 고마워했다. 즉, 자신들이 먹게 될 것이 무엇인지를 전혀 모르고 있었다.

"나는 채식주의자야."

에이제이가 말했다. 나는 '토마토소스마카로니'를 골라 던져 주었다.

"피자도 있어? 치즈피자, 페퍼로니피자, 다 좋은데."

맥이 두 손을 내밀며 물었다.

"없어. 자, '마리나라소스미트볼'."

맥이 뜯지 않은 포장지에 코를 대고 킁킁거리더니, "으음, 맛있는 냄새" 하고 노래하듯 말했다. 냄새가 날 수 없는데.

"한 팩에 대략 1200칼로리에, 하루에 필요한 비타민과 미네랄의 3분의 1이 들어 있어. 군대에서는 하루에 세 팩을 주지만, 하루에 한 팩만 먹어도 생존하기에 충분해."

하루 한 팩 이상을 먹는다는 생각만 해도 나는 배가 아팠다.

"지금 먹어도 돼? 아니면 나중을 위해서 넣어 둬야 해?"

스펜서가 물었다.

"먹어도 돼. 그런데……."

내가 말을 마치기도 전에 스펜서가 겉 포장을 뜯고는 말했다.

"초코볼이 들었어!"

"응. 휴지랑 성냥도 들어 있어. 이건 군대 배급품이야. 가정집이 아니라 전장에서 먹도록 만들어진 거지. 가족 한 명당 7개쯤은 준비해 두는 게 좋아. 대피할 때 요긴하거든. 물물교환에 쓰일 수도 있고."

"어떻게 조리하는 거야?"

제이드가 조리법 안내를 찾아서 이리저리 돌려 보았다.

"그냥 먹어도 되지만 데워 먹을 수도 있어. 그 방법을 가르쳐 줄게."

나는 제이드가 고른 '멕시코풍닭고기'를 포장째 가열 봉투 안에 넣었다. 불 없이 음식을 데우는 히터, 봉지에 든 소금과 물도 넣었다. 가열 봉투를 책상 위에 똑바로 세우자 윗부분에서 수증기가 나왔다.

"진짜 멋지다. 화학 반응으로 데워지는 거네."

에이제이가 몸을 숙여 관찰하면서 말했고, 나는 이것을 직접 발명한 과학자라도 되는 양 뿌듯한 웃음을 지었다.

"맞아. 불은 필요 없어. 15분 동안 기다리기만 하면 식사가 준비되는 거야."

"그러면 성냥은 왜 들어 있어?"

브렌트가 물었다.

"불을 붙이는 데 쓰는 거야. 하지만 우리는 안 쓸 거야."

나는 모두에게서 성냥을 받아 내 가방 밑바닥에 숨겨 버렸다.

제이드가 혀를 차더니 말했다.

"포장지가 정말 많이 든다. 환경에 좋지 않아. 이걸 먹는 건 잠깐인데, 이 비닐들은 오래오래 지구에 남아."

"나는 내가 오래오래 지구에 남을 수 있으면 좋겠다."

런던의 말에 브렌트가 맞장구쳤다.

"나도."

모두가 주요리를 '조리' 했다. 나는 맥이 제 것을 데우도록 도와주고, 내 것은 준비하지 않았다. 이미 충분히 시식해 보았으니.

"다시 말하지만 이건 야외 식량이야. 집에서 먹을 다른 식량도 마련해 둬야 해."

나는 책가방을 열고 〈생존주의자〉 잡지를 꺼냈다. 표지에는 까만 탱크톱을 입고 엄청나게 굵은 팔뚝 근육을 자랑하는 남자가 자기 팔보다도 긴 칼을 들고 있었다. 나는 표시해 둔 쪽을 펼쳐서 아이들에게 보여 주었다.

"이걸 추천해. 방수 용기에 든 한 달 치 음식이야."

나는 그 잡지를 모두가 돌려 보게 했다.

"티워트워키 이후에 가게들은 약탈당하고 텅 빌 거야. 식료품을 살 수 없다는 얘기야. 그리고 자연이 변해서 계절이 몇 번이나 지나갈 때까지 식량을 재배할 수도 없어. 그래서 이런 식량이 필요해."

"얼마나 많이?"

이저벨이 물었다.

"우리 할아버지는 우리 가족 한 명당 1년 치씩 마련해 두셨어."

와이어트가 휴대전화로 그 광고의 사진을 찍자, 제이드가 부탁했다.

"그거 나한테 문자로 보내 줘."

도미닉도 요청했다.

"나도."

와이어트는 단체 대화방을 만들어 모두를 초대했다. 휴대전화가 없는 브렌트만 빠졌다.

"몇 달 지나면 휴대전화는 아무 쓸모 없어져."

브렌트가 속상할까 봐, 맥이 말했다. 음식은 점점 더 데워졌고, 스펜서는 자기 것을 만져 보고 가냘픈 비명을 질렀다. 바깥 면은 꽤 뜨거워졌다. 5분 더 기다리면서, 우리는 팩에 든 것들을 책상에 차렸다. 각각의 팩마다 과일이나 크래커 따위의 부식, 땅콩버터나 치즈 같은 스프레드, 음료수 믹스 가루, 양념, 그리고 식량 중에 내가 가장 좋아하는 디저트가 주식과 함께 들어 있다. 브렌트가 초콜릿 캐러멜을 들고 물었다.

"나랑 바꿀 사람? 난 교정 장치 때문에 못 먹어."

나는 말했다.

"4월 전에 교정 장치를 떼는 게 좋을 수도 있어. 티어트워키 이후에 언제 치과가 다시 문을 열지 알 수 없잖아."

브렌트는 입을 만지며 대답했다.

"그렇겠네."

"나랑 바꾸자."

이저벨이 스키틀스를 들고 말했다. 제이드도 크래커와 할라페뇨 스프레드를 프레즐과 바꾸고 싶어 했다. 다들 마치 핼러윈 다음 날처럼 과자 물물 교환을 했다. 어쩌다 보니 초코볼이 두 봉지 생긴 런던은 한 봉지를 내게 주었다.

음식이 다 데워져 모두가 조심스럽게 포장을 뜯어 열고, 동봉된 플라스틱 숟가락 겸 포크를 잡았다.

"잘 먹겠습니다."

맥이 미트볼을 푹 떴다. 모두가 쳐다보는 가운데 씹고 고개를 끄덕였다.

"나쁘지 않네."

스펜서는 망설임 없이 입 안 가득 떠먹고 또 떠먹었다. 내내 '으음' 하고 맛있다는 소리를 냈다. 와이어트는 스튜를 한 입 먹고는 표정이 굳었다. 고춧가루를 뿌려 보라는 내 제안에 고춧가루 두 봉지를 넣어 비비더니, 한 입 먹어 보고 말했다.

"좀 낫네."

제이드는 제 것을 저어 놓기만 하고 먹지 않았다. 이저벨은 냄새만 맡아 보고 토하는 시늉을 했다. 둘을 보고 런던이 말했다.

"내가 이 말은 안 하려고 했는데, 너희들 변기 물도 마셨거든. 그냥 먹어 봐."

제이드가 먼저 한 입 먹었고, 이저벨도 따라 먹었다. 제이드는 어깨를 으쓱하고는 말했다.

"뭐 괜찮네. 그래도 진짜 음식이 그리울 거야. 감자튀김 같은 것."

그때 맥이 제안했다.

"언제 한번 최후의 만찬을 하자. 나는 우리 동네 타코 집의 엔칠라다 베르데를 먹고 싶어. 아아, 맛있겠다."

"나는 닭튀김이랑 와플. 우리 엄마가 만들어 준 것 같은 맛으로."

런던은 이렇게 말하고는 바닥을 내려다보았지만, 내가 빤히 보는 것을 눈치채고는 이렇게 덧붙였다.

"'몰리네 아이스크림'의 싱크대 아이스크림도 먹고 싶어."

"너는 뭘 먹고 싶어, 엘?"

맥이 물었다. 나는 목을 쓰다듬으며 생각해 보았다.

"음, 아마도 도넛. 제과 종류는 구하기 힘들어질 거야. 그리고 베이컨도. 베이컨은 제일 맛있으니까. 무엇이든 잘 어울리고."

그때 와이어트가 고개를 들고 물었다.

"잠깐만. 4월 이후엔 베이컨도 못 먹는 거야?"

나는 어깨를 으쓱하고 말했다.

"적어도 자주 먹진 못하지. 다들 군용 식량은 맛이 어때?"

"내 건 나쁘지 않아."

에이제이가 이렇게 말하고는 제 것을 아이들에게 내밀었다. 스펜서가 한 숟가락 떠먹었다. 제이드와 이저벨도 서로의 것을 나누어 먹었다. 도미닉은 자신의 것을 맥과 브렌트에게 조금씩 주었다. 와이어트는 런던의 식량 팩을 한 숟가락 떴다. 군용 식량 시식은 어느새 모두의 음식을 다 같이 나누어 먹는 식사가 되었다. 런던이 내 손에 플라스틱 포크 겸 숟가락을 쥐여 주고 말했다.

"너도 먹어. 다 같이 먹잖아."

"나는 이미 셀 수 없이 먹어 봤어."

나는 런던의 식량 팩을 밀어냈다. 하지만 런던은 포기하지 않았다.

"같이 좀 해, 노리. 노리! 노리!"

두 달 전이었다면 정말 짜증 났을 것이다. 나는 화나서 따지고, 동아리를 그만두겠다고 했을 것이다. 지금은 짜증이 나긴 해도 그저 조금일 뿐이다. 나는 마음이 좀 넓어진 걸까, 소행성 때문이건 무언가 다른 이유 때문이건?

23장 웹사이트 차단

동생들은 잠자리에 들었고 나는 수학 숙제를 마무리하고 있었다. 마음 같아선 이 시간에 다섯 번째 소식지를 준비하고 싶었다. 오늘 우리가 배포한 네 번째 소식지를 보기 위해 아이들은 화장실을 향해 말 그대로 달려갔다. 우리는 일주일에 한 번씩은 소식지를 내고 싶다. 하지만 아빠의 개인 교습과 숙제 검사를 피하려면, 수학 점수를 올려야만 한다. 마지막에서 두 번째 문제를 거의 다 풀어 가는데, 아빠가 방으로 들어왔다. 버블스도 따라 들어왔다. 아빠가 내 책상 의자를 꺼내어 앉았다.

"이야기 좀 할까?"

부모가 하는 이 말은 언제나 불길하다. 혼날 일이 있거나 누군가가 위독한 것이다.

"알았어."

나는 문제를 풀던 쪽에 연필을 끼워 표시해 두고 수학책을 덮었다.

"이게 뭐야?"

아빠가 우리의 소식지 1호를 한 장 들어 보이며 물었다.

"아무것도 아니야."

어리석은 대답이었지만, 다른 대답은 떠오르지 않았다.

"네 책가방에 있더라."

증거를 다 없애라는 런던의 말을 들을 걸 그랬다.

"내 책가방을 왜 뒤졌어?"

나는 책가방을 찾아 방을 둘러보았다. 부엌에 두고 온 모양이었다.

"고약한 냄새가 나서 안을 봤지. 썩은 바나나가 있던데."

아빠가 얼굴을 찡그렸다가, 이어 말했다.

"소행성 때문에 불안해, 엘리너? 그 웹사이트에는 얼마나 자주 들어가?"

나는 어깨만 으쓱했다.

"아빠가 그 웹사이트에 가 봤어. 찬찬히 살펴봤다는 거야. 마틴 콜런이라는 사람은 그저 사람들의 주목을 원하는 거야. 불필요하게 사람들을 불안하게 만들어서 대학에서 잘린 사람이야. 동료 학자들도 이 사람의 주장은 고려할 가치가 없다고 했어."

"이제는 콜런 박사 말을 믿는 다른 전문가들이 나타났어. 유코프스키 박사처럼."

나는 나도 모르게 주먹을 쥐었다. 아빠는 한숨을 쉬었다.

"나도 봤다. 그 박사의 글 역시 날조로 보이더라."

날조? 믿기 어렵다는 것은 알겠다. 의심할 수 있다는 것도 이해한다. 하지만, 날조라고?

"아빠는 도대체 어떻게 해야 믿을 거야?"

"유코프스키는 지금까지 10년 동안 아무런 공식적인 발언을 하지 않은 학자야. 내가 보기에는 어떤 가짜가 이 은둔의 과학자 행세를 하는 거야. 엘리너, 그 모든 게 사기일 수 있다고 생각해 봐."

"아빠가 그 모든 게 진짜일 수 있다는 걸 생각해 보면, 나도 그럴게."

눈이 따끔거렸고, 나는 울지 않으려 눈을 세게 깜박였다.

"엘리너, 네 컴퓨터 이리 줘."

"뭐?"

침대 위, 내 옆에 펼쳐져 있는 노트북을 나는 팔로 감쌌다. 내가 보호할 수 있기라도 한 것처럼. 아빠가 두 손을 내밀자 나는 말했다.

"노트북은 못 뺏어가."

"뺏어가는 거 아냐. 자녀 보호 장치를 설치하려는 것뿐이야."

"싫어."

"그게 싫으면 사용 금지를 당하든지."

나는 노트북을 건넸다.

"부당해. 아빠는 공산주의 독재자나 다름없어. 또 뭘 금지할 건데?"

"이제부터 그 웹사이트에는 접속이 안 될 거다. 그리고 네가 컴퓨터로 하는 모든 활동이 기록될 거야. 네 인터넷 검색 기록이 매일 내 이메일로 올 거야."

"그건 남의 일기를 읽는 거나 마찬가지야. 내 이메일도 읽을 거야?"

"애들이 이메일도 쓰는 줄 몰랐네. 난 너희 세대는 문자 메시지만 하는 줄 알았다."

아빠는 농담을 시도한 것이지만 이 상황에선 무엇도 웃기지 않았다.

"처음으로 네 컴퓨터를 갖게 됐을 때, 아빠하고 했던 이야기들 기억해?"

나는 고개를 돌려 버렸다.

"네가 하는 모든 활동이 디지털 발자국을 남긴다는 얘기 말이야. 부모님이나 선생님이 안 봤으면 하는 글은 인터넷에 쓰지 마. 교실 앞에서 보여 줄 수 없는 사진이면 인터넷에 올리지 마. 인터넷은 비밀이 지켜지는 곳이 아니야."

아빠가 키보드를 좀 더 두드린 다음 나에게 노트북을 돌려주었다.

"이제 만족해?"

"휴대전화도 줘 봐."

"안 돼! 진심이야?"

아빠 얼굴의 모든 주름이 이 질문에 답하고 있었다. 나는 아빠 손바닥에 휴대전화를 탁 하고 내려놓았다.

"언제 돌려줄 거야?"

"자녀 보호 장치를 설치하고 바로."

적어도 영영 못 쓰게 하지는 않는다는 것이다. 아빠는 5분 정도 휴대전화를 손본 후에 내게 돌려주었다.

"이제 됐어?"

"충분해."

아빠는 일어섰다.

"엘리너, 아빠 말 믿어. 세상은 4월에 안 끝나. 알겠어?"

"할아버지라도 내 말을 믿어 줘서 다행이야."

곧바로, 나는 하지 말아야 하는 말이었다는 것을 느꼈다.

아빠는 턱에 힘을 꽉 주었고, 마치 돌진하기 직전의 황소처럼 고개를 숙였다.

"할아버지는 '취미'에 너무 지나치게 몰두해 오셨어. 아빠는 그게 싫다. 너희한테 그 영향이 미치는 것도 싫다."

숨죽인 내 시선이 책상 위에 놓인 프레퍼족의 필독서로 향했다. 아빠도 내 시선을 쫓아 그 책을 보았다. 나는 속으로 안 된다고 빌었다.

"너한테는 이 책이 필요 없어."

아빠가 책을 집었다. 이제 이 집에선 모든 게 검열당한다.

"가져가지 마."

이제는 울지 않고 말할 수가 없었다. 아빠는 여전히 내 책을 쥔 채 일어서더니 나에게 다가왔다. 마치 나를 안으려는 것처럼 한쪽 팔을 내밀었다. 나는 몸을 돌렸다.

"사랑한다, 엘리너. 잘 자."

나는 아무 말 하지 않았다. 아빠를 쳐다보지도 않았다. 문 닫히는 소리가 들렸다. 아빠는 나에게 가장 필요한 것들을 금지했다. 내가 훌쩍이자, 버블스는 침대 위로 뛰어 올라와 나를 살폈다.

"아빠가 아무리 그래도 우린 멈추지 않을 거야."

나는 버블스를 껴안았다. 그러다 노트북을 당겨, 세 가지 다른 인터넷 브라우저로 콜런 박사의 웹사이트를 접속해 보았다. 되지 않았다. 나는 런던에게 문자를 보냈다.

나: 우리 아빠가 그 웹사이트 접속을 차단했어.

런던: 왜?

나: 우리 아빤 안 믿어.

아빠가 믿을 때까지는 모든 것이 나와 할아버지, 그리고 런던의 손에 달렸다. 어떤 불이익을 받건 우린 멈추지 말아야 한다. 모두가 살아남는 것이 무엇보다 중요하니까.

24장 런던의 방

콜런 박사의 웹사이트에 접속을 못 한 지 일주일이 넘자, 나는 심각한 금단 증상이 왔다. 그래서 쉬는 시간에 화장실에서 런던에게 부탁했다. 나를 런던의 집에, 그 검열 없는 세상에 잠시 데려가 달라고 말이다.

"난 집에 친구 데려와도 된다는 허락 못 받았어."

"제발. 중요한 일이야."

"안 될 거야. 이모한테 먼저 물어봐야 해."

런던이 손톱을 물어뜯었다.

"그럼 이모한테 전화해. 문자 하거나. 어서!"

우리의 다음 수업까지는 2분밖에 남지 않아, 기다릴 수 없었다.

"낮에는 주무신단 말이야."

"내가 너희 집에 안 갔으면 좋겠어?"

나는 눈을 마주치려고 애썼지만, 런던은 내 어깨 너머 거울만 보았다.

"너는 우리 집에 천 번쯤 왔으면서, 나는 너희 집 못 가?"

"알았어! 그러면 와."

· ★ ·

우리가 도착했을 때, 런던의 이모는 저녁 근무를 하러 나갈 준비를 하고 있었다.

"너희 엄마는 어디 계셔?"

"아마 방에 있을 거야. 엄마는 항상 거기 있어."

"뭐 하시는데?"

"몰라. 자고 있을 거야. 아무것도 안 하거나. 우린 엄마를 그냥 혼자 있게 해 줘. 엄마가 그걸 원해."

나는 이유를 묻고 싶었다. 아프셔? 화가 나셨어? 하지만 런던은 엄마 이야기를 하고 싶지 않은 것 같았다. 런던 역시 답을 모를 수도 있고.

"아빠는 집에 계셔?"

나는 이렇게 묻자마자 깨달았다. 지금까지 런던이 한 번도 아빠 이야기를 하지 않은 것을.

"왜 이렇게 질문이 많아? 컴퓨터 하러 온다더니 내 위인전을 쓰러 오셨나."

기억해 두자. 런던에게는 가족에 관해 묻지 말기. 런던이 평소보다 더 뾰족해진다.

나는 런던을 따라 어느 방으로 들어갔다. 벽지는 옅은 노란색에 침대에는 해바라기 무늬 이불과 레이스 달린 둥근 베개 여러 개가 놓여 있고, 풍경 사진들이 벽에 걸려 있다. 침대 옆 탁자에는 우리 학교 도서관에서 빌린 『나를 있게 한 모든 것』이 있고, 침대 가까이에는 낡은 농구공이, 방 한구석에는 우리 할아버지가 선물한 무전기가 있다.

"여기 네 방 맞아? 방이 딱 우리 이모 취향이라서 말이야. 이모도 손님방에 레이스 달린 수건을 걸어 두는데, 절대로 쓰면 안 돼. 오로지 전시용이라서."

"시끄러워. 그리고 질문 좀 그만하라니까. 여기 내 방 맞아."

런던은 내게서 등을 돌리고 제 컴퓨터를 켰다. 거대하고 낡은 데스크톱 컴퓨터였다. 그 가까이에 까만 옷만 가득 담긴 바구니가 있는 것을 보니, 이곳은 런던의 방이 맞았다. 적어도 지금은.

런던이 콜런 박사의 웹사이트를 열고는 내게 손짓했다. 컴퓨터는 접이식 간이 식탁 위에 놓였고, 의자는 식탁용 의자였다.

소행성을 궤도 밖으로 몰아내는 기술을 시험하는 러시아

러시아 연방 우주청의 과학자들이 소행성이나 유성체의 궤도를 바꿀 수 있을지도 모를 핵연료 로켓을 만들어 냈습니다. 하지만 아쉽게도 이 기술이 우리를 지켜주지는 못합니다. 일시적으로 궤도가 바뀌더라도, 지구와 태양의 중력 때문에 다시 궤도로 돌아올 수 있기 때문입니다. 그 로켓에 (핵 또는 다른 폭발물) 미사일을 장착해도, 2010PL7의 크기와 우주 환경으로 인해 (또는 환경의 부재로 인해) 소행성을 완전히 제거할 수 없습니다. 조각 나도 여전히 지구와 충돌합니다.

이 글은 고작 세 시간 전에 올라왔는데 이미 100개가 넘는 댓글이 달려 있었다. 빠르게 훑어보니 대부분은 콜런 박사를 지지하는 댓글과 이메일이나 전화로 박사를 돕겠다는 댓글이었다. 악플도 몇 개 있었는데, 그중 하나가 눈에 띄었다.

완전히 말도 안 되는 소리네. 이 러시아 프로그램은 3년 전에 발표됐고, 당신이 주장하는 소행성하고는 아무 관계가 없어. 거짓말이나 퍼뜨리는 사기꾼이구먼.

콜런 박사는 이에 직접 답을 달았다. 흔치 않은 일이었다.

이 연구가 오래전에 시작된 건 맞지요. 제가 올린 기사를 읽으셨다면, 러시아 정부가 이번 주에 이 프로그램에 2000만 달러를 추가로 쏟아부은 것도 아실 텐데요. 2000만 달러가 우연이라고 생각하시나요.

이후로도 15분 동안 나는 중요한 걸 놓치지 않으려고 애쓰면서 쉴 새 없이 읽었다. 지구의 운명을 그 짧은 시간에 파악하자니, 마치 시한폭탄을 해체하는 비밀 요원이 된 것처럼 심장이 빠르게 뛰었다.

그런데 소행성 궤도 계산의 어려움에 관한 링크를 클릭했을 때 컴퓨터가 그대로 멈추어 버렸고, 답답해진 나는 마우스를 탁자에 내리쳤다.

"워워, 진정해."

"미안."

"무슨 문제 있어?"

런던은 해바라기 이불 위에 누워, 농구공을 공중으로 던져 올리며 물었다.

"왜 이 내용이 전 세계 신문 1면에 나지 않는지 이해가 안 돼."

"어디에 충돌할 건지 나왔어?"

나는 의자에서 허리를 돌려 런던을 보며 대답했다.

"그건 안 나왔어. 소행성이 우리 쪽에 떨어진다면 우리가 할 수 있는 건 없어. 먼 데 떨어진다면 지하실은 안전할 수 있지만, 해밀턴에 충돌한다면 뭐, 어쩔 틈도 없이 다 끝이야. 다른 소행성 때문에 지구에 생긴 구덩이만 봐도 지름이 몇 킬로미터, 깊이가 몇백 미터나 돼."

"그거 나 맘 편해지라고 해 주는 말이야?"

런던이 농구공 던졌다 받기를 멈추고 창밖을 빤히 보았다. 나는 어깨를 으쓱하는 것으로 대답을 대신했다.

"맘 안 편해지니까 그만해."

런던이 가슴에 농구공을 안고는 이어 말했다.

"그리고 난 내 걱정은 안 돼."

"그럼 누가 걱정돼?"

"아무도 걱정 안 돼."

나는 뚫어지게 보면 답을 알 수 있기라도 한 것처럼, 눈을 가늘게 뜨고 런던을 보았다.

"너 집에 가야 하지 않아?"

런던이 이렇게 말하고 턱으로 탁자 위 시계를 가리켰다.

런던은 내가 제 방에 있는 것이 불편한 것이다. 아니면 그냥 그 방에 있는 자신이 불편한지도. 나는 자리에서 일어났다.

25장 체력 훈련

자연 동아리 모임에서 다른 시도를 해 보기로 했다. 안락한 과학실에서 벗어나 바깥으로 나가는 것이다. 나는 단체 대화방에 문자를 보냈다.

> 나: 동아리 모임 올 때 플라스틱 우유 통 2개씩 가져와.

> 나: 4.5리터짜리로.

> 나: 이유는 묻지 마.

> 나: 말 안 해 줄 거니까.

런던, 그리고 휴대전화가 없는 브렌트를 제외한 모두가 물어보았다. 나는 답하지 않았다. 다들 와 보면 알게 될 테니까.

· ★ ·

나는 운동화나 운동복 바지를 챙겨 오라는 말도 해 주지 않았다. 평소 옷차림으로 달려 보면 많은 것을 배우게 될 테니까.

"안녕, 엘리너? 오늘 우리 뭐 해?"

제이드가 낮은 굽이 달린 까만색 예쁜 부츠에 청치마와 레깅스 차림으로 물었다. 아무래도 오늘 제이드는 좀 힘들 듯했다.

"이게 왜 필요해?"

와이어트가 우유 통을 들어 올리며 물었다. 나는 모두에게 모여서 머리를 맞대자고 손짓했다. 이제 다들 그 손짓에 익숙해졌다.

"오늘은 재난 대비에 꼭 필요하지만, 대부분이 안 하는 일을 할 거야."

"벙커 짓기."

스펜서가 말했다. 당장 건축을 시작할 것처럼 옷소매를 걷어 올리면서.

"아냐. 그리고 이제부터 넌 벙커 이야기 꺼낼 때마다 우리한테 1달러씩 줘."

스펜서가 팔짱을 끼고 화난 척했다.

"우리에게 필요한 건 체력적인 대비야. 아주 튼튼해야 해. 이제 선생님을 바라보고 숙제만 하면서 지낼 수 없게 돼. 늘 움직일 수밖에 없어."

나는 달리기하듯 두 팔을 움직였다. 맥은 못 믿겠다는 듯 물었다.

"엘, 정말 운동하자는 거야?"

"응."

맥은 내가 땀나는 것, 몸이 아픈 것, 그리고 코코넛 맛 과자를 제일 싫어한다는 걸 알았다. 운동은 그중 두 가지에나 해당했다.

"빈 우유 통은 왜 가져오라고 한 거야?"

에이제이가 한 손에 하나씩을 들고 물었다.

"곧 알게 될 거야. 그 우유 통에 물을 채우고 각자 소지품을 챙겨서 운동장 육상 트랙에서 모이자."

바깥으로 나서자마자 치아가 서로 딱딱 부딪치도록 추웠다. 회색 하늘에 구름은 낮았다. 맥은 말했다.

"우아, 우리 언제 북극으로 왔지?"

"익숙해져야 해. 소행성이 충돌하고 나면 겨울을 몇 년씩 겪을지도 몰라."

"소행성 충돌 이거, 영 좋지 않은 일일지도 모르겠어."

모두가 육상 트랙 출발선에 모였을 때 나는 다음과 같은 지시를 내렸다.

"옷 잘 여미고 가방 메. 물 들어. 한 손에 한 통씩. 그리고 3킬로미터씩 달리는 거야. 출발!"

아무도 움직이지 않았다. 모두 나를 빤히 쳐다보았다.

"3킬로미터를 달리려면 운동장을 여덟 바퀴는 돌아야 하는데."

내가 모를까 봐 에이제이가 말해 주었다. 런던은 물었다.

"너 장난이지?"

"잘 들어. 이건 중요한 일이야. 체육 시간에는 날씨가 좋을 때만 밖에 나와서, 아무 짐도 들지 않고, 편한 체육복과 운동화 차림으로 달리지만, 우리가 대비하는 상황은 달라. 우리는 살기 위해 뛰어야 한다고."

"뭘 피해서 달아나는데? 소행성?"

이렇게 물은 제이드가 물통을 내려놓고 두 손을 호호 불었다. 도미닉은 코를 뺀 나머지 부분을 다 가리도록 후드를 뒤집어쓰고는 제이드에게 말했다.

"지구가 더워진다고 하지 않았어?"

"우리는 소행성을 피해서 달리는 게 아니라, 소행성 충돌 이후의 재난들을 피해서 달리게 될 거야."

나는 이렇게 말하며 제자리뛰기를 했다. 하지만 나를 빼고는 아무도 움직이지 않았다. 와이어트는 말했다.

"난 안에 들어갈래. 이 동아리 너무 이상해졌어."

나는 아이들에게 동기를 부여할 방법을 찾아야 했다.

"잠깐만! 이렇게 상상해 봐. 소행성과 지구가 충돌한 지 일주일이 지났어. 그동안 우리는 계속 집 안에만 있었어. 산성비가 피부를 녹이기 때문에 밖에 나갈 수 없었던 거야."

에이제이가 허걱 놀랐고, 도미닉은 놀라는 척했다.

"그런데 비가 그쳤어. 나가서 가족을 위해 물을 떠 올 기회가 생긴 거야. 언제 다시 산성비가 올지 몰라. 그러니까 빨리 움직여야 해. 목숨이 달린 것처럼 뛰어야 해. 진짜로 목숨이 달렸으니까. 자, 운동장 한 바퀴만 달려 보자!"

"넵!"

런던이 이렇게 말하고는 제일 먼저 달려 나갔다. 두 손에 든 물병 때문에 런던의 팔이 부자연스럽게 처졌다. 제이드와 이저벨이 뒤를 따랐고, 이내 에이제이와 맥을 뺀 모두가 출발했다. 에이제이는 남아서 내게 물었다.

"질문 있어, 엘리너. 산성비가 계속 내렸잖아. 그럼 깨끗한 물은 어디에서 찾는 거야? 어디로 달려가는 거야?"

"나도 몰라. 우물이나 뭐 그런 곳이겠지. 그냥 달려, 에이제이."

"알았어."

나는 이제 맥에게 팔을 내밀었고, 맥은 두툼한 코트 속의 내 팔꿈치 위쪽을 잡았다. 우리는 각자 물통 1개씩을 들고 뛰었다.

"뛰지 않아도 되는 상황에서 뛰는 엘리너 드로스라니, 믿어지지 않네."

"뛰지 않아도 되다니, 나도 당연히 뛰어야 해."

맥과 내가 제일 마지막으로 출발점에 돌아왔다. 3킬로미터가 아니라 고작 한 바퀴만 뛰고서 말이다. 찬바람에 허파가 에였지만 지금 멈출 순 없었다.

"이번엔……."

나는 산소를 더 들이마시고는 말을 이었다.

"…… 소행성 충돌 한 달째라고 가정하자. 누가 몰래 식량 저장고로 들어와서 마지막 남은 육포를 훔쳐 갔어."

"나는 육포 싫어해."

"나는 고기 안 먹어."

제이드와 에이제이가 연이어 말했다.

"그냥 먹는다고 쳐."

런던이 전혀 숨차지 않은 목소리로 말했다. 나는 물병을 내려놓으며, 다들 내려놓으라고 손짓했다. 다만 런던에겐 한 통을 들고 있으라고 했다.

"그 도둑을 못 잡으면 너희 가족이 식량을 못 먹고 굶어 죽어."

나는 말을 멈추고 숨을 고르며 모두와 눈을 마주쳤다.

"가족의 목숨을 위험하게 만든 육포 도둑이 바로 런던 디그스야."

"뭐? 나? 왜 나야?"

나는 런던에게 몸을 기울이고 속삭였다.

"뛰어."

"엇."

런던은 뛰었다.

"잡아! 도둑 잡아. 가족의 식량을 지켜."

내가 큰 소리로 말했다. 스펜서는 성에 쳐들어가는 것처럼 고함을 지르면서 런던을 뒤쫓았고, 다른 아이들도 소리를 지르며 뒤따라 달렸다. 맥이 웃으며 다시 내 팔을 잡았다. 런던이 물통을 들고 뛰는데도 우리는 런던을 잡을 가망이 없다. 런던은 잘 뛰는 데다가 열심히 하기까지 한다.

런던은 출발점으로 돌아와서도 멈추지 않았다. 그래서 모두가 따라 뛰어야 했다. 모두가 운동장 여러 바퀴를 돌게 된 건 내 계획대로 된 셈이라 기뻐해야 하는데, 옆구리가 결려 웃기는커녕 이를 악물게 됐다. 맥이 말했다.

"숨 쉬어, 엘."

"숨 쉬고 있어!"

우리의 달리기 속도는 걷기와 크게 다르지 않았다. 이내 런던은 우리 앞보다는 뒤에 가까워졌다.

"우리는 육포 그냥 포기해야겠다."

맥이 농담했고, 나는 끙 소리로 동의했다. 옆구리가 아팠다. 허파는 시렸다. 발가락은 욱신거렸다. 이걸 하자고 제안한 사람이 내가 아니었다면 마구 소리를 질러 주었을 텐데. 또 한 번 우리를 따라잡은 런던이 나에게 말했다.

"다음엔 또 어떤 고문을 시킬 거야? 서로 창던지기 어때?"

우리 중 체력이 갖춰진 사람은 런던뿐인 것 같았다. 맥은 말했다.

"너무 재미있는 건 하지 마. 다음 주엔 내가 없을 테니까."

나는 짧은 물음을 겨우 내뱉었다.

"수영부 때문에?"

"아니, 콘래드 학교에 견학 가거든."

주먹으로 배를 맞은 느낌이었다. 오랫동안 그 학교 이야기를 꺼내지 않는다 싶었다. 나는 달리기를 멈추고 맥을 뒤로 잡아당기며 물었다.

"왜?"

"결국 그 학교 다니게 될 거니까. 내년 아니면 적어도 고등학교 때는."

나는 맥의 앞으로 가, 마주 보고 서서 물었다.

"무슨 소리를 하는 거야?"

맥은 나를 비켜서 앞으로 나아가려 했다.

"왜 그래? 엘, 우린 계속 달려야 해. 모범을 보여야지."

"그만 좀 해. 넌 콘래드 학교 못 다녀."

허파도 팔도 옆구리도 더는 아프지 않았다. 얼굴만 뜨겁게 달아올랐다. 맥이 애써 웃음을 내뱉으며 말했다.

"왜, 네가 못 가게 할 거라서? 납치할 거야? 가둘 거야?"

"소행성 때문에!"

맥의 웃음이 사라졌다.

"나도 알아."

제이드와 스펜서가 우리 옆을 지나쳐 달리다가 속도를 늦추었다. 우리가 뭣

189

때문에 싸우는지 들으려는 것이었다.

"알면 왜 그 학교를 견학하러 가는데? 그 학교도 폐쇄될 거야. 기적적으로 다시 개방된다고 해도 전기도 깨끗한 물도 없을 거야. 너희 부모님이 그런 곳에 너를 보낼 리가 없어."

"그런데 만약 소행성이 지구에 충돌하지 않으면? 우린 그 가능성에도 대비해야 해."

나는 움찔했다. 도대체 이런 생각은 왜 하는 것일까? 이 모든 준비에 진심이 아니라면, 맥은 살아남을 수 없다.

"너 콜린 박사 말 안 믿어?"

"완전히 믿어. 95퍼센트 확신해."

"95퍼센트? 그게 어떻게 완전히 믿는 거야?"

내 목소리가 제대로 나오지 않았다.

"그래, 99퍼센트. 콜린 박사가 옳다고 99퍼센트 확신해."

더 많은 아이가 우리 곁을 달려 지나갔다. 런던이 출발점으로 들어가는 모습이 시야 가장자리로 보였다.

"엘, 나 콘래드 학교 가야 해. 우리 엄마 아빠를 위해서 그렇게 해야 해. 내가 뭘 믿는지는 상관없어."

"그 소행성은 100퍼센트 지구에 충돌해. 넌 시간 낭비만 하는 거라고."

"알았어, 알았어. 그런데 우리 엄마 아빠도 믿도록 만들어야 해. 네가 오늘 저녁에 우리 집에 와서 말씀드릴래? 한번 생각해 봐. 나로서는 어쩔 수가 없어."

나는 이제 어떤 말도 나오지 않았다. 나는 언제나 맥을 믿었다. 맥은 언제나 내 친구였다. 맥이 없다면 나는……. 그런 생각조차 견딜 수가 없다.

"내가 그 학교에 견학 가는지 안 가는지가 그렇게 중요할까? 내가 어떻게 하건 그것 때문에 4월에 일어날 일이 달라지는 건 아니잖아. 안 그래?"

"넌 그 학교가 아니라 자연 동아리 모임에 와야 필요한 걸 배울 수 있어."

나의 화난 얼굴이 맥의 까만 색안경에 비쳤고 맥은 허벅지를 문질렀다.

"맞아. 오늘도 물통을 들고 달리면 허벅지에 멍이 든다는 걸 배웠지."

"농담 아냐. 소행성이 떨어지고 나면 넌 해밀턴 바깥으로는 나가면 안 돼. 안전하지 않아."

"약속해. 안 나갈게. 알았지?"

맥이 내 팔을 당기며 재촉했다.

"자, 뛰자. 4월이 오기 전까지 회원들 체력을 튼튼하게 만들어야지."

맥은 해밀턴 중학교에서 가장 믿을 만한 아이다. 그런 맥이 방금 내게 얼굴색도 변하지 않고 거짓말했다. 맥은 자신의 선택에 무엇이 걸려 있는지 알지 못한다. 지금까지의 모든 노력에도 불구하고, 나는 내 단짝 친구를 잃게 될지도 모른다.

26장 런던의 속사정

맥이 콘래드 학교에서 시간을 낭비하는 동안 나 혼자 보내는 시간이 전처럼 나쁘지 않았다. 점심시간에 런던, 스펜서, 에이제이, 도미닉과 이야기를 나누었다. 다들 오늘 오후 동아리 모임에서 무엇을 하는지 알고 싶어 했다. 스펜서가 두 손을 모으고 말했다.

"제발 운동은 하지 말자. 나는 지난번 달리기 때문에 아직도 몸이 쑤셔."

"2주나 지났는데."

"내가 좀 회복이 느린 편이야."

스펜서는 고개를 돌리고 스트레칭을 했다.

"오늘은 운동 안 할 거야. 그런데 운동은 각자가 계속해야 해. 매일 조금씩 몸 관리를 해야지."

나는 체육 시간의 필수 운동 외에는 아무 운동도 하지 않지만, 아이들에게 말하지 않았다. 런던이 물었다.

"그럼 오늘 우리 뭐 해, 노리?"

"어휴, 말해 줄게. 오늘 모임은 2부로 나눠질 거야. 우선은 내가 대물림된 씨앗과 유전자 조작으로 만든 씨앗의 차이를 가르쳐 줄 거야."

"아아, 재미있겠다."

이렇게 말하고는 가짜 하품을 하는 런던.

"그리고 에이제이가 우주에 관해 가르쳐 주고 싶대서 그렇게 하라고 했어."

"에이제이가 수업하면, 나도 할래."

이렇게 조르는 스펜서에게 런던은 물었다.

"우리한테 뭘 가르쳐 주고 싶은데?"

"새총 쏘는 법. 크리스마스 때 새총이 하나 생겨서 계속 연습했어."

도미닉도 샌드위치가 가득 든 입으로 말했다.

"나도 모임 진행하고 싶어. 나는……."

"다들 안 돼! 우린 시간이 없어. 앞으로의 모임 주제는 이미 거의 짜 놨어. 남은 모임이 얼마 안 돼. 집중해야 해."

모두가 자기 이야기와 질문을 하기 시작했다. 아무도 나에게 말을 안 걸던 시절이 그리워질 것만 같았다.

"나 화장실 좀."

내가 먹다 만 점심을 가방에 넣어 두고 일어서자 런던도 일어섰다.

"나도 갈래."

"난 진짜 화장실 가야 해."

나는 런던에게 속삭였지만, 런던은 알아듣고도 복도로 나를 따라왔다. 이상한 일이었다. 우리가 친구가 되었고 자주 어울리기는 해도, 늘 붙어 다니는 사이는 아니었으니 말이다. 텅 빈 화장실에서 나는 물었다.

"너 무슨 일 있어?"

"엄마 아빠한테 말했어."

런던이 깊은숨을 쉬었다.

"아, 그래?"

"둘이 이혼한대."

"소행성 때문에?"

"아니, 이 바보야."

런던의 면박에는 예전 같은 뾰족함이 없다.

"올해 여름부터 이혼 조짐이 있었어. 아니면 더 오래됐거나."

"속상하겠다."

나는 런던이 무언가 더 말하기를 기다렸지만, 런던은 더러운 화장실 바닥만 보았다. 그런데 정말로 볼일을 보아야 했다. 나는 화장실 한 칸을 열고 들어갔고, 문이 닫히자 런던이 다시 이야기를 시작했다.

"지난가을에 엄마가 나를 데리고 집을 나왔어. 그래서 이모네 집에서 지냈던 거야."

"응."

나는 런던의 이야기에 방해되지 않도록, 소리를 덜 내려 애썼다.

"원래는 잠깐만 지내려고 했어."

런던이 말을 멈추었을 때 나는 물을 내렸다. 세면대로 가면서 보니, 런던은 아직도 화장실 바닥의 똑같은 곳을 내려다보고 있었다.

"너희 아빠는 어디 계시는데?"

"미시간에 있는 할아버지 할머니 댁에서 지내고 있어."

런던이 코를 세게 훌쩍였다. 나는 종이 타월을 건넸다.

"어젯밤에 그 웹사이트를 엄마한테 보여 주고, 우리가 살아남으려면 가족끼리 뭉쳐야 한다고 했어."

"엄마가 네 말을 안 믿었어?"

"응."

런던은 엄지손가락으로 두 눈을 훔쳤고, 눈가에 검은색 얼룩이 생겼다.

"나더러 못됐대. 내가 아빠 편을 드는 거래. 철 좀 들래."

눈물 몇 방울이 런던의 뺨을 흘러내렸다. 이제 런던은 눈물을 닦으려고도 하지 않았다.

"우리 아빠도 안 믿어."

"그래도 너희 아빠는 여기 있고, 나중에도 같이 있을 거잖아."

런던은 종이 타월 한 장을 더 뽑고 이어 말했다.

"할아버지도 계시잖아. 동생들도 있고. 혼자가 아니잖아, 노리. 넌 나랑 달라."

"너희 이모는?"

"좋은 분이시긴 한데…… 난 그냥……."

런던은 말끝을 흐렸고, 나는 정말로 뭐라고 말해야 할지 알 수 없었다. 그래서 우리가 할 수 있는 일로 초점을 옮기려 해 보았다.

"아직은 너희 부모님이랑 우리 아빠를 설득할 시간이 있잖아. 길게 보고 계속 생존 준비를 해 나가자."

"그 소행성, 진짜 지구에 충돌하는 거 맞지?"

나를 빤히 보는 런던 앞에서, 나는 짐을 올린 듯 어깨가 무겁고 고개가 뻣뻣해졌다.

"맞아."

내 대답에, 런던이 천천히 고개를 끄덕이며 말했다.

"꼭 일어나야 해."

나는 속삭였다.

"일어날 거야."

"그러면 우리 아빠는 집에 올 거야. 우린 다 같이 살게 될 거야."

"그래."

· ★ ·

동아리 모임을 마친 후, 할아버지가 나와 런던을 집에 데려다주러 왔다. 아빠가 몇 주 전 내 컴퓨터를 감시하기 시작한 후로 할아버지를 만나는 건 처음이었다.

"학교는 어땠나, 병사들?"

트럭에 올라타는 우리에게 할아버지가 물었다.

"괜찮았어요."

솔직히 에이제이가 우주 이야기를 너무 길게 했다. 파워포인트 자료까지 준비해 와서는 말이다. 우리 모두 낮잠을 달게 잤다.

"썩 좋진 않았어요."

런던이 대답했다.

"할아버지는 오늘 어떠……."

내가 할아버지에게 안부를 채 묻기 전에, 런던이 앞에서 몸을 돌려 물었다.

"우린 진짜로 어떻게 되는 거야? 소행성이 지구에 충돌하고 나서 말이야."

나는 눈이 커다래졌다. 나는 어른 앞에서 이런 이야기를 하는 데 익숙하지 않았다. 아무리 할아버지 앞이라도.

"충돌 위치에 따라 달라."

"노스캐롤라이나에 충돌하면?"

"우린 즉시 다 증발해 버려."

나는 어깨를 으쓱했다. 거짓 희망을 줄 이유가 없다.

"얘들아, 아무래도 우리 이 이야기는 안 하는 게 좋겠다."

할아버지가 백미러로 나를 보며 말했다.

"네 아빠와 약속했어. 네가 내 영향을 받아서 엉뚱한 생각 하지 않게 하겠다고."

"알았어요."

아빠와 할아버지가 또 싸우기를 원치 않는 나는 입술을 꽉 잠그고 열쇠를 던져 버리는 시늉을 했다. 런던도 몸을 돌려 도로를 보았다. 우리는 아무 말

없이 나아갔다. 할아버지가 라디오를 켜고 주파수를 맞추었다. 그러다 짜증이 난 듯 라디오를 꺼 버리고는 말했다.

"아이고, 도저히 못 해 먹겠네."

런던은 할아버지를 빤히 보았다. 우리 중 누구도 할아버지가 무슨 말을 하는지 알아들을 수 없었다. 내가 물었다.

"왜 그러세요?"

"억지로 너희들 입 다물게 하는 거 못 하겠다. 그러기에는 너무 중요한 일이야."

할아버지는 운전대를 손바닥으로 내려치고는 이어 말했다.

"엘리너 말대로야. 소행성이 동부 해안에 충돌하면 우리는 뭐 가망이 없다. 하지만 어디든 다른 데 떨어지면 살아남을 가능성이 있어. 그 가능성, 우리는 꽉 붙들어 잡을 거다."

집으로 가는 동안 우리는 소행성 충돌 후의 여러 시나리오를 이야기하고, 무법천지 속에서 질병과 더러움, 끝없는 공포와 함께 어떻게 살아갈지도 이야기했다. 할아버지는 악몽 꾸게 하기 전문가의 자질이 있었다. 내 가슴은 물통을 들고 운동장을 뛰었을 때보다 더 빠르게 뛰었다.

"그래도 걱정하지 마라. 우리는 서로를 지킬 테니까."

런던의 집 앞에 차를 세우며 할아버지가 말했다.

"감사합니다, 조 할아버지."

내가 잘못 본 것일 수도 있지만, 트럭에서 내리는 런던의 얼굴이 창백해 보였다.

30초쯤 후, 내가 집에 도착하기도 전에 런던이 문자를 보냈다.

런던: 조 할아버지가 우리 소식지 다음 호 내용을 주셨네.

나: 엥?

런던: 할아버지가 얘기해 주신 거 다 적자.

런던: 앞으로 일어날 수도 있는 일들.

나: 가상의 시나리오를 적자고?

런던: 4월이 되면 가상이 아닐 거야.

27장 새로운 버킷리스트

며칠 후에 돌아온 맥은 콘래드 학교 때문에 신난 마음을 숨기지 못했다.

"야, 거기 진짜 좋아. 너도 와도 돼. 친구랑 가족이 머물다 가도 된다니까."

"응, 그래."

나는 전화기에 대고 대답했다. 전화를 끊지도 소리 지르지도 않고 좋은 친구의 역할을 하려고 애쓰고 있었다.

"네가 그 기숙사를 봤으면 좋았을 텐데. 방 하나를 두 명이 같이 쓰고, 층마다 부엌과 거실이 있어. 직접 음식을 만들어 먹을 수도 있고, 학교 식당 밥을 먹을 수도 있어. 거실에는 비디오 게임이 있고……"

그 학교 구석구석에 대한 묘사가 이어졌다. 나는 부엌에서 간식을 찾으면서 귀를 기울이는 척 맞장구쳤다.

"좋은 것 같네."

"나 솔직히 말해도 돼? 나 많이 긴장돼."

"왜?"

나는 바닐라 푸딩을 뜨으면서 물었다.

"그 학교 때문이지. 집이 아닌 곳에서 그렇게 오랫동안 지낸 적이 없단 말이야. 엄마 아빠가 보고 싶을 거고…… 너도 보고 싶을 거야. 열다섯에 집을 떠나 사는 건 좋은 생각이 아닐지도 몰라."

"아니고말고!"

나는 푸딩 한 숟가락을 바닥에 떨어뜨렸고, 버블스가 깨끗이 핥아먹었다.

"네가 열다섯 살 되기도 전에 소행성이 지구에 충돌할 거니까."

199

"항상 그 소행성 이야기를 해야 해?"

"너는 항상 콘래드 학교 이야기를 해야 해?"

"알았어, 알았어. 난 싸우기 싫어."

"나도 마찬가지야."

나는 부엌 벽에 기댄 채 바닥으로 미끄러져 앉았고, 우리 우정의 역사에서 처음으로 어색한 침묵이 흘렀다. 소행성 충돌까지는 고작 한 달 남짓 남았는데, 어떻게 해야 맥이 정신을 차릴지 알 수가 없었다. 그런데 갑자기 맥이 내 귀에다 거의 고함을 질렀다.

"우리 버킷리스트에 넣을 게 또 생각났어."

"뭔데?"

"암벽 등반!"

"말도 안 돼. 너 왜 자꾸 우리를 죽이려고 해?"

맥이 대답 대신 웃었다. 그러고는 스모키 산맥의 가장 높은 산을 등반했다는 콘래드 학교 졸업반 학생 이야기를 해 주었다.

전화를 끊고 나서 나는 어떤 시도를 해 보기로 했다. 아빠가 컴퓨터를 감시한 후로 나는 콜런 박사에게 메일을 쓴 적이 없었다. 아빠가 볼까 봐. 하지만 어쩌면 아빠가 보는 것이 좋겠다는 생각이 들었다.

콜런 박사님께,

그 소행성 때문에 걱정됩니다. 우리가 그 소행성을 막을 수 없다는 걸 알기에 그 이후를 열심히 대비하고 있습니다. 하지만 그것을 안 믿는 사람이 많네요. 제 가족과 친구들이 믿을 수 있도록, 좀 더 정보를 주실 수 있나요? 충돌 날짜는 언제일까요? 분명 짐작하시는 날짜가 있을 거예요. 대단한 학자시니까요. 모든 것을

알아내기 위해서 열심히 노력하고 계시겠지요. 뭐든 조금이라도 더 알려 주신다

면 저에게 큰 도움이 될 거예요.

E.J.D. 드림

메일을 보낸 지 몇 초 만에 답이 왔다. 하지만 자동 답장이었다.

이메일을 보내 주셔서 감사합니다. 너무 많은 이메일을 받다 보니 하나하나 답

장을 드리기가 어렵습니다. 저의 웹사이트에서 최신 정보를 확인해 주시기 바랍

니다.

• ★ •

토요일 오후, 실내 암벽 등반을 할 수 있는 체육관 앞에서 나는 맥과 런던을
기다렸다. 런던이 먼저 도착했다. 온몸이 꽁꽁 얼도록 추운 날씨인데 소매에 구
멍이 난 까만색 후드 티만 입고 말이다.

"안에서 기다리자."

내가 이렇게 말하며 문손잡이를 당겼을 때 여자아이들 몇 명이 문을 밀고 나
왔다. 우리 학교 아이들이었다.

"좀 지나갈게요."

친절한 목소리로 이렇게 말한 해나 카펜터는 문 반대편의 나를 보자마자 웃
음이 사라지고 입이 일그러졌다. 뒤따라 나온 세 아이도 나를 보자 나누던 말
을 멈추었다. 나는 바닥에만 눈을 둔 채 그 아이들이 다 지나가도록 문을 잡
고 있었다.

"한심하긴."

그중 하나가 말했지만 누가 그랬는지 쳐다볼 엄두가 나지 않았다. 런던과 체

육관 안으로 들어간 나는 참고 있는 줄도 몰랐던 숨을 길게 뱉었다.

"쟤들은 왜 저렇게 못됐을까."

"맞아. 나쁜 것들."

"그런데 진짜 나한테 왜 그러지? 난 쟤네한테 아무 짓도 안 했어, 정말 아무 짓도!"

나의 하소연에 런던이 크게 웃더니 말했다.

"걔네 너한테 그런 거 아냐. '한심' 하다는 말 나한테 한 거야."

런던은 고개를 절레절레 흔들고는 이어 말했다.

"넌 진짜 해밀턴 중학교의 인간사에는 관심이 없구나. 엘리너 드로스만의 작은 세상 속에서 살아갈 뿐."

반발하려다, 나는 무언가를 깨달았다.

"맞아. 네 절친이잖아! 작년에 너랑 같이 다니던 인기 많은 애들!"

런던은 답답하단 표정으로 말했다.

"방금 네 말, 어디 하나 맞는 부분이 없어. 걔네는 '한때' 내 절친이었을 뿐이야. 적어도 나는 절친이라 생각했지."

"무슨 일이 있었는데? 뭐, 얘기해 줄 거라고 기대하진 않지만."

런던은 경계하는 눈으로 나를 보기만 했다.

"얘기 안 해 줄 거 알아."

"좋아. 알고 싶어?"

런던은 내 팔을 잡고는 창가의 벤치로 갔고, 마치 몰래 듣는 사람이 있나 확인하듯 어깨 너머를 살폈다.

"지난 여름방학 끝날 때쯤 다 같이 우리 집에서 밤새면서 놀기로 한 적이 있어. 그래서 해나랑 메건, 아리아, 제스가 내 방에 있었는데, 하필이면 그때 우리 엄마 아빠가 엄청나게 싸우기 시작한 거야. 핵폭탄급 부부싸움이었어. 물건 던지고, 소리 지르고. 유리 깨지는 소리도 들리고, 욕도 백만 번은 들렸을걸.

"속상했겠다."

"내가 엄마 아빠한테 가서 제발 좀 그만 싸우라고 빌었어. 소용없었어. 결국 아빠가 화내면서 집에서 나가 버렸어. 다시 방으로 돌아와 보니까 애들이……."

런던은 고개를 절레절레 흔들고는 말을 이었다.

"우리 엄마 아빠 싸움을 사방팔방에 문자로 알리고 있었어. 우리 가족을 웃음거리로 삼기도 하면서."

"너무 심하잖아!"

런던은 고개를 끄덕였다.

"맞아. 그래서 내가 다 쫓아냈어."

"못된 것들. 쫓겨나도 싸."

"그래."

런던이 눈을 돌려 체육관 안을 바라보았다. 분명 뭔가 더 하고 싶은 말이 있는 것 같았다.

"왜 그래?"

"아무것도 아냐. 가서 등반하자."

어쩌면 런던이 나를 완전히 믿는 날은 오지 않을지도 몰랐다.

우리가 헬멧을 고르고 있을 때, 맥이 아빠와 함께 들어왔다.

"구름까지 오를 준비 된 사람?"

"난 아닌데. 냄새나는 체육관에서 10미터쯤 오를 준비는 됐지만."

"안녕, 엘리너? 안녕, 런던?"

맥의 아빠가 인사했다. 맥을 혼자 두고 가지 않을 모양이었다. 맥의 엄마였다면 '맥을 두고 가서도 된다'고 설득할 수 있었을 것이다. 아들이 혼자서 이것저것 하는 법을 배워야 한다고 생각하기 때문이다. 반면 맥의 아빠는 맥의 능력을 믿기는 해도, 만약을 생각해 가까이에 머무르기를 좋아했다.

맥은 안전줄과 헬멧을 받고, 지팡이와 색안경을 아빠에게 맡겼다. 맥의 아빠는 벽 쪽 의자에 앉아 휴대전화를 두드렸지만, 우리에게서 눈을 떼지 않았다. 맥이 말했다.

"전문가용 암벽으로 가자."

"천천히 합시다, 스파이더맨 씨."

내가 말렸지만, 맥은 이렇게 말했다.

"시간 제한도 있는데, 우리 시간 낭비하지 말자고."

이제 맥은 내 팔을 잡으려고 손을 내밀었다.

"자신감이 넘치는군. 그러면 해 보든가."

나는 맥을 전문가용 벽으로 데리고 갔다.

"누가 먼저 할래?"

맥이 물었고, 런던과 내가 동시에 대답했다.

"네가!"

맥은 돌아섰고, 나는 맥이 체육관 직원을 똑바로 마주 보도록 위치를 조절해 주었다. 그런데 직원이 맥을 뚫어지게 쳐다보며 두 눈썹을 올렸다. 나는 맥이 이 벽을 오를 수 있다고 생각하지 않았다. 맥의 첫 암벽 등반이기도 하니까. 하지만 단지 시각장애인이라는 이유만으로 맥이 무언가를 할 수 없다고 생각하는 사람을 보면, 나는 화가 치솟았다. 나는 큰 소리로 직원에게 말했다.

"할 수 있거든요."

직원이 항복하듯 두 손을 들어 올리며 말했다.

"알았어."

우리는 맥이 몸에 찬 안전띠를 안전줄에 연결하고 점검했다. 직원은 맥이 미끄러져도 떨어지지 않도록 빌레이 작업을 했다. 그리고 나서 한 10초쯤 지났을까, 맥은 벽을 손으로 더듬으며 3미터 높이까지 올라가 있었다.

"왼손을 뻗어 봐, 머리 위 50센티미터 정도."

내 말을 듣고 맥은 그 바위를 찾아서 잡았고, 거기 의지해 몸을 끌어올리려했다. 그러자 직원이 말했다.

"아니야, 암벽 등반은 다리를 잘 써야 해. 발 디딜 곳을 먼저 찾아. 다리 근육을 써."

"알았어요! 어디로 가야 할지 말해 줘요!"

"왼발을 올려서 왼쪽으로."

맥은 직원이 말한 지점을 찾아 디디려고 다리를 들고 발목을 움직였다.

"더 높이, 더 높이, 거기서 조금 더 왼쪽. 거기!"

이 직원이 실제로 도움이 되고 있었다.

"찾았어요."

"무게 중심을 그 발로 옮겨 봐. 그러고 나서 왼손으로 초록색을……."

"전 안 보인답니다."

"미안. 왼쪽 귀 위로 손을 올려 봐. 5센티미터쯤 되는 바위가 있어."

맥은 그 바위를 찾았다. 직원은 계속 방향을 지시하고, 맥은 따랐다. 발, 손, 발, 손 순서로 움직였다. 어느새 맥은 벽의 절반 높이까지 올라가 있었다.

"쟤는 스파이더맨이 맞는지도 모르겠네."

런던의 말에 나는 맞장구쳤다.

"그러게. 쟤는 무슨 일이든 가능하다고 생각해서 짜증 나."

소행성 충돌만 빼고는 무슨 일이든 가능하다고 생각하지.

"너희 둘 진짜 오랫동안 단짝이었지?"

"맞아, 유치원 때부터."

런던이 손톱의 까만 매니큐어가 깨어진 부분을 손가락으로 튕기며 말했다.

"너흰 운이 좋아."

"뭐, 상대가 맥이라서 가능했을지도 몰라. 거의 늘 좋은 애니까."

나는 누구도 막을 수 없는 초인처럼 벽을 타는 맥을 보며 말했다.

"해나랑 그 애들하고 나, 그 후로도 사건이 더 있었어."

"그래?"

나는 런던을 쳐다보았지만, 런던은 내 눈을 피했다.

"걔네가 우리 집 살벌한 부부싸움을 세상에 알린 후에 내가 복수를 좀 했어. 걔네가 그 싸움을 녹음해서 모두에게 퍼뜨리기도 했단 말이야."

런던은 헛기침하고 이어서 이야기했다.

"내 비밀을 떠벌린다면 나도 걔네 비밀을 떠벌리기로 한 거야."

"어떻게 했는데?"

"이선한테 가서, 메건이 엄청나게 짝사랑하고 있다고 말했어. 도미닉한테 가서는 해나가 역겹게 생각한다고 말했어. 사실 해나는 도미닉을 좋아했는데 말이야. 그리고 제스가 축구부에 들어간 게 제스 엄마가 코치랑 사귀기 때문이라고도 소문냈어."

그때 종소리가 났다. 맥이 꼭대기까지 오른 것이었다. 나는 런던과 함께 박수를 쳤다.

"갚아 준 거네?"

더 큰 목소리로 내가 말했다. 런던은 내 친구지만, 이 이야기에서 런던이 꼭 '착한' 쪽은 아니다. 런던은 좀 더 다가와서 말했다.

"내가 좀 심했던 거 알아. 사과하려고 했어. 그런데 너무 늦었지. 그 애들이 그것보다 더 심한 일들을 나한테 자꾸 했어. 개학하고 첫 두 달 동안 매일매일 내가 울 때까지 괴롭혔어."

런던이 체육 시간에 농구공으로 내 머리를 날려 버리려 했던 날이 떠올랐다. 어쩌면 내 부족한 드리블 실력이 문제가 아니었는지도.

"괴로웠겠다."

나는 뭐라고 해야 할지 몰라 웅얼거렸다. 런던이 조금 물러서며 말했다.

"뭐, 몇 주만 지나면 이런 거 다 하나도 중요하지 않을 거야."

"그래. 소행성이 떨어지면 중학교 인간관계의 고충도 다 사라질 거야. 종말의 장점이다."

런던이 천천히 미소를 지었다.

"그러게. 그리고 다들 엄청나게 겁먹겠지. 내가 바라는 대로."

맥이 안전띠에 매달려 몸을 뒤로 젖혔고, 직원이 맥을 땅으로 내려 주었다. 맥의 아빠가 다가와 맥을 안았다.

"너무 잘하더라. 엄마, 할머니, 할아버지한테도 사진 찍어 보냈어."

"네, 다음은 누구야?"

손에 묻은 초크를 바지에 닦으며 맥이 물었다. 런던이 대답했다.

"난 안 해."

"내가 초보자용 할게."

나는 다섯 살 꼬마들이 오르고 있는 벽을 쳐다보며 말했다. 맥은 헬멧을 벗고는 말했다.

"뭐? 야, 너도 이 벽 충분히 오를 수 있어. 한번 해 봐."

런던은 방금 맥이 오른 높은 벽과 나를 번갈아 보았다. 꼭대기까지 못 가더라도 시도만 하면, 버킷리스트에 암벽 등반을 했다고 표시할 수 있다.

"그래, 할게."

나는 팔찌를 꼬며 맥에게 덧붙였다.

"그런데 네가 좋은 애라서 하는 거야."

맥이 어리둥절해서는 물었다.

"뭔 소리야?"

런던이 내게 미소를 지었다. 그러고는 말했다.

"나도 할게. 너희가 좋은 애들이라서 하는 거야."

〈종말이 다가온다〉 - 6호

4월

소행성 2010PL7이 브라질에 충돌한다. 100개의 핵폭탄이 동시에 터지는 것과 비슷하다. 수백만 명이 죽지만 정확한 사망자 수는 아무도 모른다. 흙과 돌이 구름처럼 하늘로 뿌려진다. 어떤 바위는 심지어 지구의 대기를 벗어나 우주를 돈다. 나머지 흙과 돌은 다시 땅으로 떨어지는데, 브라질에만 떨어지는 것이 아니다. 반구의 전체에 비처럼 떨어진다. 게다가 불타며 떨어지니 땅 위에 대규모 화재와 파괴가 일어난다. 짙은 연기에 태양 빛이 가려진다. 주변의 몇몇 집들은 완전히 파괴되어 있다.

해밀턴을 포함해 거의 모든 곳에서 전기와 통신 서비스를 쓸 수 없다. 우리는 학교에 가지 않는다. 사람들은 식량과 생수를 사려고 가게로 몰려든다. 진열대는 순식간에 텅 빈다. 모두가 생각한다, 토네이도가 일어났을 때처럼 머지않아 예전으로 돌아가리라고. 하지만 그들의 생각은 틀렸다.

일주일 후

이웃들이 적극적으로 서로를 돕는다. 자주 함께 모이고, 냉동실의 고기나 다른 음식을 상하기 전에 먹어 치워야 해서 집 안에서 커다란 소풍을 벌인다. 학교는 아직도 문을 열지 않는다. 우리의 부모님들은 직장에 가지 않는다. 주유소가 텅 비었기 때문에 차에 연료를 채울 수 없다. 은행과 현금인출기를 못 써서 현금을 뽑기가 거의 불가능하다. 집 안의 물이 깨끗하지 않아서 배앓이하는 사람들도 있다. 어떻게 치료해야 할지 모른다. 낮과 밤을 구분하기가 어렵고 공기에서는 타는 냄새가 난다. 모든 것이 마치 옛날의 흑백영화 속처럼 회색이다.

한 달 후

모두가 대문을 잠그고 창문도 막아 둔 채 집 안에서만 지낸다. 항상 누군가가 보초를 서야 한다. 식량과 물을 구하기가 너무 어려워져, 동네 사람들끼리 서로의 것을 훔친다. 경찰을 부를 수도 없다. 전화기가 작동되지 않고 경찰이 있지도 않다. 당신의 가족은 커다란 통에 빗물을 받아 모으지만, 그 빗물 역시 소행성 충돌의 여파로 인해 더럽고 흙이 섞여 있다. 달력에 따르면 분명 5월인데 날씨가 춥다. 거의 매일 밤 서리가 내린다. 식물을 키울 수 없다. 이상 겨울이 이제 막 시작되었다.

6개월 후

아픈 사람투성이다. 작게 베인 상처도 심각한 감염으로 발전한다. 감기와 장염이 죽을병이 된다. 아픈 사람을 도울 능력이 있는 사람이 몇 되지 않는다. 아픈 사람이 있으면 가족 중 누군가를 간호사가 있는 곳까지 보내 알려야 한다. 간호사는 약을 주지만 가족이 일주일간 먹을 식량을 약값으로 내야 한다. 지역 주민들이 힘을 모아 상호 지원 단체를 꾸린다. 사냥 기술, 무기 등 가치 있는 무언가가 있어야만 그 단체에 들어갈 수 있다.

1년 후

하루에 한 번, 때로는 이틀에 한 번 식사한다. 거리는 쓰레기와 들쥐로 가득하다. 기술이 없는 사람은 쓰레기 청소를 맡는다. 가끔 하늘에서 태양이 보인다. 지역 주민들이 올해는 채소 재배를 시도할 것이다. 사냥꾼과 어부들은 고기를 구하기 위해 점점 더 멀리까지 나가야 하고, 당신은 그들이 돌아오지 못할까 봐 걱정하게 된다. 점점 나아질 것이라는 믿음으로 버티지만, 도대체 언제 나아질지 알 수 없다.

5년 후

지역 사회가 세운 작은 학교들이 문을 열지만 아주 어린 아이들만 다닐 수 있다. 어느 정도 자란 아이들과 어른들은 농사, 장사, 경비, 의료 관련 일을 한다. 단파 수신기를 통해서 몇몇 도시에서 전기와 물, 심지어 하수도까지 다시 쓸 수 있게 되었다는 소식이 전해지지만, 그저 헛소문일 수도 있다. 이 지역에서는 일주일에 몇 시간씩 태양력 전기를 쓸 수 있지만, 안정적이지 않다. 사람들은 몇 년만 더 지나면 '보통의 날'로 돌아갈 수 있으리라는 이야기를 나눈다. 하지만 당신은 알고 있다. 소행성 충돌 전과 똑같은 날로는 돌아갈 수 없다는 것을.

28장 이메일 사건

"너 정말 잘 썼어. 지금까지 중에서도 최고야."

런던이 많지 않은 소식지 한 뭉치를 내게 내밀었다. 할아버지가 나를 복사 가게에 데려다줄 시간이 없어서, 런던이 집에서 인쇄해 온 것이었다.

"고마워."

나는 사물함을 열었다. 1교시까지 아직 10분이 남아 있어, 평소처럼 화장실에 소식지를 둘 시간이 넉넉했다.

"30장밖에 인쇄 못 했어. 이모 집에 종이가 별로 없더라고."

"잘됐네. 수요는 올라가고 공급은 줄어들고."

"괜찮아, 노리. 여럿이 돌려 가면서 볼 수 있으니까. 그리고 내가 이메일 버전으로도 배포했지."

런던이 어깨 뒤로 머리카락을 넘기며 특유의 사악한 미소를 지었다.

"뭐라고?"

내가 이렇게 물으며 쏘아보자, 런던의 미소가 사라졌다. 나는 따졌다.

"인터넷으로는 아무것도 안 하기로 우리 처음부터 얘기했잖아. 인터넷으로 하면 쉽게 꼬리가 잡히니까. 인터넷에선 뭘 해도 흔적이 남으니까."

"걱정하지 마. 가짜 메일 계정을 만들어서 보냈으니까. 그리고 꼬리를 잡으려면 진작 잡았겠지. 우리 소식지 1호부터 지문이 덕지덕지 묻었을 텐데."

"우리가 FBI를 상대하는 게 아니잖아. 중학교 교장 선생님은 지문 채취를 할 줄 몰라."

"됐어. 너도 그렇게 잘 알진 않잖아."

"이메일 누구한테 보냈어?"

"모두한테."

런던이 다시 저만의 사악한 미소를 지었다.

"'모두한테'라는 게 무슨 말이야?"

"우리 7학년 초에, 교장 선생님이 실수로 모두의 이메일 주소록이 있는 메일을 보냈잖아."

"교장 선생님이?"

"그래. 개학을 축하한다면서, 우리가 사야 하는 공책 종류를 100개쯤 알려주는 이메일이었어."

기억나는 것 같았다. 아빠가 나와 문구점에 갈 때 출력했던 메일이.

"잠시만……!"

두려움이 가슴을, 그리고 머리를 때렸다.

"너 학부모 이메일로 보낸 거야."

"뭐? 진짜?"

런던은 머리카락을 만지작거리고 내 시선을 피했다.

"그래! 우리 소식지를 전교생 학부모한테 보낸 거라고!"

"내가 엄마 계정으로 본 메일이었나 봐. 그게 학부모 이메일 주소인 걸 내가 어떻게 알았겠어?"

"누구 이메일 주소건, 이메일로는 보내지 말아야 했다고!"

"흥분 가라앉혀. 우린지 아무도 모를 거야."

"우리 아빠 알 거야."

"그 메일을 안 읽으실 수도 있지."

"우리 아빠 눈앞에 있는 건 뭐든 다 읽어! 으으, 네가 다 망쳐 버렸다고!"

"됐어. 안 망쳤어!"

런던이 한 손가락으로 내 가슴을 찔렀다.

"런던 너는 도대체가!"

"진정 좀 해."

런던이 몸을 앞으로 내밀었다. 붉어진 얼굴을 가까이 대고 나를 마주 보았다. 나는 소식지를 흔들며 말했다.

"종이로만 돌리기로 약속했잖아. 그런데도 네 멋대로 했어, 나한테 물어보지도 않고. 이러니까 아무도 널 안 좋아하지. 믿을 수가 없으니까."

내가 무슨 말을 하고 있는지 몰랐다. 어떤 말이든 쏘아붙이고 싶었다.

"그래? 아무도 안 좋아하긴 너도 마찬가지야. 머리 모양은 괴상해서, 만날 별것도 아닌 일에 난리나 치고. 지금도 봐! 나도 더는 못 참아."

런던은 소식지를 공중에 뿌려 버리더니, 언제나 제멋대로인 저답게 쿵쿵거리는 발소리를 내며 가 버렸다.

"잘됐네. 나도 못 참아! 다시는 나한테 말 걸지 마!"

복도에 서 있는 내 주변에는 증거가 잔뜩 뿌려져 있었다. 눈물이 쏟아지려 했지만 슬퍼서가 아니었다. 화가 났다. 이렇게까지 화가 나 본 적이 없을 정도로.

"저기."

모르는 아이가 나를 멈춰 세웠다.

"이거 그 <종말이 다가온다> 맞아?"

"응."

나는 내가 들고 있던 소식지 전부를 그 아이에게 준 다음 사물함을 쾅 닫아 잠갔다.

5분 후 교실에서 맥을 만났을 때, 맥은 이미 우리가 다툰 걸 알고 있었다.

"스펜서가 말해 주더라. 네가 소리 지르고 물건 던지는 거 봤다고."

"물건 던진 건 내가 아니라 런던이야. 물건이 아니라 종이고."

"런던이 뭘 어떻게 했는데?"

"우리 소식지를 메일로 학부모 전체한테 쐈어."

"왜?"

"내가 어떻게 알아. 남의 인생을 끔찍하게 만드는 게 취미인가 보지. 특히 내 인생을."

아침 방송이 끝나고 나서 2교시까지도 내게 그 소식지에 관해 말하는 사람은 없었다. 하지만 3교시에, 나는 교무실로 불려 갔다. 아빠나 런던을 보게 될 줄 알았지만, 나를 맞이하는 사람은 교감 선생님뿐이었다.

"우리, 처음 만나는 것 같구나."

교감 선생님은 자신을 소개하고는 내게 앉으라고 손짓했다. 책상 위에는 우리가 발행한 총 6호까지의 소식지 중 세 가지가 한 장씩 놓여 있었다.

"이것에 관해서 좀 알고 있니?"

나는 어깨만 으쓱했다.

"이걸 만드는 데 너도 참여했니?"

나는 또 어깨만 으쓱.

"네가 배포했니? 그리고 어깨는 으쓱하지 마라. 질문에 대답하렴."

"저 변호사 데려와야 해요?"

농담하려고 한 것이었다. 하지만 너무 긴장한 탓에, 꼭 겁먹은 아이가 떨면서 묻는 것 같았다.

"아니. 네가 원한다면 부모님께 전화해 줄 수는 있고."

"뭘 알고 싶으세요? 그걸…… 제가 썼어요. 배포도 했어요. 저는 모두가 다가을 이 재난에 대비했으면 좋겠어요."

나는 런던의 이름은 꺼내지 않았다. 왜 그랬는지는 모르겠다. 망해도 같이 망해야 하는데.

"오늘 아침에 이메일도 보냈니?"

나는 고개를 반쯤 끄덕였다.

"저 학교에서 쫓겨나요?"

"아니다. 정학은 당하지 않아. 하지만 당장 〈종말이 다가온다〉 만들기를 멈추어야 해. 학교에 배포하기에 적절한 내용이 아니다. 학교를 떠나서도 적절한 내용이 아니고. 미디어 담당 선생님께서 '믿을 수 있는 출처'를 판단하는 법에 관해 가르쳐 주신 걸로 알고 있는데, 맞니?"

"네, 미디어 센터에서요."

"네가 근거로 삼는 그 웹사이트는 믿을 수 있는 출처가 아니야. 글을 올리는 사람을 신뢰할 수 없고, 그 글들을 올리는 동기도 의심스러워."

나는 입을 열지 않았다. 하버드 천체 물리학 교수도 신뢰할 수 없다고 생각한다면, 평균 성적이 C+인 중학생의 말 따위는 신경도 쓰지 않을 테니까.

"이것이 우리 학교에서 다시는 안 보이기를 바란다. 무슨 말인지 알겠니?"

"네."

"또, 그 이메일 주소록은 어떤 목적으로도 이용해선 안 돼. 원래 모두에게 공개하면 안 되는 주소록인데, 너는 남의 실수를 이용했어. 그건 해밀턴의 학생답지 않은 행동이다."

"앞으로는 그러지 않겠습니다."

런던이 해야 할 약속을 내가 하고 있다.

"고맙다, 엘리너. 좀 더 나은 상황에서 만났더라면 좋았을 텐데 말이다."

교감 선생님은 분홍색 서식에다가 무언가를 적더니 나에게 내밀었다. 맨 위에 보이는 제목은 '징계 기록지'.

"내일 아침까지 부모님 서명을 받아서 가져와야 해."

감옥행이라는 벌이 아니라 상을 내리기라도 하는 것처럼, 선생님은 나에게 미소 지었다.

"이게 왜 필요해요?"

"이런 일이 다시 일어나면, 물론 다시 일어나지 않으리라 믿지만, 네가 이 일에 관한 교육과 경고를 받았다는 기록이 필요하기 때문이야."

듣고 있으니 정말로 변호사가 필요할 것 같다.

"네. 저 이제 가도 돼요?"

이곳은 덥고, 선생님의 미소는 너무 이상하다.

"아니."

29장 동아리 해체

교감 선생님이 나가자마자 월시 선생님이 들어왔다.

"안녕, 엘리너?"

내 옆자리에 앉더니, 선생님은 나를 향해 돌아앉았다. 우리의 무릎이 닿을 듯 가깝게 마주했다. 선생님이 거의 속삭임에 가깝게 물었다.

"네가 〈종말이 다가온다〉를 썼니?"

나는 고개를 끄덕였고, 선생님을 쳐다보지 않았다.

"그런 것 같았어."

선생님은 숨을 한 번 크게 쉬었다.

"자연 동아리도? 동아리도 역시 종말의 날 때문에 만든 거야?"

나는 팔찌를 꼬고 또 꼬며 희미하게 대답했다.

"네."

"그랬구나. 맥도 그 소식지 만들기를 도왔니?"

나는 고개를 저었다.

"무슨 일이니, 엘리너? 세상에 종말이 올 거라 믿는 이유가 뭐야?"

"그 웹사이트요."

얼른 선생님을 쳐다보니 선생님이 어깨를 으쓱했다.

"안 읽어 봤어."

그래서 나는 내가 그 웹사이트를 발견한 일부터 할아버지에게서 재난 대비 방법을 배운 일, 다른 아이들도 대비할 수 있도록 동아리를 만든 일까지, 지금까지의 모든 일을 월시 선생님에게 설명했다.

"엘리너……."

선생님이 내 어깨를 만졌고, 나는 얼굴을 숨겼다. 선생님 앞에서 울지 말아야 했다.

"선생님이 제 말을 믿으시는지는 묻지 않을게요. 우리 아빠는 안 믿어요. 만약 선생님도…… 그건 생각하고 싶지 않아요."

아무 대답이 없던 선생님은 내가 눈을 마주 본 다음에야 이렇게 말했다.

"선생님한테 모두 말해 줘서 고마워. 말해 준 건 용감한 일이야. 나와 동아리 아이들을 염려하는 네 마음 알아. 너는 참 좋은 사람이야."

이제 '하지만'이 나올 차례다. 나와 대화했던 어른 대부분이 이쯤에서 내뱉은 말. 그런데 그 말이 들려오지 않는다.

"무서워요."

나는 속삭였다. 몇 달 전만 해도 맥과 우리 가족을 빼고는 어떻게 되든 상관없었는데, 이제는 책임감을 느낀다.

"그 애들이 충분히 대비하지 않으면 어떡해요? 아무도 안 다쳤으면 좋겠고, 그보다 더 나쁜 일이 안 일어났으면 좋겠어요."

"이해해. 이런 일은 우리 누구에게나 커다란 질문이지. 과학자들이 아는 대규모 멸종이 역사에서 적어도 다섯 번은 일어났어."

나는 고개를 끄덕이고 말했다.

"선생님이 주신 책에서 봤어요."

선생님이 기억을 떠올리며 손가락에서 딱 소리를 냈다.

"아, 그랬구나. 그래. 그런 일이 과거에도 일어났고, 앞으로도 일어날 수 있지. 우리가 지금 여섯 번째 대멸종을 겪는 중이라는 주장도 있어. 기후가 점점 온난화되고 있고 바다가 점점 더 산성이 되어 간다는 거지."

"제이드가 그 얘기를 많이 해요."

"아이들이 지구를 걱정하는 건 좋은 일이라고 생각해. 그걸 보면 내 마음에 희망이 생겨. 우리에겐 문제를 해결할 수 있는 시간이 있을 거야."

"소행성은 우리가 해결할 수 없어요."

나는 책상에서 티슈 한 장을 뽑아 코를 풀었다.

"내가 뭘 해 주었으면 좋겠니, 엘리너?"

지금까지 내게 이런 질문을 한 어른은 한 번도 없었던 것 같다. 모두 '내가' 뭘 해야 하는지를 이야기하지, 그 반대는 없었다.

"선생님이 모두에게 그 소행성에 대해서 알려 주시면 다들 믿을 거예요. 적어도 반 아이들은요. 그러면 그 애들이 부모님한테 말할 거고요. 그럼 우리는 많은 사람을 구할 수 있을지도 몰라요. 다들 좀비가 되지 않게요!"

"좀비?"

선생님이 두 눈썹을 올렸다.

"아, 죄송해요. 대비 없이 종말을 맞이해서, 음식과 물을 찾아서 정처 없이 떠돌아다니는 사람들을 뜻하는 용어예요."

"내가 새로운 것을 배우는구나. 하지만 우리 반 아이들한테 소행성이 떨어진다고 말해 줄 수는 없어. 교사가 커리큘럼을 벗어나는 말을 할 순 없거든. 한번은 어느 대학이 다른 대학보다 더 좋은 것 같다는 개인적인 의견을 말했다가 강력한 항의를 받았어. 여러모로 교사는 학생에게 미치는 영향 때문에 제약을 받는 단다."

나는 고개를 끄덕였지만, 선생님이 핑계를 댄다는 느낌이 들었다.

"선생님은요? 선생님도 좀비가 되실 거예요?"

"나는 되고 싶지 않지. 모두 어느 정도 재난 대비를 하는 게 좋다고 생각해.

작년에 눈보라와 한파가 몰아닥쳐서 3일 동안 전기가 들어오지 않았을 때, 선생님하고 남편은 감자 칩이랑 마시멜로로 끼니를 때워야 했어."

"이 일은 눈보라와 한파보다 더 큰일이에요, 선생님."

내 몸의 근육 하나하나가 다 피곤했다.

"알아, 엘리너. 공유해 주어서 고마워. 하지만 너는 네 할 일을 다 한 거야. 누군가에게 정보와 도구를 주고 나면, 그걸로 어떻게 할지는 그 사람이 선택하게 해야 해. 그렇게 생각하지 않니?"

나는 어깨를 으쓱했다.

"선생님도 그래. 가르치고 교과서를 주고 문제를 내 줄 순 있어. 어떻게 하면 성적이 나빠지는지, 어떤 실패의 가능성이 있는지 경고할 수도 있고. 하지만 억지로 숙제하게 만들 수는 없어. 거기서부터는 학생의 선택이야."

선생님도 선택을 한 모양이었다.

"저 갈게요. 수학 수업에 늦었어요."

"잠시만. 나도 정말 괴로운데 말이야, 자연 동아리 모임은 앞으로 할 수 없게 됐어. 선생님도 유감이다."

나는 아무 말 하지 않고 그저 고개를 끄덕였다. 놀라지 않았기 때문이다.

• ★ •

아빠가 부엌에서 통화를 하고 있었다. 집에 온 나를 보더니 '잠시만 기다려' 라고 하듯 손가락을 들어 올렸다. 나는 고개를 끄덕였고, 뒤따르는 버블스와 함께 방으로 올라왔다. 원래 엉망으로 어질러져 있었던 방인데도 무언가가 없어진 걸 느꼈다. 내 노트북. 잠시 후, 아빠가 방문을 두드렸다.

"내 노트북 어쨌어?"

"너 이제부터 노트북도 인터넷도 잠시 작별해야겠다."

"왜?"

나는 내 주머니에 든 휴대전화를 만졌다. 제발 이것까지 빼앗아 가진 마.

"오늘 누가 보냈는지 모르는 이메일을 한 통 받았는데, 내용이 꼭 네가 쓴 것 같더라. 그리고 네 담임 선생님한테서 전화를 받았다."

나는 가슴에 팔짱을 끼고 침대에 다시 앉았다. 모두가 나를 배신했다. 버블 스가 뛰어 올라와서 내 뺨을 핥으려 했지만 내가 밀어냈다.

"네 노트북을 확인해 보니 너는 그 이메일을 안 보냈더라. 그건 공범이 있다는 뜻인데. 맥이냐? 아니면 런던?"

"내 노트북 언제 돌려줄 건데?"

"이제 제발 그만해, 엘리너. 그 소행성은 지구에 떨어지지 않아. 그 남자는 정상이 아니다. 과학자도 전문가도 아니야."

"과학자, 전문가 맞아. 하버드 교수였어."

"그건 중요하지 않아. 이제는 정신이상자야. 그리고 네가 직접 그 사람한테 이메일을 보낸 건 아빠가 말한 규칙에 어긋나는 일이야. 내가 경고했……."

"궁금한 게 있어서 물어본 것뿐이야. 내가 뭐 그 사람한테 이리로 오라고 한 것도 아니고, 어디서 만날 계획을 한 것도 아니잖아."

아빠의 얼굴이 새하얗게 질렸다.

"천만다행하게도 그렇지. 컴퓨터로 낯선 사람과 소통해서는 안 돼. 정말로 위험할 수 있는 일이야. 무슨 일이라도 일어났다고 생각하면 난 정말……."

"좋은 사람이야. 세상을 구하려고 한다고. 그걸 좀 생각해 봐, 아빠."

"어떻게 그자가 너한테 이렇게나 큰 영향력을 가질 수 있을까……."

아빠가 가까이 다가와 내 어깨에 손을 얹으려 했지만 내가 피했다.

"나는 네 아빠야, 너를 사랑하는 아빠. 내 말 믿어. 그자는 틀렸어. 넌……."

"나가!"

나는 소리쳤다. 아빠의 표정이 마치 따귀를 맞은 것 같았다.

"뭐?"

"혼자 있고 싶어. 나가."

나는 침이 튀도록 쏘아붙였다.

"엘리너……."

"나가라고!"

나는 목이 아플 정도로 크게 소리 질렀다.

"너 진정되면 그때 이야기하자."

아빠는 내 방에서 나갔다. 이야기를 하려면 아빠야말로 내 말을 들을 준비가 되어야 한다. 아마 그때는 오지 않겠지만.

30장 충돌하는 날

일주일이 넘도록 점심시간에 런던이 보이지 않았다. 아예 식당에 오지 않았다. 화장실이나 미디어 센터, 아니면 감옥에서 밥을 먹기라도 하는지 내 알 바가 아니었다. 나는 그 애 때문에 노트북도 잃고 자연 동아리도 잃고, 아빠와도 거의 말을 하지 않게 됐으니. 그런데 오늘, 런던이 다시 식당에 나타났다. 어른들을 위해 비워 두는 칸막이 식탁에 혼자 앉아 있었다.

"저기 봐, 런던 왔어."

에이제이의 말에 나는 담담하게 대답했다.

"그렇구나."

에이제이가 말하기 전부터 보았지만, 아무 내색 하고 싶지 않았다.

"어디 있는데?"

맥의 물음에 스펜서가 대답했다.

"예전 그 자리에 혼자 앉아 있어."

"흐음, 그러는 이유를 전혀 모르겠네."

맥이 이상한 말투로 말하더니 자리에서 일어섰다.

"야, 너 어디 가?"

나는 불만스레 물었다. 맥은 캔디를 펴면서 대답했다.

"가서 우리랑 같이 앉자고 할 거야. 물론 런던이 잘못했지. 그래서 나도 화났었어. 그래도 인생은 짧잖아. 너도 들어 봤는지 모르겠지만 소행성에 지구가 부딪힐 거라고도 하고 말이지."

나는 맥의 팔을 붙잡고 말했다.

"런던 때문에 자연 동아리가 없어졌어."

"실수한 거잖아. 그리고 소식지를 걔 혼자 쓴 것도 아니고."

"내 탓이라는 소리야?"

"누구 탓이라는 말이 아니야. 그리고 동아리가 해산됐어도 우리가 모임을 못하는 건 아니잖아. 다른 데서라도 만날 수 있잖아."

"엘리너네 지하 벙커에서 만나자."

스펜서의 말에, 나는 백만 번째로 말했다.

"우리 집에 지하 벙커 없다니까! 그리고 너 우리한테 1달러씩 돌려!"

"금방 갔다 올게."

맥의 지팡이가 앞뒤로 왔다 갔다 하며, 런던이 앉은 식탁으로 향했다. 나는 땅콩버터샌드위치 절반쯤을 입에 쑤셔 넣었고, 삼키려니 숨이 막힐 것 같았다. 런던이 온다면 내가 떠나 버릴 것이었다. '내가' 혼자 앉을 것이었다. 그런데 맥이 혼자 돌아왔다.

"런던이 같이 안 앉겠대."

"잘됐네."

"잘되긴. 네가 자기한테 화나서 안 오는 거래."

"맞아, 나 화났어."

"그리고 자기도 너한테 화났대. 실제로는 더 심한 단어를 썼지만. 학교에서 쓰면 안 되는 말."

"그래서 뭐?"

나는 과자 봉지를 뜯으려고 기를 쓰다가 거의 가루를 내 버렸다.

"걔가 나한테 왜 화가 나? 나는 아무것도 안 했어."

"물어보고 올게."

맥이 다시 일어나서 런던에게로 갔다. 점심을 기다리는 6학년들의 줄을 뚫고 지나갔고, 스펜서는 고개를 절레절레 혼들며 말했다.

"에휴, 여자애들이란. 별것도 아닌 일로 어찌나 난리인지. 친구라고 했다가, 또 친구 아니라고 했다가……."

도미닉과 에이제이가 인생의 진리라도 들은 듯 고개를 끄덕끄덕했다.

"조용히 해, 스펜서. 런던이랑 나는 진짜 친구였던 적이 없어. 우리는 그냥 목표가 같았던 거야. 그뿐이야."

나는 입맛이 없어 남은 점심을 가방에 쌌다. 에이제이가 말했다.

"다들 진정 좀 하자. 앞으로 사납게 말하기 없기. 말을 사납게 하면 될 일도 안 돼."

나는 말했다.

"남자애들도 다를 거 없어. 스펜서 너, 체육 시간에 어떤 남자애랑 팀 안 하겠다고 했지? 걔가 널 마멋 닮았다고 했다는 이유로."

스펜서는 반발했다.

"그거랑 어떻게 같아. 그건 괴롭힘이었어!"

우리 자리로 돌아오는 맥의 캔디 소리가 들렸다. 이번에도 맥은 혼자였다.

"네가 자기한테 소리 지르고 막말해서 화난 거래."

에이제이가 고개를 저으며 말했다.

"거봐, 사납게 말하면 안 된다니까."

"화났으니까 그랬지. 내가 자기한테 화났다는 이유로 나한테 화나면 안 되지. 어이없고 말도 안 돼."

"그리고 소식지 때문에 속상하대. 네가 더는 소식지를 만들고 싶어 하지 않는다면서."

"만들면 안 돼!"

"학교에선 나눠 주면 안 되겠지만 계속 만들 수는 있잖아. 너희 소식지 좋았어, 엘."

"아무런 쓸모도 없는 거였어. 세상이 끝날 때까지 한 달도 안 남았는데, 이 학교엔 대비하는 사람이 아무도 없어."

"나는 대비했어. 정수기도 사고, 구급상자도 샀어."

스펜서가 말했고, 나는 칭찬 아닌 칭찬을 했다.

"잘했다. 하루 이틀은 살아남겠어."

"엘, 진정 좀 해. 동아리도 끝나고 소식지도 끝난 건 맞는데, 그렇다고 이 세상이 끝나는 건 아니잖아. 앗, 세상이 끝나는 거 맞구나."

맥은 이어 말했다.

"엘, 그냥 자연 동아리가 좋았고, 소식지 쓰는 게 좋았다고 인정해."

나는 주저 없이 대답했다.

"그래, 좋았어. 그런데 런던이 그걸 다 망쳤다는 거야."

맥은 도대체 내 말을 어디로 들었을까.

"좋았던 부분도 런던이 다 함께했잖아. 그리고 소행성이 다가와 세상이 끝나려는 마당에, 계속 지나간 일 가지고 그러기야?"

"난 런던이 뭘 하건 신경 안 써. 그렇게 데려오고 싶으면 가서 데려와."

"네가 가서 데려와."

"싫어."

"알았어! 넌 진짜 고집 세. 내가 아는 사람 중에 제일 세. 아니다, 런던도 너만큼 고집 세. 둘이 막상막하야."

맥이 의자에서 스르륵 일어나 런던이 앉은 식탁 쪽으로 몸을 돌렸다. 물론

226

런던은 이번에도 맥과 함께 오지 않았다. 식당 불이 어두워졌다. 어차피 점심시간은 5분밖에 남지 않았다.

"런던은 네가 직접 와서 이야기했으면 좋겠대."

맥은 마치 고된 일을 했거나 관절염이라도 앓는 것처럼 끙 소리를 내며 자리에 앉았다.

"난 안 갈 거⋯⋯."

"런던도 안 온대. 그러니까 이젠 알아서 해. 너희가 알아서 하라고. 난 벌써 1킬로미터는 걸은 것 같네."

"됐어."

나는 일어났지만 런던 쪽으로 가지 않았다. 일부러 먼 길로 돌아서 쓰레기통으로 갔다. 런던도 자리에서 일어나는 것이 시야 가장자리로 보였다. 런던은 기지개를 켜고 천천히 자리를 떴지만 결국은 쓰레기통 쪽으로 왔다. 우리는 남은 음식물이 버려진 노란 쓰레기통 옆에서 만났다.

"너 이제 나한테 화 안 났다며. 맥이 그러더라."

런던이 제 머리카락 끝만 보면서 말했다.

"맥이 그렇게 말했어?"

어이가 없었다.

"응, 그리고 나도 이제 너한테 화 안 났어."

"알았어."

"나는 우리가 소식지를 더 만들어야 한다고 생각해."

런던이 머리카락을 놓고 나를 쳐다보았다.

"싫어."

"이메일로 안 보낼게. 인터넷에 올리는 일도 이제 없을 거야. 약속해."

"소식지는 도움이 안 돼. 하긴 너는 도움을 주고 싶었던 게 아니지. 네 적들을 겁주고 싶었던 거지."

"이젠 아니야."

나는 고개를 갸웃했다. 런던을 믿지 않았다.

"이젠…… 점점 더 실감이 나. 매일 밤 그 웹사이트를 읽는데…… 무서워."

런던이 접은 종이를 주머니에서 꺼냈다.

"이게 뭐야?"

"읽어 봐. 웹사이트에 올라온 글이야."

나는 그 종이를 펼쳤다.

충돌 날짜 – 4월 7일
저의 계산에 따르면 미국 기준으로 소행성의 충돌 날짜는 4월 7일일 것입니다.
그 충격의 속도는 적어도 초속 34킬로미터 이상일 것입니다. 육상에 충돌한다면
순간적으로 지름 약 83킬로미터의 구덩이가 생겨나 약 145킬로미터 가까이 커
질 것입니다. 물리적인 충격이 발생하고 나서 4초 후에는 충격으로 인한 열방사
가 33분간 지속될 것입니다. 열방사로 인해 3도 화상을 입을 수 있고, 나무와 종
이에 불이 붙고 아스팔트가 녹을 것입니다. 충돌 20초 후, 리히터 규모 10의 지
진이 발생할 것입니다.

나는 이것을 두 번이나 읽었지만, 오직 충돌 날짜에만 자꾸 눈이 갔다. 이해
할 수 있는 말도 그것뿐이었다.

"4월 7일까지 며칠 남았어?"

내가 물었다.

"어제부터 계산하면 3주."

어떤 아이가 쓰레기통에 던진 초코우유가 내 팔에 튀었다.

"나, 너희 집에 가서 인터넷 좀 써도 돼?"

"아니."

덜컥 실망스러웠다. 우린 싸우기 전으로 돌아간 것이 아니었나?

"대신 내가 노트북을 하나 구해서 너희 집으로 가져갈게."

런던의 말에 나는 미소를 지으려다 말고 물었다.

"노트북을 구하다니, 무슨 말이야? 훔치기라도 할 거야?"

"빌릴 거야. 내일."

런던은 누구에게서 빌릴 것인지 말하지 않았다. 나는 묻지 않았다.

벨이 울리고 점심시간이 끝났다. 나와 런던의 주변을 곧 좀비가 될 많은 아이들이 지나갔다. 내가 물었다.

"우리 화해한 거야? 서로 사과하거나 포옹하거나 뭐, 그래야 해?"

"화해한 거야. 포옹은 살아남은 다음으로 미뤄 두자."

31장 화해

런던이 노트북을 가지고 우리 집으로 오기로 한 목요일, 모든 수업이 애타게 길었다. 드디어 인터넷에 접속하고 콜런 박사의 웹사이트에 들어갈 수 있게 된 것이다. 마지막으로 몰래 들어가 본 지 몇 주 만이었다. 맥과 런던이 빠짐없이 보고 내게 소식을 알려 주기로 했지만, 직접 보는 것과 달랐다.

집으로 가는 버스를 맥이 함께 탔다. 오늘 맥은 파라코드 팔찌를 차고 왔다. 나는 늘 차고 다니지만, 맥은 그러지 않았는데 말이다. 오늘 팔찌를 차고 온 것에는 의미가 있을까?

우리가 집에 도착한 지 20분 만에 런던이 왔다. 자전거를 타고 온 런던의 배낭에 작은 노트북이 들어 있었다. 우리는 내 방에서 그 노트북을 켰다.

"와이파이 비밀번호 알아?"

런던이 물었다.

"아마도."

나는 아빠가 비밀번호를 바꾸지 않았기를 기도하며 키보드를 두드렸다. 그 웹사이트가 화면에 떴다.

"이게 뭐야. 새 글이 너무 많아. 몇백 개는 될 것 같아. 너희도 이거 읽었어?"

방바닥에 버블스와 함께 앉아, 아이패드를 얼굴에 바짝 대고 있는 맥이 대답했다.

"조금. 웹사이트가 엉망이 됐어."

"맞아. 아무나 글을 올릴 수 있게 해 놨어. 꼭 학교에서 학생도 수업을 할 수 있는 것처럼. 다들 뭐든 하고 싶은 말을 하고 있어."

나는 스크롤을 내리며 말했다.

"이걸 정리해서 볼 수 있을 텐데."

런던이 몸을 숙이고는 터치패드로 커서를 움직였다. 화면에는 콜런 박사가 남긴 글만 남았다.

"고마워."

나는 가장 최근에 올라온 글을 클릭했다.

소행성이나 우주 물체의 행로를 추적하려면 끊임없는 계산과 조정이 필요하다는 점은 말할 나위도 없을 것입니다. 우주 물체는 태양과 행성, 가까운 위성뿐 아니라 다른 우주 물체의 중력에도 영향을 받습니다. 유성체나 소행성으로부터 충격을 받는다면, 2010PL7의 궤도가 바뀔 수도 있습니다. 지구가 위험에서 벗어날 수도 있습니다. 불행히도 그런 일은 일어나지 않았습니다.

2년 전, 중국 정부는 더는 사용하지 않는 작은 우주 정거장 하나와 교신이 끊겼습니다. 한동안 그 우주 정거장을 조종하거나 찾을 수 없었습니다. 우주 정거장이 지구 주변을 영원히 돌지 않으리라는 것은 중국 정부도 알고 있었습니다. 지구의 중력이 지구의 표면으로 그것을 끌어당기기 때문입니다. 대기 속으로 들어오거나 군사 레이더가 그것을 감지할 때까지 그 우주 정거장이 떨어지고 있는 것을 누구도 몰랐습니다. 다행히도 다른 사고 없이 태평양에 떨어졌습니다. 우리는 그때의 실수에서 배웠어야 하는데, 그러지 못했습니다. 자연적, 또는 인공적 우주 물체로부터 지구를 보호하기 위해 감시, 방어 기술을 발전시켜야 합니다. 불행히도 4월 전까지는 불가능합니다. 우리는 소행성과의 충돌에 대비해야 합니다.

"중국 우주 정거장 이야기는 처음 들어 봐. 좀 더 조심해야 할 것 같은데."

런던이 설명했다.

"내가 찾아봤는데, 진짜더라. 무게가 8톤 정도 나갔는데 대부분은 대기에서 불타 없어졌대. 그래서 바다에 떨어진 순간에는 2톤 정도밖에 안 됐을 거래. 제일 무서운 부분은 그 우주 정거장이 원자력으로 돌아가고 있었다는 거. 폭탄 같진 않았지만 뭐 비슷했대."

"이 소행성은 지름이 5, 6킬로미터 정도 될 거야. 그러니까 대기에서 불타 없어지지 않아."

나는 눈을 가리는 앞머리에 바람을 불어 가며 웹사이트를 계속 훑었다. 런던이 내 침대에 앉아 말했다.

"알아. 그게 어느 쪽으로 오고 있는지 알면 좋을 텐데 말이야. 슈퍼컴퓨터로 그걸 알아낼 수 있는 과학자가 분명 있을 텐데."

"더 가까이 다가오면 그땐 알게 될 거야."

나는 손바닥에 얼굴을 괴고 계속해서 노트북 화면을 보았다.

"우린 괜찮을 거야. 이 소행성도 아마 바다에 떨어질걸. 지구는 70퍼센트가 물이니까 그럴 확률이 높아."

"그래."

맥의 말에, 나는 이렇게만 대답했다. 초조해 보이는 런던을 보니, 바다에 떨어져도 나쁘기는 마찬가지라는 말을 해 줄 수가 없었다. 맥이 또 말했다.

"자연재해가 일어났을 때와 비슷할 수도 있겠다. 해일이나 지진이 일어났을 때처럼. 적십자에서 희생자들을 방문하고 식수를 나눠 주고, 텔레비전에 유명인들이 나와서 대대적으로 모금 방송을 하고."

"'해밀턴' 뮤지컬의 작곡가가 모금을 위해서 새 노래를 만들 거야."

나는 이렇게 말하고 억지웃음을 길게 웃었지만, 런던이 말했다.

"그래도 해일이랑 지진 때문에 사람들이 죽어."

"미안, 장난스럽게 말하지 말았어야 했는데."

맥이 사과하고는 아이패드를 내려놓고 색안경을 고쳐 썼다.

"난 그냥 아빠가 집에 왔으면 좋겠어. 그러기만 하면 난 무슨 일이 일어나건 상관없어. 아빠만 같이 있으면……."

런던이 두 무릎을 가슴에 끌어안고 얼굴을 묻었다. 나는 노트북을 닫고 침대 위 런던 옆에 앉았다. 어떻게 해야 할지, 어떻게 하면 런던의 마음을 달랠 수 있을지 알 수 없었다. 생존 배낭이나 지하실의 파란 통 속에는 마음이 다친 사람을 도울 수 있는 것이 없었다.

나는 런던의 다리에 손을 올렸다. 런던이 제 손을 올려 꼭 잡았다. 방은 조용하기만 했다. 버블스가 방귀를 뀌어, 그 소리와 냄새로 방 안을 채우기 전까지는 말이다.

"내가 그런 거 아냐!"

맥이 말했다. 웃으면서 고개를 든 런던은 물었다.

"우리 소행성 이야기 좀 쉬었다 하면 안 돼?"

"그러자."

나는 말했고, 런던은 내 손을 놓아 주었다. 맥이 제안했다.

"우리, 버킷리스트에서 뭔가 하자. 겨우 몇 가지밖에 안 했어. 나는 번지 점프를 하고 싶어."

나는 곧바로 반대했다.

"싫어! 암벽 등반을 해 보고 알았는데, 나는 높이 올라가는 걸 싫어해."

맥은 의기양양하게 말했다.

"시각장애인이어서 좋은 점 중 하나지. 높은 데가 안 무서운 거!"

"버킷리스트 어디에 있어?"

런던이 묻자, 맥이 대답했다.

"엘이 갖고 있어. 아무래도 없애 버릴 속셈인 것 같아."

나는 일어나서 내 책상에 있는 민트색 종이를 들어 보이며 말했다.

"여기 있잖아."

"줘 봐."

나는 런던이 가족 걱정을 잠시나마 잊을 수 있길 바라며 버킷리스트를 건넸다. 목록을 죽 훑어 내리던 런던의 손가락 끝이 멈추었다.

"이거 하자."

나는 런던이 가리킨 것을 보고 물었다.

"누가 노래방을 버킷리스트에 넣었어?"

런던이 대답했다.

"맥이 쓰라고 해서 내가 썼어."

"그래, 그래! 그거 하자. 제이드한테서 들었는데 금요일에 공개 노래방을 여는 커피숍이 있대."

신나서 말한 맥은 우리가 당장 출발하기라도 해야 하는 것처럼 일어섰다. 나는 가슴에 팔짱을 끼며 말했다.

"나는 노래하는 거 싫어해. 사람들 많은 데서는 더더욱 안 해."

"노래를 못하기도 하는 거 아니야?"

런던은 이렇게 말했고, 맥이 제안했다.

"종말에 관한 노래를 부르면 되겠다. '우리가 알던 세상의 끝이야'."

"그거 진짜로 있는 노래야?"

"야, 어떻게 그 노래를 모를 수가 있어. 네 주제곡이나 마찬가지인데."

런던은 그저 나를 보며 어깨를 으쓱했다. 나는 한 번 더 말했다.

"사람들 많은 데서 노래 안 할 거야."

"여기서 하자. 지금."

맥이 아이패드를 향해 '우리가 알던 세상의 끝이야'를 틀어 달라고 말했다. 그 노래를 가장 큰 소리로 세 번 들은 다음, 맥이 노래방 버전도 찾아냈다.

"너무 좋아!"

음악 소리 너머로 런던이 소리쳤다. 런던은 침대가 마치 무대인 것처럼 우리를 그 위로 끌어당겼다. 나는 가사가 나오는 아이패드를 손에 들었지만, 마구 뛰면서 돌아다니니 읽을 수가 없었다.

우리는 그 노래를 불렀다. 대부분은 틀린 가사로 불렀지만 상관없었다. '우리가 알던 세상의 끝에서, 우리는 괜찮다고 느끼니까.'

32장 콜런 박사의 인터뷰

나는 저녁으로 파스타를 만들었다. 내가 이탈리아 음식을 아주 좋아하는 데다, 만들기도 쉽다. 면, 소스, 치즈를 준비한다. 오븐에 넣는다. 끝! 그리고 2주 후면 이런 요리를 할 수 없게 되니까 오늘의 파스타는 더 특별했다.

소스가 너무 맵다며 에드워드가 불평하고 있을 때 내 휴대전화가 진동했다. 문자 같아서 그냥 두니 진동이 오고 또 왔다. 전화였다.

"받아도 돼?"

나는 아빠에게 물었고, 아빠는 고개를 끄덕였다. 조리대에서 전화기를 집어 들어 보니 런던의 이름이 떠 있었다. 런던은 전화를 자주 하지 않는데 말이다.

"여보세요?"

"텔레비전 틀어 봐. 12번. 당장."

"왜?"

"틀어 봐. 그냥 어서!"

"알았어."

나는 버블스에 걸려 넘어질 뻔하면서 서둘러 거실로 갔고, 리모컨을 쥐었다.

"어, 우아!"

"누나 왜 그래?"

에드워드가 소리쳐 물었다. 필립과 에드워드가 쏜살같이 의자에서 일어나 거실에 있는 나에게로 뛰어왔다. 아빠는 조금 더 천천히 일어났다.

"마틴 콜런 박사는 지름 5킬로미터의 소행성이 4월 7일, 지구에 충돌할 것이라고 주장합니다. 수많은 사람이 콜런 박사의 말을 믿고 있으며, 그중에는 눈에 띄는 인물들도 있습니다. 예를 들면 조시 캐넌과 마사 프리먼 같은 연예인과 세계 곳곳의 종교 지도자들, 그리고 위스콘신 클리브랜드 마을의 이장이 있습니다."

"맥한테도 전화할게. 잠시만!"

전화기 너머에서 런던이 소리쳤다. 나는 텔레비전과 아빠를 자꾸 번갈아 보았다. 이것이 뉴스에 나왔다. 이제 아빠도 믿을 수밖에 없다. '뉴스'라니. 이것이야말로 우리가 기다려 온 것이다!

한 대머리 백인 남자가 기자에게 말한다.

"클리블랜드 마을 주민들은 충분한 대비가 되어 있습니다. 우리는 운에 맡겨 두지 않습니다. 목숨으로 도박하지 않습니다."

카메라는 수많은 음식 상자와 생수통이 일렬로 쌓여 있는 지하실을 보여 주었다. 다시 기자가 말했다.

"그 웹사이트를 읽어 보니, 그 소행성과의 충돌에 대비하고 있는 사람들은 클리블랜드 주민들만이 아니었습니다. 우리는 빌과 로즈메리 킨 부부를 만났습니다. 빌은 911 콜센터를 그만두었습니다. 로즈메리는 간호 학교를 그만두었습니다. 두 사람은 저축한 돈으로 이 벙커를 지었습니다. 정확한 위치는 방송에서 밝히지 말아 달라고 부탁했습니다."

로즈메리가 벙커 안을 구경시켜 주었다. 공기청정기를 가리키면서 말했다.

"여기서 우리는 6개월간 지낼 수 있어요. 최소한이요."

우리에게도 진짜 벙커가 있었더라면.

전화기에서 알림음이 났다. 이제 맥과 런던 모두가 전화기 너머에 있었다. 맥이 말했다.

"야, 그 과학자야!"

"알아, 쉿."

나는 텔레비전 소리를 더 잘 들으려고 귀에서 전화기를 떼었다. 기자가 말했다.

"웹사이트에 따르면, 이처럼 소행성 충돌에 대비하기 위해 삶에 영향을 미치는 중요한 결정을 한 사람들이 수천 명이나 됩니다."

고개를 절레절레 흔드는 아빠에게 나는 속삭였다.

"아직 늦지 않았어."

"하지만 콜런 박사가 옳을까요? 우리는 캘리포니아에 있는 미국항공우주국의 제트 추진 연구소에 연락했습니다."

회색 정장을 입은 흑인 여성이 나와서 말했다.

"이 소행성은 지구에 전혀 위협이 되지 않습니다. 2010PL7이 2010년 8월에 처음 발견되었을 때 지구 근접 소행성으로 분류된 것은 맞지만, 몇몇 기관을 통해 20LD의 경계에 접근하지 않음이 확인된 이후 빠르게 제거되었습니다. 이 소행성이 지구의 대기에 들어올 확률은 제로입니다. 전혀 없어요."

기자가 물었다.

"콜런 박사는 자신의 계산에 따르면 이 소행성이 반드시 지구와 충돌할 것이라고 합니다. 그 주장은 틀렸나요?"

"네, 틀렸습니다. 수백만 개의 유성체와 소행성 중에서 매년 수백 개가 지구 근처를 지나갑니다. 우리 감시 시스템은 그것을 추적 관찰하고, 100년 후에 일어날 일까지도 예측합니다."

"먼 과거에도 그런 기술이 있었다면 공룡들한테 도움이 되었겠는데요."

그 여자가 미소 짓고는 대답했다.

"그럼요."

화면에 기자가 다시 혼자 나와서 말했다.

"콜린 박사를 화상 통화로 인터뷰하겠습니다."

콜린 박사가 화면에 나타났다.

"콜린 박사님, 몇 주 후에 소행성이 지구에 충돌할 것이라는 박사님의 주장에 동의하는 천문학자를 찾을 수가 없네요."

"그렇지요. 제가 옳다고 인정할 용기가 있는 천문학자가 없는 겁니다. 인정하면 자신에게 어떤 불이익이 올지 겁나겠지요. 저한테 일어난 일을 보세요. 저는 제 일터에서 쫓겨났습니다. 해고됐어요!"

"세상이 정말로 끝난다면, 그 학자들이 잃을 것이 있을까요?"

"그들이 '얻는' 것이 뭘까요? 이 과학자들은 소행성 충돌에 대비하고 있습니다. 여러분이나 저를 걱정해 주지 않지요. 소행성이 지구에 충돌한다는 것을 알면서 자기들만 대비하는 겁니다."

"콜린 박사님, 과학자들이 이 발견을 비밀로 하고 있다는 말씀이십니까?"

"제 말씀은, 소행성이 4월 7일에 지구에 충돌한다는 겁니다. 대비하실지 가족들을 위험에 빠뜨리실지 선택하십시오. 저는 대비할 겁니다."

기자가 다시 카메라를 보며 말했다.

"무엇이 진실인지 우리는 4월 7일에 알게 될 것입니다."

뉴스 진행자와 기자가 종말 직전의 마지막 몇 주를 어떻게 보내고 싶은지 농담을 주고받을 때, 아빠가 리모컨을 집어 텔레비전을 껐다. 내 귀에서는 런던이 소리쳤다.

"야, 콜린 박사가 뉴스에 나오다니, 진짜 대박이야! 컴퓨터로 볼 때보다 더 늙어 보이네. 그리고 사람이 좀 무서워 보이기도 했어."

나는 한 짐 내려놓은 기분으로 말했다.

"너무 잘됐다. 맥, 너희 부모님도 보셨어?"

할아버지도 보았을지 궁금해졌다.

"응, 이제 모두가 알게 됐겠지."

아빠가 나를 빤히 보았다. 두 눈이 가늘었고, 턱의 근육이 움찔했다.

"나 끊어야겠다. 이따가 전화할게."

나는 말했고, 배 속에 든 파스타가 울렁거렸다.

"저거 진짜야? 진짜로 일어나는 일이야? 정말로 우리 소행성하고 충돌해?"

필립이 물었다. 아빠가 콧등을 문지르며 대답했다.

"아니야, 그런 일은 안 일어나. 저 박사라는 사람이 얼마나 이상한 사람인가
를 보여 준 뉴스야. 저 박사의 이론에 있는 허점들을 드러냈어."

나는 고개를 세게 젓고 말했다.

"아니야. 콜린 박사는 모든 의문을 해소했어. 모든 질문에 답했잖아. 아빠
뉴스 제대로 본 거야?"

"너야말로 보긴 봤냐?"

나는 움찔했다.

"미안하다."

아빠가 부엌으로 돌아가며 말했다.

"다들 방에 올라가 있어. 아빠도 금방 올라갈 테니까 잠시 이야기 좀 하자."

"근데 아빠, 세상이……."

필립이 말을 하다 말고 울 것만 같았다. 내가 필립의 팔을 잡았다.

"가자."

나는 손에 살며시 힘을 주었고, 필립이 웬일인지 나를 믿었다. 나는 뒤따르는
버블스와 함께 필립과 에드워드를 방으로 데려다주었다.

"그 뉴스 정말이야?"

필립이 침대에 놓인 티라노사우루스 인형을 집어 가슴에 안으며 물었다. 나는 필립의 턱을 들어 나를 보게 하고는 말했다.

"정말이야. 그래도 걱정할 필요 없어. 알았지? 할아버지하고 누나가 너희들을 안전하게 지킬 거야. 아빠도 지키고."

"소행성 때문에 공룡도 다 죽었잖아. 멸종했잖아."

"알아. 그런데 우리는 공룡보다 똑똑하잖아."

"스테고사우루스는 뇌가 호두만 했대."

에드워드가 침대에서 뛰며 말했다.

"아하, 그렇구나."

나는 에드워드에게 대답했다. 그리고 안심시키지 않아도 되는 에드워드 대신 다시 필립을 보며 말했다.

"누나는 이 소행성에 대해서 이미 몇 달 전부터 알고 있었어. 우리 집 지하실에는 충돌 후에 필요한 것들이 가득 있어. 그리고 내가 그 뉴스에 나온 박사한테 이메일도 보냈는데, 우리가 사는 노스캐롤라이나에는 소행성이 떨어지지 않을 거래. 아마 남극 대륙에 충돌할 거래."

내 거짓말에 필립이 고개를 끄덕였다.

"우리는 소행성이 떨어진 후에도 살아남을 거고, 몇 주, 몇 달 동안 필요한 것들을 이미 장만해 뒀어. 우리는 정말 괜찮을 거야. 누나 말 믿지?"

"응."

나는 필립을 안아 주고 싶은 마음이 잠시 들었지만, 대신 머리카락을 헝클어뜨렸다. 내 손을 쳐 내고 으르렁거리듯 발끈하는 것을 보니 필립은 괜찮을 터였다.

아빠를 기다리는 것은 독감 예방 주사를 기다리는 것과 같았다. 그 시간이 너무 길게 느껴지고 차례가 다가오는 것이 두렵지만, 어차피 피할 수는 없다. 나는 문을 열어 두었다. 아빠가 천천히 계단을 올라오는 소리가 들렸다. 한 걸음 한 걸음마다 내 심장 박동이 빨라졌다.

"엘리너……."

아빠가 내 이름을 열 글자짜리 이름처럼 길게 불렀다.

"소행성 충돌설은 사실이 아니라고 아빠가 여러 번 이야기했지."

나는 팔찌만 꼬았다.

"그런데 어떤 이유에서인지, 넌 아빠가 아무리 말을 해도 믿지 않아. 다른 과학자들 말도 믿지 않아. 오로지 그 미친 웹사이트 주인 말만 믿지. 네가 도대체 왜 그럴까, 하고 생각을 해 봤다."

아빠가 대답을 기대하며 나를 쳐다보았고, 나는 시선을 피했다.

"어쩌면 할아버지 탓일까 생각했어. 오랫동안 할아버지가 너희들하고 생존 캠프 같은 걸 하고, 군용 식량을 저녁밥이라고 먹였으니까. 그런 경험이 쌓이다 보니 네가 이렇게 될 수밖에 없었던 것이 아닐까, 하고."

나는 어깨만 으쓱했다.

"그런데 아닌 것 같아. 너는 이미 몇 년 전부터 할아버지랑 생존 훈련 하는 걸 별로 좋아하지 않았잖아. 초등학교 때 이후로는."

"나는……."

"아빠 말 조금 더 들어 봐."

아빠는 내 책상 의자를 빼서 앉았다.

"엘리너, 그게 진짜였으면 좋겠어? 세상이 끝났으면 좋겠어? 그렇게 되는 게 잘된 일이라고 생각해?"

"아니야."

나는 코를 크게 훌쩍거렸다. 런던은 엄마 아빠의 재결합을 위해 이 세상이 끝나기를 바란다. 하지만 그건 런던 얘기다. 나는 아니다.

"아빠가 네 감정을 잘 모르겠다. 나는 열네 살 여자아이였던 적이 없고, 곁에 네 엄마도 없으니……."

아빠는 몸을 떨며 큰 숨을 들이쉬었다.

"아빠가 너한테 적당한 질문을 못 하는지도 모르겠다. 너한테 필요한 게 뭔지 모를 때가 많아."

"난 필요한 거 없어."

아빠가 내 말을 믿어 주는 것만 빼면.

"학교에서 무슨 일이 있는 거야? 너한테는 학교생활이 쉽지만은 않았지. 괜찮으니 말해 봐. 혼자 헤쳐 나가지 않아도 돼."

"학교 잘 다니고 있어."

"그러면 도대체 무슨 일이야, 엘리너? 아빠한테 얘기 좀 해 봐."

"아무 일도 없어. 이 세상이 끝나기를 바라는 거 아니야. 멍청하게 그런 걸 바라진 않는다고."

나는 담요의 느슨해진 실을 만지작거렸고, 아빠는 말했다.

"상황이 바뀌기를 바라는 건 멍청한 게 아니야. 자연스러운 일이지. 어른은 뭔가가 마음에 안 들면, 바꾸려고 해 볼 수 있어. 불평을 실컷 하기도 해. 하지만 네 나이의 아이들은 그렇게 하고 싶어도 어른들만큼 할 수 없지."

아빠가 자신의 목덜미를 문질렀다.

"아무래도 너, 상담해 보는 게 좋겠어."

"누구한테?"

"의사한테."

"아빠, 나 멀쩡해. 세상 끝나기를 바라지 않는다고. 콜린 박사 말이 옳기를 바라지 않아. 정말이야."

나는 담요 한 장을 내 턱까지 끌어올렸고, 버블스가 침대로 뛰어 올라와서 내가 만든 담요 요새로 파고들려 했다.

"그래도 너는 그 사람이 옳다고 생각하잖아."

아빠가 부드럽게 말했다.

"옳으니까!"

버블스가 펄쩍 뛰어 내게서 멀어졌다.

"아빤 어떻게 하면 믿을 거야?"

"믿지 않아, 어떻게 해도."

아빠가 책상에서 침대로 왔다. 나는 돌아눕고 얼굴을 베개에 묻었다. 아빠가 내 등을 문질렀다.

"엘리너, 아빠는 너를 사랑해."

아빠가 또 한 번 깊은숨을 쉬었다.

"마음을 털어놓을 준비가 되면, 언제든 아빠한테 와. 무엇 때문에 힘들건 간에, 아빠가 도울 수 있게 해 줘."

나는 베개에 묻은 머리를 애써 끄덕였다. 아빠는 내가 무슨 말이라도 하기를 기다렸다. 그 기다림이 한 시간은 되는 것 같았다. 나는 눈물이 차오르고 온몸의 근육이 욱신거렸다. 아빠가 속삭이듯 말했다.

"네 동생들 보러 가야겠다. 다시 올게."

나는 가만히 누워 있었다. 침대 속으로 녹아들고 싶었다. 그저 이 침대에 영원히 머무르면서 걱정은 다 잊고 싶었다. 버블스가 자꾸 코를 들이밀어, 결국 나는 버블스의 머리를 쓰다듬었다.

아빠가 내 방에 다시 왔을 때 나는 자는 척했고, 버블스도 자는 척했다. 아빠가 내 책상에서 무언가를 건드리는 소리가 나는가 싶더니, 아빠가 내 정수리에 입을 맞추었다.

"사랑한다."

아빠가 속삭이고는 문을 닫고 방에서 나갔다. 내 방은 깜깜하다. 불빛이 나오는 곳은 내 노트북의 작은 전원 버튼뿐이다. 아빠가 내 노트북을 돌려주고 간 것이다. 나는 지금 너무나 혼란스럽다.

33장 충돌 3일 전

맥의 부모님 역시 콜런 박사의 말을 믿지 않았다. 그래서 봄방학에 가기로 한 아루바 여행도 취소하지 않았다. 하지만 섬은 가장 피해야 할 장소다. 소행성이 예상보다 일찍 떨어져서 대서양에 충돌하면, 맥의 가족은 살아남을 가능성이 없다.

"가면 안 돼."

"알아, 엘. 나도 안 가고 싶어."

우리는 맥의 집 거실에 모여 있었다. 맥의 엄마가 몇 분마다 지나가면서 우리를 감시했다. 맥의 엄마는 런던과 나에게 불만이 크다. 우리 때문에 맥이 종말을 믿게 되었다고 생각하기 때문이다.

"너 조금이라도 대비한 거야?"

런던이 나보다 더 화난 목소리로 물었고, 맥은 대답했다.

"정수기도 있고 이중 대역 무전기도 있지. 그리고 멋진 팔찌도."

손목의 회색 팔찌를 만지는 맥에게 나는 쏘아붙였다.

"전부 할아버지가 구해 주신 것뿐이잖아."

"오늘 아침에도 웹사이트를 읽었어. 충돌 날짜는 분명히 4월 7일이래. 나는 4일에 돌아오잖아. 우린 같이 소행성 충돌에서 살아남을 거야. 약속해."

언제나 그랬듯 맥은 미소 지었다.

10분 후, 맥의 엄마가 나와 런던을 집에 데려다주겠다고 했다. 맥의 가족이 곧 비행기를 타러 가야 한다면서 말이다. 맥이 우리를 현관까지 배웅해 주었고, 나는 맥의 손을 잡고 속삭였다.

"무사해야 해."

런던이 덧붙였다.

"예쁜 조개껍데기 좀 가져와 줘."

돌아서서 나오려는데, 어째서인지 문 옆 탁자 위에 놓인 우편물 더미가 눈에 들어왔다. 맨 위에 콘래드 학교에서 온 커다란 봉투가 이미 뜯긴 채 놓여 있었다. 맥의 엄마가 바로 뒤에 있지만 않았더라면 나는 그것을 집어 들고 읽었을 것이다. 하지만 사실 그럴 필요가 없었다. 안 봐도 그게 뭔지 짐작할 수 있었으니까.

· ★ ·

보통 봄방학이 되면 내가 하는 일이 세 가지 있다. 늦잠 자기, 넷플릭스 보기 그리고 오븐에서 쿠키가 익기를 기다리면서 쿠키 반죽 먹기. 하지만 이제 나는 일찍 일어나서 제일 먼저 콜런 박사의 웹사이트에 접속하고, 종일 상황을 확인한다. 아빠와 나는 콜런 박사의 웹사이트에 관해 이야기하지 않는다. 내가 늘 그 웹사이트만 보고 있다는 사실을 우리 둘 다 모른 척한다.

콜런 박사가 뉴스에 나온 후, 그 웹사이트는 자주 다운되었다. 화면 구석에서 작은 로봇이 '일시적으로 접속이 어렵습니다. 불편을 드려 죄송합니다'라고 쓰인 안내판을 들고 있었다. 너무 많은 사람이 그 웹사이트에 방문하는데, 그들이 적인지 동지인지를 알기 어려운 것이 문제였다. 이제 콜런 박사는 자신 외에 아무도 의견을 올릴 수 없게 해 두었다. 마땅한 조치였다.

주중에 할아버지가 저녁을 먹으러 왔다. 내가 할아버지와 단둘이 이야기하지 못하게 하려고 아빠가 계속 주변을 맴돌았다. 마치 우리가 죄수, 아빠가 간수인 것만 같았다. 피자를 먹다가 더는 참을 수 없어진 내가 질문을 던졌다.

"뉴스에서 콜런 박사 보셨어요?"

"아니, 못 봤다."

할아버지는 페퍼로니피자를 베어 물었고, 그 주제에 관해 한마디도 더 하지 않았다. 아빠가 한숨 쉬었다.

토요일에는 런던이 우리 집에서 자고 가기로 했다. 처음 있는 일이었다. 런던이 내 방의 바닥에 침낭을 펼쳤고, 우리는 누가 버블스를 안고 잘 것인지를 놓고 싸웠다. 나는 런던이 이기게 해 주었다.

"잘 자."

나는 불을 끄고 침대로 올라가 인사했다. 달빛이 들어와 런던의 얼굴 반쪽이 보였다.

"3일 남았는데 아직 준비가 안 된 것 같은 기분이야."

"넌 준비됐어. 필요한 것들도 있고, 우리 집으로 올 거잖아. 우린 무사할 거야."

"사람들은 왜 우릴 안 믿을까? 지하실에는 가지 말라고 모두에게 말해도 결국 다들 지하실로 가는 그런 공포 영화 속 같아."

"너희 아빠한테는 연락이 왔어?"

"아빠가 이 일을 진지하게 받아들인다고 약속했어. 그래도 집에 오진 않을 거래. 어쩌면 소행성 충돌 후에야 마음을 바꿀지도 모르지. 너무 늦지만 않았으면 좋겠어."

"그랬구나."

나는 창문을 바라보았다. 달은 보름달에 가깝고 밤하늘은 맑다. 앞으로 일주일 후의 하늘은 전혀 다를 것이다. 우리는 진짜 어둠에 갇힐 것이다.

"맥은 무사할까?"

"응."

나는 그렇게 믿고 싶어서 빠르게 대답했다. 런던이 팔꿈치로 받쳐 윗몸을 일으키고는 말했다.

"맥은 장난스럽게 이야기하면서 우리 장단이나 맞춰 주지, 이 일을 진지하게 받아들이지 않는 것 같아."

"맞아."

"그리고 시각장애인이라는 점도 걱정돼. 지금의 세상에선 맥이 무엇이든 할 수 있지만, 그 이후에는 모든 게 달라지겠지? 힘들 거야. 학교 복도를 다니는 게 아니라 숲속을 다니고, 버려진 자동차랑 좀비들이 있는 길거리를 다녀야 하잖아."

"우리가 그만큼 잘 챙겨 주면 돼."

나는 이번에도 사실이 되기를 바라는 마음으로 이렇게 말했다. 사실은 우리가 각기 어디에 있게 될지 알 수가 없다. 아마도 가족끼리 모여 지낼 것이다. 중학교 친구들은 중요하지 않게 될 것이다.

"너를 알게 돼서 다행이야, 노리."

한때는 런던이 나를 '노리'라고 부르는 게 싫었지만, 이제는 아니다.

"그래."

"나한테 잘해 줬잖아. 내가 항상 잘해 주기 쉬운 애는 아닌데."

"항상 잘해 준 건 아니었어."

내 말에 런던은 웃으며 대답했다.

"알아. 내가 그냥 좋게 말해 준 거야. 너 한동안 나한테 못되게 굴었어. 진짜 진짜 못되게."

"알았어, 알았어. 뭐, 너도 그렇게 잘한 건 아니잖아. 넌 내 코에 농구공을 던졌어."

"내가? 언제?"

그걸 기억하지 못하다니, 어이가 없다.

"그리고 변기 물도 먹였잖아."

"너도 나한테 변기 물 먹였잖아."

"그래, 우리 둘 다 나쁜 인간들이라는 걸로 합의하자."

"그래, 우린 막 세상을 구하고 그런 타입은 아닌 거야."

"종말 이후의 세상에서 너랑 같이 고생할 게 기대돼."

나는 말했다. 웃었지만, 완전히 진심이었다.

34장 마지막 등교

4월 5일 밤, 제목이 아주 명료한 새 글이 올라왔다.

충돌 일시: 4월 7일, 동부 표준시 기준 오전 10시

나는 그 글을 클릭했다. 시각은 세 시간 정도 오차가 있을 수 있어, 아침 7시에서부터 오후 1시 사이라고 했다. 우리는 또 한 번의 대멸종을 고작 48시간도 남겨 두지 않은 것이었다. 갑자기 피부는 차갑고 배 속은 뜨겁게 느껴졌다. 심장이 세차게 두근거렸다.

위치는 아직 모르지만 내일 꼭 업데이트하겠다고 되어 있었다. 나는 기상학자가 허리케인의 경로를 예측하듯 그 소행성의 경로를 추적하는 콜런 박사를 상상했다.

자연 동아리의 채팅방에 문자 메시지를 보냈다. 이모티콘과 GIF 파일로 답이 왔다. 런던에게 전화했다. 내 말을 듣던 런던은 아빠에게 연락해야 한다면서 전화를 끊었다. 맥에게 전화했다. 맥은 우리 모두 무사할 거라고 나를 안심시켰다. 할아버지에게 전화했다. 할아버지는 전화를 받지 않았고, 나는 음성 메시지를 남겼다. 아빠에게 말했다. 아빠는 고개를 젓고 '그런 일은 일어나지 않아'라고 대략 만 번째 말했다.

이렇게 해도 내가 책임을 다했다는 생각은 들지 않았다. 절박한 마음으로 나는 콜런 박사에게 이메일을 썼다. 아빠가 화낼 줄 알면서도.

콜런 박사님,

두렵습니다. 아무도 제 말을 듣지 않습니다. 어떻게 하면 좋을까요?

E.J.D.

나는 답장을 기다리며 저녁 내내 이메일 창을 들여다보다 자정 전에 잠들었다. 그러다 무엇 때문인지 새벽 3시에 잠에서 깨었고, 답장이 와 있었다.

E.J.D. 님,

특별한 시기에는 특별한 방법이 필요하지요. 무엇이건 주저하지 마십시오. '그걸 할 걸 그랬다' 하며 후회하는 다음 주를 맞이하지 않으려면 말입니다. 행운을 빌며, 안전하시기를 바랍니다.

마틴

다시 내 심장이 쿵쾅거렸다. 박사의 말이 옳았다. 나는 맥과 런던에게 문자를 보냈다. 답이 없는 것을 보니 자는 모양이었다. 이제 내 손에 달려 있었다. 우리 학교에서 소행성 충돌에 관해 모르는 아이가 없도록 하는 일은 말이다.

전교생에게 동시에 말하는 방법은 하나뿐이다. 학교의 처벌은 피할 수 없다, 그것도 큰 처벌을. 하지만 다가오는 화요일 이후에는 처벌도 의미가 없어진다. 화요일 이후에는 아무것도 의미가 없다.

내게 필요한 것은 두 가지다. 수많은 사람에게 떨지 않고 말하기, 그리고 한두 명의 공범. 나는 맥과 런던에게 또 한 번 문자를 보냈다.

나: 너희가 필요해!

나: 한 단계 높은 작전을 쓸 거야.

나는 그때부터 아침까지, 해야 할 말을 모두 메모지에 적어 준비했다. 다 적고 보니 서른두 장이나 되었다. 다 말할 수 있을 것 같지 않았다.

나는 아침 6시쯤 런던에게 전화해 계획을 알렸다. 런던은 같이하겠다고 했다. 예상한 대로였다. 하지만 맥은 어떤 반응일지 알 수 없었다. 맥은 내가 집을 나서기 2분 전에야 전화했다.

"엘, 무슨 일이야?"

"네 도움이 필요해."

나는 계획을 모두 설명했다.

"그건 성공하지 못할 거야. 설사 성공한다 해……."

"됐어! 도와줄 거야 말 거야?"

입씨름할 때가 아니었다. 반드시 오늘 해내야 하는 일이니까.

"안 할래. 좋은 생각이 아니야, 엘. 그냥 포기해."

맥의 반응을 예상했으면서도 나는 충격을 받았다. 뭐든 좋다고 하는, 늘 모든 제안을 수락하는 맥이…….

"그리고 어차피 나는 망보기도 잘 못 해. 시각장애인이잖아."

"농담 그만해. 이건 장난 아니야!"

"너야말로 그만해. 넌 이미 할 수 있는 걸 다 했어. 동아리도 만들었지, 소식지도 썼지, 또 그 웹사이트도 알렸지."

이제는 맥의 목소리에 농담의 기색이 없다.

"넌 안 믿는구나."

"좀 이상하다고 생각 안 해? 전 세계에 콜런 박사 말에 동조하는 과학자가 단 한 명도 없다는 거. 야, 생각해 봐."

"그러니까, 넌 안 믿는구나."

나는 또 한 번 말했다.

"미국항공우주국에서든 그 어떤 우주 기관에서든 가능성이 요만큼이라도 있다고 했으면, 나도 믿었어. 그런데 그 주장을 뒷받침하는 사람이 아무도 없어."

"아니야. 그 웹사이트에 가면 콜런 박사가 옳다고 하는 물리학자, 천문학자들이 많아."

"그 글들은 실제로 누가 올렸는지도 알 수 없잖아."

"어떻게 지금 이렇게 말할 수 있어? 세상이 끝나기 하루 전에. 넌 처음부터 나랑 함께했잖아. 넌 내 단짝이잖아. 도대체 왜……."

"재미있었어. 너랑 이런저런 일들을 하면서 재미있었다고. 자연 동아리, 버킷리스트, 심지어 변기 물 마시기까지도."

아래층에서 아빠가 나를 부른다. 학교에 갈 시간이다.

하지만 내 방이 빙글빙글 돌고, 모든 일이 한꺼번에 펼쳐지고 있다. 세상의 끝이 다가온다. 맥은 나를 돕지 않는다. 맥은 내 곁에 없을 것이다. 이제 시작이다. 이제부터 종말의 시작이다.

"엘, 듣고 있어?"

"아니."

나는 전화를 끊고, 나의 마지막 등교를 시작했다.

35장 마지막 작전

"그러니까 우리가 방송실에 쳐들어가서, 카메라를 차지해서, 전교생들에게 우리가 내일 죽을지도 모른다고 알리자는 거네."

런던이 내 계획을 요약했다.

"맞아."

아침 방송을 하는 방송실은 미디어 센터의 뒤쪽에 자리하고 있다. 우리가 들여다볼 수 있도록 창문이 있고, 블라인드가 드리워져 있다.

"리치먼드 선생님은 어떡하지? 방송실 열쇠를 갖고 계실까?"

"열쇠로 열어도 못 들어오게 막아야지. 문 앞에 책상을 밀어 두자. 그러면 안 열릴 거야. 다른 사람의 도움이 필요할 거야."

"쟤들은 어떡해?"

런던이 아침 방송을 준비하고 있는 네 명의 아이들을 향해 입술을 깨물며 고갯짓했다.

"그러게. 어떻게 하면 좋을까? 쟤네 시선을 끌 일을 만들면 좋을 텐데."

런던이 제안했다.

"내가 기절할까? 아니면 목에 뭐가 걸려서 숨을 못 쉬는 척할 수도 있어."

"그러면 널 도우러 달려 나올까?"

"발 벗고 나서서 돕진 않더라도, 그냥 보러 나올 수도 있지."

"그냥 거짓말하는 게 좋을 것 같아. 교무실에서 부른다거나 뭐 그렇게."

"시도해 볼 만하네."

아침을 먹지 않았으니 속이 텅 비어 있어야 하는데, 시멘트가 찬 느낌이다. 제발 이 방법이 먹혀야 할 텐데. 하지만 방송실로 들어가려는데, 익숙한 목소리가 들려왔다. 맥이 리치먼드 선생님에게 이야기하고 있었다.

"선생님, 저 좀 도와주실 수 있어요? 찾고 싶은 책이 있어요."

"당연하지, 맥."

선생님은 자리에서 일어섰다. 모두가 맥을 알고 맥을 사랑했다. 나는 그 사실이 짜증 나곤 했지만, 지금 맥은 그 능력을 이용해 나를 돕고 있었다. 적어도 내가 짐작하기에는 말이다.

"『나의 세 번째 가족』의 점자판을 찾고 있어요."

"찾아보자."

선생님은 교탁에서 나왔다. 점자책 도서관은 좁은 복도를 지나야 하는 별도의 공간에 있었다.

"맥은 이 일에 안 낀다며."

"맥이 뭘 하는지 모르겠는데, 어쨌든 지금이 기회야. 가자."

나는 맥과 리치먼드 선생님이 복도를 따라 사라질 때까지 쳐다보다가, 큰 숨을 들이쉬었다. 교무실에서 찾는다는 거짓말을 방송반 아이들이 믿어 주기를 기도했다. '단순하게 말하자. 괜히 길게 말하지 말자.'

그런데 방송실 문을 밀어젖히고 먼저 말한 것은 런던이었다.

"으아, 어떡해! 복도에 너구리가 막 돌아다녀."

"진짜?"

어떤 여자아이가 물었다.

"응, 잔뜩 흥분했어. 사나운 소릴 내면서 복도를 뛰어다녀. 광견병에 걸린 것 같아. 우린 여기 들어가 있으라길래 들어왔어. 곧 다들 대피할 것 같아."

"보고 싶은데."

한 남자아이가 말했다. 런던은 말렸다.

"가지 마. 여기 있어."

나는 고개만 끄덕일 뿐이었다.

방송부 아이들이 우르르 자리를 떴다.

"시작하자!"

런던은 조용히 방송실 문을 닫고 잠근 다음 그 앞에 책상을 밀어 놓았다.

"카메라 켤 줄 알아?"

"알걸."

아침 방송 시간까지는 5분이 남아 있지만 나는 버튼을 눌렀고, 생방송은 시작되었다. 나는 뉴스 데스크에 앉아 떨리는 목소리로 말했다.

"안녕하세요? 저는 엘리너 드로스라고 합니다. 저는 〈종말이 다가온다〉를 쓴, 함께 쓴 사람입니다. 아마 이미 아시겠죠. 음…… 지금부터 특별 안내 방송을 하겠습니다."

나는 청바지 뒷주머니에서 할 말을 적은 메모지를 꺼냈다. 런던이 나를 보며 양쪽 엄지를 척 내밀었다.

"내일, 지구에 지름 5킬로미터의 소행성이 충돌합니다. 그로 인한 엄청난 파괴가 전 지구적으로 일어날 것입니다. 전기도 없고, 깨끗한 물도 없을 것입니다. 식량도 매우 부족할 것입니다."

갑자기 요란하게 문 두드리는 소리에 나는 펄쩍 놀랐다. 방송부 아이들이었다.

"사람들은 이게 사실이 아니라고 생각합니다. 하지만 소행성이 지구에 충돌한 것은 처음이 아닙니다. 6500만 년 전의 공룡들도 멕시코의 유카탄반도에 거대한 소행성이 떨어진 후로 멸종됐습니다. 공룡 대부분은 즉시 죽지 않았습니다. 지구에 빙하기가 오면서 그 거대한 동물들이 굶주리게 되었습니다."

방송부 아이들이 문을 두들기고 발로 찼다. 미디어 센터를 가로질러 달려오는 리치먼드 선생님도 보였다. 런던은 내게 말했다.

"계속해."

"크기가 2010PL7의 10분의 1쯤 되는 작은 유성이 1908년에 퉁구스카의 하늘에서 폭발해 거의 2000제곱킬로미터의 숲이 파괴되었습니다."

"문 열어, 당장."

문 너머로 목소리가 들렸지만 런던은 문 앞에 밀어 둔 책상에 올라가 앉아 다리를 대롱대롱 흔들거렸다. 뒤돌아보지 않은 채 씩 웃었다.

"시간이 없습니다. 여러분은 준비해야 합니다. 내일은 집에서 나오지 마세요. 식량과 물, 약을 되도록 많이 마련해 두세요. 이 소행성이 지구와 충돌하면 세상은 몇 달, 아니 몇 년 동안이나 지금까지와는 다른 세상이 될 것입니다."

리치먼드 선생님이 열쇠를 딸깍거렸다. 교감 선생님도 합류했다. 결국 문을 열더니 안으로 밀고 들어오려고 했다.

"인터넷에 다 나와 있어요!"

나는 콜런 박사의 웹사이트 주소를 말했다. 세 번 반복했다.

"제발 제 말을 믿으세요. 자기 자신을 지키세요. 우리 모두 살아남을 수 있습니다. 행운을 빕니다, 해밀턴의 학생 여러분."

문에 책상이 쾅쾅 부딪혔고 런던은 웃으며 말했다.

"빨리 마무리해."

"그리고 우리의 자연 동아리 회원 여러분은 무엇을 해야 하는지 알고 있을 겁니다. 우리는 이때를 대비해 온 겁니다."

나는 손가락으로 평화를 뜻하는 브이 자를 표한 다음 카메라를 껐다. 한 번도 누구에게 브이를 한 적이 없는데, 지금이 적당한 타이밍 같았다.

"잘했어, 노리."

런던이 책상에서 내려왔다. 교감 선생님과 다른 두 선생님이 미는 힘에, 문이 열리고 책상이 넘어졌다. 런던이 말했다.

"조심하세요. 여기 장비들 비싸요."

36장 지하실 대피 소동

 정학을 당하는 절차에는 많은 대화와 서류 작업이 필요했다. 내가 아빠와 집에 도착한 시간은 평소보다 고작 30분 빨랐다. 나는 나흘 후에 학교에 나갈 수 있다는 처분을 받았다. 그건 소행성 충돌이 일어난 후이므로, 나의 학교생활은 끝난 것이나 다름없었다. 아빠는 학교에서 예의 있고 차분했다. 집으로 오는 차에서도 말이 없었다. 이제 집에 도착했으니, 아빠가 화낼 차례라고 생각했다. 아빠는 부엌으로 가더니 커피메이커를 켰다. 아빠를 따라 부엌으로 간 나는 여전히 큰 소리나 심각한 설교를 예상했다.

 "오늘 그 웹사이트에 들어가 봤다."

 아빠가 커피메이커 뒤에다 커피 가루를 넣으면서 말했다. 좋은 일인지 아닌지 판단이 되지 않아, 나는 아무 말 하지 않았다.

 "그 박사는 아직도 소행성 충돌이 내일이라고 주장하더라. 맞지?"

 아빠는 내가 아니라 커피메이커를 보며 물었다.

 "맞아."

 "그러면, 내일만 지나면 원래대로 돌아가겠네?"

 아빠가 마침내 나를 보았고, 나는 말했다.

 "내일이 지나면 그 전으로는 돌아갈 수 없어. 우린……."

 "엘리네! 소행성이 떨어지지 않으면, 그러면 폭동을 일으키지 않고 다시 학교에 다닐 거야? 숙제할 거야? 어떻게 할 거야?"

 나는 몇 번 눈을 깜박거렸다. 어이없는 질문들인데다가 나도 답을 몰랐다. 나는 아빠가 듣고 싶어 하는 말을 생각했다.

"응, 모두 원래대로 돌아갈 거야."

커피 향기가 부엌에 퍼졌다. 아빠는 심호흡하고는 말했다.

"그래, 그러기를 바란다."

방으로 온 나는 해야 할 일이 두 가지 있었다. 친구들이 잘 있는지 확인하기, 콜런 박사의 웹사이트 확인하기. 먼저 노트북을 펼쳤다. 콜런 박사는 자신이 지하 벙커에 있다고 했지만, 위치가 어디인지는 알리지 않았다.

다음으로 나는 런던에게 전화했다. 런던은 나와 같은 벌을 받았다. 나흘간의 정학. 런던의 휴대전화를 어떤 여자가 받았다. 엄마일 수도 있지만 아마도 이모일 것 같았다.

"어…… 여보세요?"

"엘리너, 런던은 정학 기간에 휴대전화 사용이 금지야. 그동안은 전화하거나 문자 보내지 마. 해도 런던하고 연락 못 할 거다."

"네. 죄송합니다."

"죄송해야지 그럼! 학교에서 말도 안 되는 장난을 치고 말이야. 너도 런던도 정말 실망이다."

전화 통화인데도, 마치 얻어맞은 것 같은 기분이 들었다. 입이 다물어지지 않고 눈앞은 흐려졌다.

"장난친 거 아니에요."

나는 마침내 이렇게 말했다. 하지만 전화는 끊어진 후였다.

이제 맥에게 전화했다. 맥은 받지 않았고, 나는 문자를 보냈다.

나: 뭐 해?

나는 이 문자를 보내기 전에 몇 번이나 문자를 다시 썼다. '미안해', '고마워', '너 괜찮아?' 모두 틀린 것처럼 느껴졌다.

필립과 에드워드는 아빠가 일찍부터 집에 온 것을 보고 신나 했다. 하늘은 맑고 날씨는 포근한, 화창한 캘리포니아의 봄날이었다. 셋은 버블스를 산책시 켰다. 다가오는 종말을 느끼는 것은 나뿐인 것 같았다.

한 시간 후, 맥이 드디어 답을 보냈다.

맥: 방금 집에 왔어

나: 너도 벌 받았어?

맥: 조사는 받았는데, 나만의 마력으로 잘 빠져나왔어

나: 당연히 그랬겠지.

맥: 정황 증거밖에 없으니까

나: 그게 무슨 말이야?

맥: 증거가 없다는 거야

맥: 그리고 난 잘못한 거 없고

나: 넌 벌 안 받아서 다행이다.

맥: 가야겠다. 나중에 얘기하자

나: 잠깐만!!!!!!!!!!

나: 내일 어디로 갈 거야?

나: 갈 곳 있어?

나: 우리 집 와도 되는 거 알지?

맥: 난 무사할 거야 걱정하지 마

맥: 또 이야기하자

그래, 이야기해야지. 나는 곧바로 전화했지만, 맥은 받지 않았다. 곧바로 음 성 메시지로 넘어갔다. 전화를 걸고 또 걸어 보았지만 벨조차 울리지 않았다. 맥이 전화기를 꺼 둔 것이었다.

나는 저녁을 먹을 수 없었다. 숨을 쉬기도 어렵게 느껴졌다. SNS에서는 '지구 종말' 이야기가 가득했다. 나는 웹사이트를 확인하고 또 확인했다. 박사는 우리에게 적어도 열 시간은 남았다고 장담했다. 나는 더 많은 정보를 찾아 인터넷을 뒤졌지만 나오는 정보마다 출처가 콜린 박사의 웹사이트였다.

"엘리너, 괜찮니?"

접시의 닭고기를 쳐다만 보는 내게 아빠가 물었다. 나는 어깨를 으쓱했다.

"누나 왜 그래?"

필립이 이렇게 물으며 나와 아빠를 번갈아 보았다. 에드워드도 물었다.

"누나 아파?"

아빠가 대답했다.

"누나 안 아파."

"우리, 할아버지 댁으로 가자!"

나는 불쑥 말했다. 하지만 갑자기 떠오른 생각은 아니었다.

"안 돼."

아빠는 단호히 말했다. 에드워드가 눈이 커지며 아빠에게 졸랐다.

"가면 안 돼? 응?"

아빠가 나를 빤히 보며 말했다.

"안 돼. 우린 아무 데도 안 가. 우리 집은 가장 안전한 장소야."

하지만 아빠가 긴 한숨을 내뱉고 식탁에서 일어나는 걸 보니 내 말을 들어주려는 것도 같았다. 아빠가 휴대전화를 꺼내면서 부엌에서 나갔다.

"무슨 일이야?"

필립이 물었고, 나는 대답했다.

"나도 모르겠어."

"우린 안전할 거라고 누나가 그랬잖아."

필립이 커다란 눈으로 나를 보며 말했다.

"그래, 우리는 안전할 거야. 이제 쉿."

나는 아빠가 하는 말을 들으려고 귀를 세웠다. 아빠의 화난 목소리가 들렸지만, 발음은 잘 들리지 않았다. 할아버지와 통화하고 있다는 것, 그리고 욕설을 몇 개 내뱉었다는 것 말고는 알 수가 없었다.

"아빠 엄청나게 화났어."

필립이 말했다.

"알려 줘서 고맙다."

목소리가 멈추고, 부엌으로 돌아온 아빠가 휴대전화를 내게 내밀었다.

"할아버지가 너하고 얘기하고 싶으시대."

나는 전화를 받아들고 자리에서 일어섰다. 식탁에서 멀리 벗어나고 싶었지만, 아빠가 어깨에 손을 얹어 다시 앉았다.

"여보세요?"

"엘리너, 소행성은 지구에 충돌하지 않아."

나는 답하지 않았다.

"할아버지 말 들었나? 소행성은 안 와."

마치 억지로 말하는 것처럼 들렸다.

"아빠 때문에 이렇게 말하는 거잖아요."

나는 아빠를 노려보았다. 목이 마르고 아팠다.

"그냥 사실을 말하는 거다, 엘리너. 지구로 돌진하는 소행성은 없어."

"할아버지, 왜 이러세요?"

나는 전화기에 대고 크게 말했다. 나는 가족과 싸우고 싶은 게 아니다. 그저 모두를 안전하게 지키고 싶은 것이다. 왜 그걸 모를까?

"미안하다, 엘리너. 할아버지가 진작에 이렇게 말했어야 했는데 말이야."

할아버지가 코를 훌쩍였다.

"그만하세요! 그 소행성이 진짜인 거 할아버지도 알잖아요."

"진짜가 아니야."

"진짜예요!"

나는 소리쳤다. 할아버지는 작은 소리로 말했다.

"이제 끊어야겠다. 말썽부리지 마. 할아버지 대신 동생들 안아 주고."

"싫어요. 직접 저 보면서 얘기해 주세요!"

침묵만이 돌아왔다. 나는 냅킨으로 코를 닦았다. 심호흡하면서 절대로 눈물을 떨어뜨리지 않으려고 애썼다. 아빠가 전화기를 살며시 돌려받았고, 다른 손으로는 내 등을 문질렀다.

"이제 잠자리에 들도록 해. 오늘 하루가 참 길었다."

"우리 모두 지하실에서 자야 해."

나는 울거나 애원하지 않고 말했다. 명령이었다. 이제 내가 이끌어야 했다.

"지하실에서 자고 싶어."

에드워드가 말했다.

"지하실이 우리 집에서 가장 안전해. 내가 다 대비해 놨어."

"엘리너, 아빠는……."

"제발, 아빠. 제발. 난 내 방에 못 있어."

내 자기 통제력은 금세 사라져 버렸다. 내 눈과 코, 그리고 심장이 모두 내 말을 듣지 않았다. 나는 흐느끼고 있었다.

"제발, 제발."

아빠도 자신의 눈을 훔치더니 이렇게 말했다.

"엘리너…… 그래, 지하실에서 자. 그래야 마음이 편하겠다면. 그렇지만 네 방도 똑같이 안전하다는 건 알아야 해. 아빠 말 믿어."

"나도 그래도 돼?"

에드워드가 물었다. 내가 아빠 대신 대답했다.

"우리 모두 지하실에서 잘 거야. 다 같이 뭉쳐 있어야 해."

아빠가 숨을 길게 들이쉬었다. 아빠가 나를 믿건 말건 나는 상관하지 않았다. 아빠가 진실을 알게 될 때까지 24시간도 채 남지 않았으니. 지금은 내가 우리 가족을 안전하게 지켜야 했다. 다 나에게 달려 있었다.

"신난다."

에드워드가 말했다. 에드워드보다 훨씬 차분해 보이는 필립은 내 손을 잡더니 이렇게 말했다.

"고마워, 누나."

아빠가 저녁 밥상을 치우는 동안 나는 지하실로 노트북, 전화, 무전기, 침낭을 옮겼다. 필립과 에드워드도 각자의 침낭과 솜 인형, 책, 게임기를 가지고 내려왔다. 마치 친구들과 한집에 모여서 잘 준비를 하는 것 같았다. 나는 할아버지가 마련해 준 것들을 꺼냈다.

"우아!"

에드워드가 생존 식량, 도구, 장비들을 보며 감탄을 내뱉었다. 나는 에드워드와 필립을 위해 푹신한 받침이 포함된 침낭 세트를 꺼내 주었다. 그리고 낡은 커피 탁자에 내 노트북과 무전기를 올려놓았다. 콜런 박사의 웹사이트는 '북아메리카 항공 우주 방위군' 웹사이트가 크리스마스이브에 산타클로스의 이동

경로를 보여 주는 것처럼 소행성이 다가오는 것을 보여 주었다.

나는 맥에게 문자를 더 보냈다.

> 나: 웹사이트 확인해 봐.
>
> 나: 정신 바싹 차리고
>
> 나: 무사해야 해.

마치 허공에 외치는 기분이었다. 나는 맥이 받지 않으리라는 것을 알면서도 전화를 했고, 맥이 듣기를 바라며 음성 메시지를 남겼다.

"맥, 네가 소행성 충돌이 가짜라고 생각하는 거 알아. 왜, 언제부터 믿지 않게 됐는지는 모르겠어. 그건 이제 중요하지 않아. 콜런 박사를 모르니까 믿지 못하는 거 이해해. 하지만 너는 나를 알잖아. 그러니까 나를 믿어 줘. 콜런 박사의 주장이 진짜라는 걸 나는 분명히 알아. 내 심장, 뇌, 모든 세포로 느낄 수 있어. 제발. 네가 위험해. 너한테 무슨 일이 일어난다면 나는 도저히 감당 못 해."

나는 멈추었다. 이건 음성 메시지가 아니라 대화로 해야 하는 말들이었다.

"전화해, 알았지? 꼭 해."

나는 전화를 끊었고, 맥의 목소리를 한 번이라도 다시 들을 수 있을까 하는 두려운 생각이 들었다.

버블스가 우리에게 다가왔다. 가장 마음에 드는 자리를 찾으려고 우리의 침낭을 하나하나 냄새 맡았다. 잘 시간이 다가오자 아빠는 필립과 에드워드에게 〈해리포터〉 시리즈를 한 장 읽어 주고는 우리에게 잘 자라고 인사했다.

"아빠 어디 가?"

나는 위층으로 올라가려는 아빠에게 말했다.

"텔레비전 조금 보려고. 이따가 내려올 거야."

"약속하지?"

"그래."

조그만 취침 등 불빛을 빼고는 깜깜하다. 아빠는 동생들이 잠들지 않을까 봐 내게 전화기나 노트북을 쓰지 말라고 했다. 내 뇌가 도통 생각을 멈추지 않는다. 내가 최선을 다하지 못했다는 생각이 든다. 나는 월시 선생님과 맥의 부모님도 설득하지 못했고, 심지어 맥을 설득하는 것조차 실패했다. 할아버지도 내 말을 믿었는지 알 수 없다. 이들에게 무슨 일이라도 일어난다면 내 잘못이다. 오래달리기를 한 것처럼 가슴이 아프다.

나는 벽을 바라보았다. 천장을 바라보았다. 얼굴 위에 베개도 놓아 보았다. 아무 방법도 소용없었다. 아빠가 다시 내려왔을 때 나는 여전히 깨어 있었다. 아빠는 우리 한 명 한 명에게 뽀뽀를 한 다음 작업복 차림으로 낡은 소파에 누워서 속삭였다.

"자려고 노력해 봐. 깨어서 걱정한다고 변하는 건 없어."

그다음 내 기억은 '콰광' 하는 소리와 함께 잠에서 깨었다는 것이다.

37장 카운트다운

"아악!"

나는 소리를 질렀다. 희미한 불빛이 계단 꼭대기의 열린 문으로 들어왔다. 에드워드와 필립은 아직 자고 있었다. 버블스는 커피 탁자 아래에서 떨고 있었다. 아빠가 없었다. 나는 침낭에서 뛰쳐나가 계단 쪽으로 뛰었다. 아빠를 찾으러 가야 할지 동생들과 있어야 할지 혼란스러웠다. 아빠나 내가 곁에 없으면 이 아이들은 어떻게 될까? 지하실 다른 편에 있는 작은 창문으로 불빛이 한 번 번쩍했다. 지금은 낮보다 어둡지만, 밤은 아니었다.

"아빠."

나는 외쳤다. 아무런 대답이 없다. 나는 계단을 서둘러 올라가 지하실 문을 닫았다. 아빠는 거실에도 부엌에도 없었다. 굵은 빗방울이 우리 집의 벽을 두드렸다. 앞마당에 있는 나무는 바람에 몸통이 휘어졌다.

"아빠!"

나는 소리쳤다.

"아빠!"

아빠가 면도하다 만 얼굴로 목욕 수건만 두른 채 방에서 뛰어나왔다.

"무슨 일이야?"

"지금이야!"

"엘리너, 이건 천둥 번개하고 폭풍우야. 날씨가 안 좋은 것뿐이라고."

"아니야!"

나는 고개를 젓고 또 저었다.

"진정해라, 우리 딸."

"제발 지하실로 가자. 제발 돌아가자."

숨이 막히는 것 같았다.

"내려가자. 내려…… 내려가자, 내려가자, 내려가자……."

나는 숨을 들이마시고, 말하고 또 말했다.

"알았어, 알았어. 잠시만 있어 봐."

아빠가 사라졌다. 나는 울었다. 끅끅거렸다. 몸을 떨었다. 또 한 번 요란하게 천둥이 쳤다. 아빠가 옷을 입고 돌아와 한쪽 팔을 나에게 둘렀다.

"지하실로 내려가자."

나는 목이 아팠다. 아빠는 나를 따라 안전한 지하실로 돌아왔다. 아빠는 아직 자고 있는 동생들을 살폈고, 나는 겁에 질린 버블스를 커피 탁자 아래에서 나오도록 달래었다. 버블스는 폭풍우를 아주 싫어했지만 지금 이 날씨는 분명 단순한 폭풍우가 아니었다. 동물들은 사람이 느끼지 못하는 것도 느낀다고 했다. 나는 노트북을 펼치면서 버블스를 꼭 안았다.

와이파이 신호가 약했다. 웹사이트가 열리는 데 한참 걸렸다. 마침내 열렸을 때, 화면 가득 커다란 시계가 떴다. 카운트다운을 하는 시계였다.

"세상에."

2:08:41

2:08:40

2:08:39

소중한 1초 1초가 흐르는 동안, 나는 그 웹사이트에 있는 모든 링크를 눌러 보면서 소행성이 어디에 충돌하는지 알아내려 했다.

"아, 좀! 좀 알려 달라고!"

아빠가 물었다.

"뭐 해?"

"충돌 위치가 안 뜨잖아! 어떻게 아직도 위치를 모를 수가 있어?"

"가짜니까 그렇지, 엘리너."

"무슨 일이야?"

필립이 침낭에서 일어나 앉아서 물었다. 아빠가 재빨리 대답했다.

"아무것도 아니야."

"세상의 종말이 다가와?"

"아니야."

아빠는 또 한 번 대답하고는 쪼그리고 앉아 필립을 좀 더 안심시켰다.

나는 휴대전화를 집어 들고 맥에게 문자를 보냈다. 모두가 믿건 믿지 않건, 지금은 정말로 세상이 끝나기 직전이니까.

> 나: 이쪽으로 와.

> 나: 우리 집으로 와, 지금!

> 나: 소행성 충돌까지 두 시간도 안 남았어.

무전기가 충전된 채 탁자 위에 놓여 있었다. 나는 런던의 이모가 무전기까지 빼앗아 가지 않기를 바라며, 무전기에 대고 런던에게 말했다.

"런던?"

우리가 몇 달 전에 썼던 채널로 시도해 보았다.

"런던? 대답해. 런던? 제발."

나는 버튼을 눌러 채널을 옮기며 내 친구를 찾아 헤맸다.

"대답해!"

나는 소리를 질렀고, 버블스가 다시 커피 탁자 아래로 달아나 숨었다.

"엘리너. 진정해라."

아빠가 낮은 목소리로 내 이름을 길게 불렀다. 이제는 에드워드도 일어났다. 동생들은 침낭에서 기어 나와 눈을 커다랗게 뜨고 나를 바라보고 있었다. 나는 무전기를 껐다.

"나 화장실 가고 싶어."

에드워드가 속삭였고, 나는 벌떡 일어서서 계단 앞을 막아섰다.

"지하실 밖은 위험해."

아빠가 내 앞에 섰다. 아빠는 내 어깨에 두 손을 얹었지만, 나를 억지로 비켜 서게 하진 않았다.

"아빠가 데리고 갔다 올게. 밖으로는 안 나갈 거야. 금방 내려올게."

"안 나간다고 약속하지?"

나는 컴퓨터를 흘깃 보았다.

1:55:10

"아무 데도 안 가."

"학교도 안 가?"

에드워드가 방방 뛰며 물었다.

"우리 모두 집에 있을 거야."

아빠가 나와 눈을 떼지 않고서 말했고, 나는 아빠 말을 믿었다.

"나 수학 시험 보는데."

필립이 말하자, 아빠는 면도가 반만 된 얼굴을 문지르며 말했다.

"걱정하지 마. 아무 문제 없게 할 거니까."

나는 이제 계단 입구에서 비켜섰고, 에드워드는 뛰어 올라갔다. 필립은 좀 더 천천히 따라 올라갔다. 아빠가 올라가다 멈추어서 말했다.

"너도 위층에 가자, 응? 24시간 뉴스 틀어 놓고 보자. 노트북도 가져와. 카운트다운도 같이 확인하자. 그러면……."

그때 초인종이 울렸고, 내 심장이 펄쩍 뛰었다. 맥! 계단을 뛰어 올라가면서 그 생각부터 들었다. 한 계단 한 계단 밟을 때마다 몸이 떨렸다. 내가 현관에 다가설 때쯤 필립이 대문을 열었다. 하지만 문밖에 서 있는 사람은 맥이 아니었다. 흠뻑 젖고 창백해진 런던이었다.

갑자기, 나는 혼자가 아니게 되었다. 나는 런던을 터질 듯 끌어안았다. 런던도 나를 꼭 안았고, 내 티셔츠가 젖어 들었다. 런던의 머리카락, 재킷, 가방까지도 홀딱 빗물에 젖어 있었다. 나는 울지 않으려고 코로 깊은숨을 들이쉬었다. 눈물 몇 방울이 어쩔 수 없이 흘러나왔다.

"여기 온 거 엄마나 이모가 아시니?"

내 뒤에서 아빠가 물었다. 런던이 고개를 한 번 천천히 끄덕였고, 거짓말이라는 것을 모두가 알아챘다.

"내가 전화하마. 네가 무사하다는 걸 아셔야지."

나는 런던을 집 안으로 끌어당겼다. 문을 닫기 전, 나는 빗속을 두리번거리면서 맥을 찾았다. 하지만 맥이 오지 않으리라는 것을 알았다. 런던은 나를 따라 지하실로 내려왔다. 나는 노트북에 떠 있는 카운트다운을 가리켰다.

1:52:08

"이거 봤어?"

"응. 맥은 어디 있어? 이리 오지 않고."

"내가 제발 오라고 문자 보냈어. 학교에도 가지 말라고 했어. 답은 없어."

나는 런던에게 수건을 한 장 건넸다. 우리는 내 침낭에 앉았다. 아까보다는 덜 떠는 버블스가 탁자 밑에서 기어 나와 우리 곁으로 왔다. 런던이 젖은 배낭을 우리 옆에 내려놓고 말했다.

"내가 최후의 만찬을 준비해 왔어."

런던이 지퍼를 열어 꺼낸 것은 가게에서 산 케이크 도넛, 케이크에 바르는 초콜릿 크림 한 캔, 베이컨 칩 한 봉지였다.

"제과류는 구하기 어렵게 될 거라고 '누가' 그래서 말이지."

런던이 이렇게 말하곤, 애써 희미하게 미소를 지었다. 침낭 위의 작은 소풍이었다. 우리는 도넛에다가 손가락으로 초콜릿 크림을 바르고 베이컨 칩을 뿌렸다. 버블스에게도 베이컨 칩을 나눠 주었다.

1초 1초가 흘렀다. 시간이 너무 느리게, 또 너무 빠르게 지나갔다.

폭풍우가 약해지고 있었다. 여전히 비가 내렸지만 천둥과 번개는 멈추어 있었다. 런던은 일어서서 무릎의 도넛 부스러기를 털었고, 우리 집 뒷마당이 보이는 창문으로 다가가서 말했다.

"조용해졌어. 이제 해가 뜨려고 해. 오늘 날씨가 좋을 것 같아."

1:32:20

"날씨는 소행성이랑 아무 상관 없어."

런던은 어깨만 으쓱했다.

"이 기다림이 제일 싫네."

"맞아. 어서 오늘이 지나가 버렸으면 좋겠어."

런던이 이렇게 말하고는 계단 맨 아래 칸에 앉았다. 버블스가 달려가더니 런던의 무릎 위를 차지했다.

"인터넷에 분명 뭔가가 더 올라왔을 텐데."

나는 이렇게 말하고는 새 브라우저를 열어 뉴스 사이트에 들어갔다. 오른쪽에서 세 번째 기사에 콜런 박사의 사진이 있었다.

"여기!"

런던은 그대로 앉아, 그저 버블스의 머리를 쓰다듬으며 말했다.

"나는 준비됐어. 다 끝나는 걸 받아들일 준비. 뒤돌아보지 않을 준비."

"'불명예 퇴직한 전 하버드 대학 천체 물리학자 콜런 박사가…….'"

나는 침을 꿀꺽 삼키고 기사를 계속 읽었다.

"…… 여전히 오늘이 인류 종말의 날이라고 주장하고 있다. 지난 몇 달 동안, 그는 2010PL7이라는 소행성이 4월 7일 오전에 지구에 충돌할 것이라고 주장했다. 그러나 미국항공우주국에 따르면 그 소행성은 지구에서 5000만 킬로미터 정도 떨어진 안전한 거리에 있으며 오늘뿐 아니라 다음 세기까지도 지구의 안전을 전혀 위협하지 않는다고 한다.'"

나는 고개를 저으며 말했다.

"이건 말이 안 돼."

런던이 중얼거렸다.

"말이 되는지도 모르지."

"왜 그런 말을 해?"

나는 여러 뉴스 사이트에 들어가 보았다. 열몇 곳이나. 모두가 콜런 박사를 조롱하고 있었다. 구글에서 2010PL7을 검색해 보았다. 대부분의 검색 결과는 콜런 박사의 웹사이트로 이어졌지만, 싱가포르에 사는 누군가의 SNS 포스트는 달랐다. 망원경으로 직접 소행성 2010PL7의 사진을 찍어 올린 것이었다. 그것은 어두운 하늘에서 달보다 큰 감자 모양으로 빛나고 있었다. 고작 30분 전에 올라와 1만 개의 '좋아요'를 받았다.

"이거야! 런던, 이리 와 봐."

런던이 천천히 버블스를 내려놓고 내게로 왔다. 어깨는 구부정하고 두 손은

주머니에 넣은 채로.

"이것 봐!"

나는 노트북을 들어 보였다. 런던이 화면을 자세히 보고는 고개를 끄덕였다. 그러고는 터치패드에 손가락을 얹어 스크롤을 내리며 말했다.

"댓글은 읽어 봤어?"

"아니."

"읽어 봐. 다들 포토샵이라고 그러네."

런던은 침낭 위 내 옆에 앉았다. 나는 댓글을 읽지 않았다. 내 두 눈으로 증거를 보고 있으니까. 이 사진은 진짜였다. 2010PL7이었다. 우리가 기다려 온 그것. 나는 다시 카운트다운 화면을 띄웠다.

1:03:30

우리 둘 다 화면을 빤히 보았지만, 처음으로 우리가 같은 것을 보고 있는지 알 수가 없었다.

"곧 알게 되겠지."

런던은 신발 끈을 만지작거리며 말했다. 그리고 우린 할 말이 없었다. 그저 기다렸다. 계단 꼭대기 문이 열리고, 아빠가 조용히 걸어 내려왔다. 아빠의 눈이 노트북 화면을 향했다.

0:49:10

"런던, 너희 이모가 널 집에 데려다 달라고 하시더라. 당분간 너는 집 밖으로 나올 수 없다면서."

아빠가 부드럽게 말했다. 나는 런던의 팔을 잡았다.

"안 돼! 그러지 마, 아빠."

아빠는 나를 보지 않고 말했다.

276

"5분 후에 출발하자."

런던이 고개를 끄덕였다.

"안 돼! 못 데려가."

나는 소리쳤지만, 아빠는 아무 말도 하지 않고 계단을 올라갔다. 내 눈에 또 눈물이 솟았다.

"가지 마. 어차피 아빠가 너를 끌어내거나 하지는 않을 거야. 그냥 앉아."

나는 런던의 청바지를 잡아당겼지만 런던이 내게서 물러섰다.

"노리, 이 일은 안 일어나."

런던의 얼굴이 실망스러운 표정인지, 다행스러운 표정인지 알 수 없었다.

"조금만…… 조금만 더 기다려 봐. 다가오고 있어. 한 시간도 안 남았어."

"이거 진짜 이상한 거야. 알아?"

런던의 목소리가 갈라졌다.

"너는 세상이 끝나기를 바라고 있잖아. 그러기를 거의 빌고 있잖아."

"아니야."

"거짓말하지 마. 내가 알아. 나도 너랑 똑같은 마음이었기 때문에 알아. 이 소행성 덕분에 내 문제가 해결된다고 생각했어. 그거, 진짜 이상한 거 아냐?"

"아니야."

나의 반발은 약했다.

"난 이것 때문에 엄마 아빠가 다시 합칠 거라고 생각했어. 학교에서 날 괴롭힌 애들한테도 복수할 수 있다고 생각했어. 세상이 끝나면 다 해결된다고 생각한 거야. 너도 그런 거야."

"아니야. 난 그렇게 말한 적 없어."

"너는 맥이 떠나지 못할 이유가 생기기를 바랐잖아."

내가 바라는 건 귀를 막고 소리를 지르는 거였다. 런던이 하는 말을 듣지 않을 수 있도록.

"난 종말이 일어나길 바라는 게 아니야. 피할 수 없는 일일 뿐이야."

"이제 그만해!"

런던이 고개를 젓고 아랫입술을 깨물었다. 나를 보지 않았다. 런던이 뚫어질 듯 보는 곳은 내 노트북 화면이었다. 카운트다운이 사라져 있었다.

사이트를 찾을 수 없습니다.

"끝났어."

런던이 속삭였다.

"방문자가 너무 많아서 터진 것뿐이야. 전에도 이랬어."

하지만 이전과 달리, '일시적으로 접속할 수 없습니다. 불편을 드려 죄송합니다' 표지판을 든 귀엽고 작은 로봇이 없는 것을 나는 말하지 않았다.

"소행성은 안 와, 엘리너."

런던이 슬프면서도 단호해 보였다.

"받아들여. 우리는 '우리가 아는 세상'에서 벗어날 수 없어."

"아니야."

나는 고개를 흔들었다. 런던이 두 손을 내밀어 나를 일으켜 세웠다. 우리는 서로의 눈을 마주 보고 섰고 런던이 말했다.

"우리, 학교로 돌아가면 아주 힘들 거야, 젠장."

런던은 제 뺨을 훔치고는 웃으며 덧붙였다.

"그래도 뭐 학교만 그런가. 세상에 그런 일은 많지."

"제발 가지 마."

하지만 런던은 돌아섰다. 계단 꼭대기에서 아래를 향해 외쳤다.

"월요일에 보자, 노리."

그렇게 나는 혼자가 되었다. 어쩌면 영영.

하루가 다 지나도록 나는 노트북 화면을 보면서 세상이 폭발하기를 기다렸다. 그런 일은 일어나지 않았다. 자정이 되었을 때 마침내 맥에게서 전화가 왔다.

"야, 너 괜찮아?"

나는 대답하지 않고 싶었다. 맥은 24시간이 넘게 내게서 잠수를 탔다. 콜런 박사를 믿지 않았다. 나를 믿지 않았다.

"괜찮아."

"거짓말."

"무슨 일이 일어난 건지 알 수가 없어."

진심이었다. 정말로 도무지, 티끌만큼도 알 수가 없었다. 내가 왜 콜런 박사를 믿었을까. 어쩌다가 모든 게 이 지경까지 되었을까. 사람들은 왜 내가 뭘 안다고 생각했을까. 나는 이렇게 아무것도 모르는데.

"네가 학교에 꽤 충격을 주긴 했어. 전교생 절반이 오늘 결석했거든."

"그래도 너는 갔겠지."

나는 코를 훌쩍였고, 맥이 재빨리 대답했다.

"엄마 아빠가 가라고 해서."

"나 피곤해, 맥. 지금은 통화하고 싶지 않아."

나는 눈을 감았다.

"그래도 하나만 더 물어볼게, 맥. 솔직하게 말해 줬으면 좋겠어. 너 내년에 콘래드 학교로 가?"

몇 초가 흐르고, 맥이 대답했다.

"응."

나는 당장 끊어 버리지 않았지만, 되도록 빨리 통화를 끝낸 다음 전화기의 전원을 껐다. 그러고는 다시 침낭에 누워, 울지 않으려고 노력했다. 뜻대로 되지 않았다.

38장 끔찍한 하루

"나도 오늘까지 집에 있을래."

4월 8일 아침, 에드워드가 말했다.

"왜 누나만 학교 안 가도 돼?"

시리얼을 떠먹은 에드워드의 턱에서 우유가 흘러내렸다. 필립이 대답했다.

"누나는 정학당해서 안 가는 거야."

"그게 무슨 뜻인데?"

"누나가 교칙을 어겨서 학교에서 못 오게 하는 거야."

나는 '그래, 떠들어라' 하는 심정으로 접시 위 계란을 이리저리 밀었다.

"자, 이제 얘기 그만하고 가서 양치해. 5분 후에 출발한다."

아빠가 이렇게 동생들을 부엌에서 내보냈다.

"불공평해!"

욕실로 가면서도 에드워드는 소리쳤다.

아빠는 식탁에 상체를 기대고는 나와 눈을 마주치려고 애썼다.

"아빠가 아침 회의가 있어서 나가야 해. 점심시간까지는 돌아올게."

"난 괜찮아."

아빠도 나도 내 대답을 믿지 않았다.

"점심때까지는 올 거야."

아빠가 한 번 더 말했다. 아빠와 동생들은 오늘이 평범한 수요일인 것처럼 집에서 나섰다. 실제로 평범한 수요일이었다. 혼자 남은 나에게는 버블스와 휴대전화, 그리고 절대로 끝나지 않을 이 세상이 있었다.

휴대전화의 전원을 다시 켜자 문자가 쏟아져 왔다. 좋은 내용은 없었다. 다들 나에게 '찐따'니, '거짓말쟁이'니 하는 말들, 아니, 그보다 더 심한 말들을 던졌다. 도미닉은 나 때문에 7학년을 낙제하게 생겼다고 했다. 제이드는 나 때문에 얼굴을 들고 다닐 수 없게 되었다고 했다. 브렌트는 내가 날짜를 잘못 안 것이 아니냐고 했다. 나는 방으로 와서 다시 노트북을 열고, 콜런 박사의 웹사이트를 새로고침 했다.

사이트를 찾을 수 없습니다.

나는 이메일을 보냈다.

> 콜런 박사님,
> 정말로 이해가 안 돼요. 도대체 왜 그러셨어요?
>
> – E.J.D.

답을 기대하는 것은 아니다. 안 오겠지, 영영!

점심때 아빠가 약속대로 집에 왔다. 샌드위치를 3개나 사 온 것은 할아버지가 함께 먹을 것이기 때문이었다. 우리 세 사람은 식탁에 둘러앉았다. 아빠와 할아버지는 내게 다 괜찮을 거라고 이야기하고, 나는 거의 고개만 끄덕였다.

"걱정할 것 하나 없다. 너는 우리 드로스가 사람이잖냐. 우리 집안 사람들은 무엇이든 이겨낼 수 있어."

할아버지가 한 손을 부드럽게 내 팔에 올렸다. 나는 그 손을 떨쳐 냈다.

"소행성 충돌을 믿은 적 있기는 하세요?"

나는 물으면서도 샌드위치만 쳐다보았다.

"그럼. 가능성이 있다고 생각했지."

"가능성은 어디든 있잖아요. 그러니까 내 말은 할아버지가 콜린 박사 말을 정말로 믿었냐는 거예요."

나는 아주 잠시 할아버지와 눈을 마주쳤다.

"내 나이가 되면, 뭐든 좀 의심을 하게 돼. 너도 나이 들면 알게 될 거야."

"난 의심하지 않았어요. 할아버지가 의심하는 줄도 몰랐어요. 고작 이틀 전까지만 해도요. 저한테 생존용품을 사 주셨잖아요. 그 책도 주셨잖아요. 다 믿는다고 하셨잖아요."

나는 엄지손가락으로 두 눈을 문질렀다. 아빠는 커다랗게 한숨을 내뱉었다. 할아버지가 말했다.

"아무래도 내가 좀 정도가 지나쳤던 것 같아. 네가 생존 훈련이나 이 할아버지한테 다시 관심을 주는 게 참 좋더라고. 그러다 보니 네 장단을 맞춰 줘도 되겠지, 나쁠 건 없겠지, 생각했어."

"장단을 맞춰 줘요? 저는 정말로 믿었어요."

내 목소리가 갈라졌다.

"그래, 안다. 이제는 알아."

할아버지의 눈이 촉촉해 보였고, 나는 시선을 돌렸다.

"미안하다, 엘리너. 후회하고 있어. 네 아빠 말을 들어야 했는데 말이다. 그랬더라면 진작에 멈출 수 있었는데."

그랬더라면 좋았을 것이다. 내가 미쳐 버리기 전에, 친구들을 밀어내 버리기 전에, 해밀턴 중학교의 웃음거리가 되기 전에 멈출 수 있었더라면.

"할아버지가 너무나 미안하다, 엘리너."

할아버지가 자리에서 일어났고, 한 손을 내 등에 올리고는 내 정수리에 뽀뽀했다. 나는 움직이지 않았다. 말도 하지 않았다. 할아버지가 큰 소리로 코를 훌쩍이고는 말했다.

"나는 이제 집에 가 보마."

"제가 배웅할게요."

아빠가 말했다. 두 사람은 부엌에서 나갔고, 모든 게 괜찮아질 거라고 말하는 아빠의 목소리가 들렸다. 할아버지는 또 미안하다고 중얼거렸다. 대문이 열리고 닫힌 다음, 더는 두 사람의 대화가 들리지 않았다. 나는 계속 듣고 싶었다. 도대체 어떻게 모든 게 다시 괜찮아질 수 있는지 알고 싶었기 때문이다. 나는 남은 샌드위치를 버블스에게 던져 주었다. 그런 다음 소파에 누웠고, 다음 주가 올 때까지 거기에 있었다.

• ★ •

월요일 아침, 아빠가 나를 차로 학교에 데려다주었다. 학교 안까지 따라오고 싶어 했지만 내가 못 하게 했다.

복도를 걷기가 6학년 첫날보다도 힘들었다. 모두 나를 빤히 보았다. 수군거리는 소리도 들렸다. 일부러 들리도록 수군거리는 아이들도 있었다.

"쟤가 그 세상이 끝날 거라고 한 애야."

8학년 남학생들이 둥글게 뭉친 종이를 던지며 말했다.

"이런, 소행성이 충돌했네!"

내 사물함에 도착하자 제이드와 이저벨이 기다리고 있었다. 나는 억지로 미소 지어 보였다. 잠시, 숨통이 트이는 기분이 들었지만 제이드가 눈을 가늘게 뜨고 나를 보며 말했다.

"내가 도대체 왜 널 믿었는지 모르겠어."

"미안해."

이저벨은 공책을 더욱 꽉 안으며 말했다.

"네가 갑자기 아침 방송을 했을 때도 난 네 편을 들었어. 네가 하는 말이 사실이라는 데 내 목숨을 걸 수도 있다고 했어."

"미안해. 나도 내가 사실을 말하는 줄 알았어."

"너무 창피해."

제이드가 말했다.

"나도 그래. 미안해."

다른 말은 떠오르지 않았다. 내가 물러서려는 순간 런던이 나타났다.

"안녕, 애들아!"

런던이 얼른 미소를 지었다.

"노리한테 너무 그러지 마, 응? 노리랑 나 힘든 한 주를 보냈어. 정학당했잖아. 엄청난 실망도 했고. 소행성만큼 큰 실망."

"가자, 이저벨. 우리 1교시 늦겠다."

제이드가 이저벨을 데리고 떠났다. 푸우, 하고 숨을 내뱉은 런던은 쓴웃음을 지으며 말했다.

"와아, 참 재미있는 하루겠네. 그럼 점심때 보자. 그때까지 살아남으면."

복도에서 월시 선생님이 내 이름을 불렀을 때, 나는 바닥만 보며 못 들은 척했다. 하지만 선생님의 교실에 들어와서는 달아날 방법이 없었다. 나는 월시 선생님에게 아무렇지 않다고 말했고, 그 거짓말을 증명하려고 억지 미소를 얼굴 가득 지어 보였다. 그러고는 빌렸던 책을 돌려주었다.

"엘리너, 선생님도 정말 마음이 좋지 않아. 과학이 네 마음을 아프게 해서."

나는 어깨를 으쓱하고 말했다.

285

"과학자 한 명이 그런 것뿐이에요."

점심을 먹으러 가자, 평소에 내가 앉던 자리에 책가방이 놓여 있고 런던은 보이지도 않았다. 조용히 식탁 옆에 서자, 에이제이, 도미닉, 스펜서가 비디오 게임 이야기를 시끄럽게 하며, 일부러 내 쪽으로는 눈길을 주지 않았다. 내가 같이 앉아 점심 먹는 게 싫다는 뜻이다.

유기농 도시락을 꺼내어 식탁에 차리고 있는 맥은 내가 온 것을 모르는 것 같다. 맥은 곧 이곳에 없을 것이다. 정말로 그렇게 된다.

내가 결국 돌아섰을 때, 스펜서가 싫은 감정을 잔뜩 담아 말했다.

"잘 가서, 대단하신 회장님."

"엘?"

맥이 휙 고개를 들었다.

"엘이야?"

나는 맥에게 대답하지 않고 식당 출구로 향했다. 금세 바닥에서 캔디가 또각거리는 소리가 들리더니 맥의 목소리가 들렸다.

"엘? 너 어디 가?"

"나도 몰라."

"기다려."

"왜?"

나는 멈추어 섰고, 캔디에 내 발꿈치가 부딪혔다.

"내가 여자 화장실에는 못 들어가지만, 미디어 센터에는 나도……."

"됐어! 너는 어차피 날 떠날 거잖아. 갈 거면 지금 가. 뭘 굳이 기다려?"

"내가 널 떠나려고 다른 학교에 가는 건 아니잖아."

맥이 한 손을 내밀어, 내가 잡기를 기다렸다. 나는 그 손을 잡지 않았다.

"너랑 헤어지는 게 제일 힘들어. 그 학교에 가지 말까도 생각하고 있는데, 제일 큰 이유가 너야."

나는 숨을 죽였다.

"간다며."

맥이 작은 목소리로 대답했다.

"맞아. 그런데 안 가는 것도 생각하고 있어. 계속 너랑 같이 이 학교 다니는 것도 생각하고 있다고. 이거 진짜 너무 어려운 선택이야, 너."

그래도 여전히 그 학교에 갈 수도 있다는 거잖아.

"가서 같이 점심 먹자."

맥은 몸을 돌렸지만 가지 않고 나를 기다렸다.

"애들이 나랑 같이 먹기 싫어해."

"내가 애들한테 얘기할게. 그리고 내 말 안 들으면 혼쭐내 줄 거야."

맥은 캔디를 들어 올려 마치 무기처럼 휘둘렀다.

"됐거든."

"그러면 다른 식탁에 앉거나 다른 데 가서 먹자. 난 네가 혼자 있는 게 싫어, 엘. 지금이든 앞으로든."

"제발 그만 좀 해! 그만 좀 다정하게 굴라고. 차라리 너랑 대판 싸워서 서로 이를 갈기라도 하면 더 나을 것 같아."

나는 한 걸음 물러나 식당 출구를 보았다.

"뭐, 네가 정 원한다면 싸우면 되지. 싸울 수 있지."

진지한 표정을 지으려 하는데도 입꼬리가 슬금슬금 올라가며, 맥이 물었다.

"내가 뭐 기분 나쁜 말이라도 할까? 너한테 시비 걸까?"

"그래, 해 봐."

"음……."

맥이 캔디를 비틀며 할 말을 생각했다.

"엘 너는 고집이 세고, 게임도 진짜 못 해."

나는 끄응 소리를 냈다.

"점심시간에 푸딩도 한 번도 안 권했어. 이기적이야."

"넌 푸딩 좋아하지도 않잖아."

"가끔은 좋아하거든."

하지만 맥은 한숨을 쉬고 덧붙였다.

"거짓말이야. 나 푸딩 안 좋아해. 가끔도 안 좋아해."

"알아."

"아, 생각났다."

맥이 몸을 더 곧게 펴면서 말했다.

"내가 들었는데, 너 머리 모양이 엉망이라며."

나는 웃음을 참으려고 손으로 입을 가리고 말했다.

"많이 길었거든. 그리고 이제 그렇게 푸르딩딩하지도 않아. 그러니까……."

"에잇, 이거 진짜 어렵다. 그냥 네가 나한테 욕할래?"

"아니. 우린 대판 싸우기 어려운 애들인가 보네. 이제 우리 어쩔까?"

밥을 먹으러 온 6학년 한 학급이 맥과 나 사이를 지나갔다. 우리는 그 아이들이 다 지나갈 때까지 기다렸다.

"그냥 계속 친구 해야겠네."

맥이 말했다. 그러면서 다시 제 손을 내밀었고, 이번에는 내가 그 손을 잡았다. 맥이 내 손가락을 꼭 쥐었다. 맥이 떠난다는 사실은 여전히 싫지만, 내겐 적응할 수 있는 시간이 있다.

"우리, 런던 찾아보자."

내가 제안했다.

"그래, 좋은 생각이다."

우리는 여자 화장실에서 런던을 찾아냈다. 런던은 얼굴이 붉고 얼룩덜룩한데도 우리를 보고는 미소를 지어 주었다.

"월요일이 세상에서 제일 싫어."

런던이 말했고, 나는 화장실 벤치 옆자리에 앉아서 물었다.

"화요일은 좀 나을 것 같아?"

런던이 한쪽 팔을 내게 두르고 내 어깨를 꼭 잡았다 놓으며 대답했다.

"음…… 한 2080년쯤에는."

39장 비워 버릴 준비

금요일 저녁으로 아빠가 중국 음식을 포장해 왔다. 필립과 에드워드가 수북한 볶음밥과 닭고기 탕수육을 먹는 사이, 나는 에그롤을 깨작거렸다. 에드워드는 쉬는 시간에 일어난 일을 끝없이 이야기했고, 필립은 독서 대회에 관해 이야기했다. 아빠는 동생들에게 질문하고 이야기를 들으면서도 자꾸 나를 쳐다보았다. 나는 아무 말 하지 않았다. 저녁을 다 먹고 동생들은 각자의 자리를 치웠다. 나는 다 먹지 못한 내 에그롤을 버블스에게 주었다. 아빠는 에드워드와 필립이 부엌에서 나갈 때까지 기다린 다음에 이렇게 물었다.

"오늘 어땠어?"

"괜찮았어."

나는 접시를 식기세척기에 넣고 계단으로 향했지만, 아빠가 나를 멈추어 세우리라는 것을 알았다.

"엘리너, 일주일 내내 괜찮다고만 하는데, 행동이나 얼굴을 보면 괜찮은 것 같지 않아. 아주 힘든 한 주가 아니었을까 싶어."

나는 말을 할 수가 없어 고개만 끄덕였다. 아빠가 다가와서 나를 꼬옥 안았다. 나는 눈을 꽉 감고 눈물을 흘렸다. 아빠의 셔츠에다 대고 말했다.

"아빠 말을 들을걸. 내가 미안해. 아빠가 옳았어. 내가 멍청했어."

"쉬이이잇."

아빠는 내 정수리에 입 맞추었다.

"난 너무 멍청해."

아빠가 나를 놓아주고는 한 걸음 물러섰다.

"그런 말 하지 마라."

"그래도 난……."

"틀렸었던 거지."

아빠는 내가 올려다볼 때까지 기다렸다가 이렇게 말했다.

"그것뿐이야. 무언가에 대한 네 생각이 틀렸던 것뿐이야. 그리고 운 없게도 친구들하고 같은 반 애들이 네 실수를 다 목격한 거지. 문제는 네가 여기에서 깨달은 게 있느냐 하는 거야. 있어?"

"응. 콜런 박사가 사기꾼이라는 거. 하버드에서 잘릴 만하다는 거."

나는 소매로 코를 훔쳤다. 아빠가 웃었다.

"그래, 그래도 세상에는 언제나 또 다른 콜런 박사들이 있어."

"그렇겠지."

나는 인터넷에서 알게 된 사람은 누구도 절대 믿지 않을 것이다.

"엘리너, 지금은 안 믿기겠지만, 하루하루가 점점 나아질 거야. 이번 주는 아주 고약한 주였던 거야. 지나갔어. 다음 주는 약간 더 나을 거야."

나는 아빠 기분을 생각해서 고개를 끄덕였지만, 아빠의 말을 믿지는 않았다.

"만약에 나아지지 않는다면 아빠한테 꼭 얘기해야 한다. 점점 더 괴로워져서는 안 돼. 아빠가 곁에 있는 거 기억해야 해. 알았지?"

나는 고개를 끄덕였다.

"그러겠다고 약속해 줘."

뇌는 나에게 '약속할게' 하고 말하라고 시켰지만, 입에서 다른 말이 튀어나왔다.

"맥이 날 두고 떠나!"

아빠는 이해되지 않는 듯 고개를 갸우뚱했다.

"맥이 내년에 다른 학교로 간대. 나는 맥이 안 갔으면 좋겠어. 가면 안 돼."

어찌할 방법이 없는 일이라서, 아빠는 아무 말도 하지 않았다. 얼마 지나서야 나는 울음을 그칠 수 있었다. 아빠가 나를 한 번 더 안아 주었다.

"이제 내 방에 올라가도 돼?"

"그래. 그래도 도움이 필요하면 아빠한테 와."

내 노트북이 침대 옆 탁자에 놓여 있었다. 나는 콜런 박사의 웹사이트를 새로고침 해 보았지만, 여전히 그 웹사이트는 열리지 않았다. 콜런 박사는 지금쯤 와이파이 없는 자신의 지하 벙커에 있는 것일까? 아니면 친구들과 함께, 지금껏 자신을 믿었던 사람들을 비웃고 있을까?

열흘 전에 나는 시간이 모자란다고 생각했다. 이제는 시간이 끝이 없고 그 시간을 채울 방법이 없었다. 혼자 생각 속에 묻혀 있는 것도, 침대에 앉아서 인터넷 스크롤바를 내리고 있는 것도 지긋지긋했다. 다가오는 다른 재앙은 없는 것 같았다(확인해 보았다). 두 시간 동안 프레퍼족의 유튜브 동영상을 보고 나자, 나는 그 프레퍼족들에게 "당신들은 앞일을 몰라!" 하고 소리 지르고 싶어졌다.

나는 그만두고 싶어졌다. 전부 다! 그 이메일들을 지우기 시작했다. 인터넷 방문 기록에서 그 웹사이트를 지웠다. 공룡 그림이 있는 공책을 쓰레기통에 버렸다. 가방에서 몇 장 발견된 소식지를 아래층으로 가지고 내려가 분쇄기에 넣었다. 시작하고 보니 최대한 빨리 많은 것을 없애 버리고 싶어졌다. 생존 배낭도 버리고 지하실도 비워 버릴 준비가 되어 있었지만, 그러려면 허락이 필요했다.

"아빠, 나 좀 도와줄 수 있어?"

내가 생존 배낭을 내밀며 묻자, 아빠의 표정이 대번에 어두워졌다. 나는 뒤통수를 긁적거리며 말했다.

"걱정하지 마. 지구 종말을 준비하려는 거 아니야. 이런 것에서 졸업하고 싶어서 그래."

"그건 얼마든지 도와줄 수 있지."

뒤따르는 버블스와 함께 지하실에 도착한 우리는 할아버지가 내게 준 생존용품 대부분을 짐으로 쌌다. 정수기와 동결 건조 식품 조금, 그리고 손전등은 그냥 가지고 있기로 했다. 허리케인 대비용으로 쓸 수 있는 평범한 물품들만 말이다. 나머지는 자동차에 모두 실었다. 나는 쪽지를 적어 상자 위에 붙였다.

할아버지께,

저는 이제 이 물건들이 필요하지 않아요. 그냥 저한테는 안 맞아요. 저는 프레퍼족이 되고 싶지 않거든요. 하지만 할아버지와 같이 캠핑 가는 건 좋을 것 같아요. 어때서요? 대신 군용 식량은 가져가면 안 돼요. 핫도그랑 마시멜로 구이를 먹어야 해요.

사랑하는 엘라너 올림

"내가 내일 할아버지한테 갖다 드릴게."

"고마워, 아빠. 그런데 부드럽게 말해야 해, 알았지? 이건 할아버지 잘못이 아니었어."

아빠가 두 눈썹을 올리고는 말했다.

"알아. 그래도 할아버지 영향도 있었지."

"할아버진 그냥 돕고 싶었던 거야. 사랑하는 사람들을 안전하게 지키고."

"너도 그랬던 것 같은데."

내 방으로 올라온 나는 파라코드 팔찌를 풀어서 서랍장 속 액세서리 함에 넣었다. 그러고는 긴 숨을 내쉬었다.

"기분이 다르다, 그렇지?"

버블스는 내 질문에 대답하지 않았다.

"기분이 참 좋아."

몇 달 만에 처음으로 내 방, 그리고 내 인생에서 지구 종말의 걱정이 사라졌다. 세상은 끝나지 않았다. 그리고 나는 그 세상과 함께 살아가야 한다. 우리 모두 그렇다.

그런데 해결하고 싶은 것이 딱 하나 더 있다.

40장 새로운 세상

세상이 끝나지 않은 지 2주가 지났다. 아직도 복도에서 나에게 따가운 눈길을 보내는 아이들이 있지만, 들려오는 독한 말들은 줄어들었다. 매일 맥과 런던과 나 셋이서만 점심을 먹지만 그렇다고 탈의실에서 먹는 것은 아니고, 한때 런던이 혼자 앉았던 칸막이 식탁에 앉는다. 이게 자연스러운지도 모른다. 그래도 노력해 보고 싶었던 나는 1교시 시작 전, 맥과 런던에게 어깨동무하고 몸을 숙였다.

"자연 동아리 모임, 딱 한 번만 더 하자."

맥이 캔디를 꼬며 대답했다.

"야, 허락을 어떻게 받아. 선생님들이 이젠 널 못 믿으실걸."

"학교에서 말고 다른 데서."

런던이 물었다.

"어디에서?"

"'몰리네 아이스크림'에서, 토요일에."

런던이 눈을 휘둥그렇게 뜨더니 천천히 웃음을 머금었다. 나는 말했다.

"버킷리스트에 아직 몇 가지가 더 남아서 말이야. 맥, 네가 애들한테 알려 줄 수 있어? 이유는 모르겠지만 애들이 너는 아직 좋아하고 믿잖아."

"알았어. 내가 맡을게."

맥이 오른손을 내밀었고, 런던과 나 둘 다 그 위에 손을 얹었다.

• ★ •

4월의 마지막 토요일에, 아빠는 런던과 나를 '몰리네 아이스크림'까지 태워

다 주었다. 우리는 일부러 10분 일찍 도착했다. 다들 도착하기 전에 주문하고 싶었기 때문이다. 내가 계산할 것이다. 크리스마스에 남겨 둔 용돈을 거의 다 써야 한다 해도.

다음으로 맥이 도착했다. 맥의 엄마가 맥을 위해 문을 잡아 주고, 내게 눈인사를 한 다음 떠났다. 나를 보는 눈빛이 전보다 덜 냉랭했다.

"여기야!"

내가 소리쳤고, 캔디가 타일이 깔린 바닥을 톡톡거리는 소리가 가까워졌다. 나는 이 소리가 참 좋다. 이 소리를 그리워하게 될 것이다.

런던이 맥을 자리로 이끌어 주었다. 곧 제이드와 이저벨도 같이 들어왔다. 런던이 내 등을 토닥이고는 속삭였다.

"만약 모임이 끔찍해져도, 우리가 아이스크림을 먹을 거라는 걸 기억해."

나는 웃었다.

다음으로 도착한 아이들은 스펜서와 에이제이, 도미닉이었다. 서로 농담하고 후드를 씌우려 장난치며 들어오다가 나를 본 도미닉은 표정이 굳었다.

"네가 성적도 학년말 시험도 없을 거라고 해서, 난 성적이 모두 엉망이야."

나는 내 신발만 내려다보았다.

와이어트와 브렌트까지 도착해 열 명이 6인용 테이블에 비좁게 둘러앉았다. 나는 앉지 않았다. 아이스크림을 주문하려는 아이들에게 기다리라고 했다.

"왜 모이라고 한 거야? 뭐 다른 재난이라도 다가와? 외계인 침공이라도?"

스펜서의 말에 도미닉이 거들었다.

"태양이 폭발하려나 보지. 지구 전체가 어둠에 빠진다아!"

"그만해."

나는 이렇게 말하고 두 손을 들어 올렸다. 하지만 에이제이는 말했다.

"태양이 죽으면 어둠은 문제가 아닐 거야. 태양의 질량이 팽창해서 수성을 집어삼키고……."

"관심 없어."

제이드가 말을 끊었다. 에이제이가 제 이마를 치고는 제이드에게 말했다.

"아, 깜박했네. 너는 늘 지구 온난화 타령이지. 네가 바라는 지구 종말 시나리오는 온난화인 거야."

"제발 그만해."

나는 끈적한 식탁에 두 손을 올렸다. 하지만 도미닉은 말했다.

"핵전쟁이야. 인류를 보내 버릴 것은 바로 핵전쟁이라고."

스펜서가 외쳤다.

"에볼라 바이러스야!"

브렌트가 말했다.

"로봇의 진화야."

"모두 와 줘서 고마워!"

내가 커다랗게 소리쳤다. 가게 전체가 잠시 조용해지고, 사람들이 우리 쪽을 쳐다보았다. 나는 얼굴이 불타올랐다. 런던이 나를 빤히 보았다. 내가 눈을 마주치자 런던은 고개를 끄덕이고 미소 지었다. 나는 목을 가다듬고 말했다.

"4월 7일에 우리가 생각했던 일이 일어나지 않았다는 걸 알아."

스펜서가 쏘아붙였다.

"'네가' 생각했던 일이 일어나지 않은 거겠지!"

그러자 맥이 제 의자에서 몸을 흔들거리며 말했다.

"에이, 그건 아니지. 너희 다 믿었잖아. 너희도 다들 세상이 콰아앙! 할 줄 알았잖아. 너희 중에 7일에 등교한 애는 아무도 없어."

스펜서가 대꾸는 못 하고 불만스러운 소리만 냈다. 나는 말했다.

"괜찮아. 나는 이해해. 내가 시작했잖아, 이 모든, 음……."

거짓을? 모의를?

"……내가 먼저 소행성 이야기를 꺼내고, 계속 이야기했잖아."

모두가 나를 노려보고 있다. 내 목이라도 조르고 싶은 표정을 짓지 않는 사람은 런던과 맥, 그리고 와이어트뿐이다.

"나는 콜런 박사를 믿었어. 아빠도 월시 선생님도 사실이 아니라고 했는데도 믿었어. 모든 걸 믿었어."

나는 두 손을 주먹으로 쥐었다. 내가 멍청한 짓을 했다는 것을 여러 사람에게 발표해 보기는 처음이었다.

"나는 티어트워키가 사실이기를 바랐어. 난 학교를 그다지 좋아하지 않았거든. 학교생활이 끝나 버린다는 게 나한테는 좋은 소식이었어."

도미닉이 한숨을 쉬고는 말했다.

"나도 마찬가지야."

나는 마른침을 삼키고 말을 이었다.

"그리고 학교를 매일 나의…… 단짝 친구 없이 다닌다는 생각을 하니까…….
그러니까 난 몇 년 동안 통조림만 먹으면서 버티는 게, 맥이 없는 학교에 다니는 것보다 낫다고 느꼈던 거야."

모두의 미움 가득한 눈빛을 확인하고 싶지 않아, 나는 천장만 보았다.

"그런데 자연 동아리를 시작하고 나서 달라졌어. 우리 모임을 기다리게 됐어. 내 학교생활에서 가장 즐거운 일이 됐어."

나는 용기를 모아, 슬쩍 보았다. 이저벨이 반쯤 미소를 지어 보였다.

"그리고 너희도 동아리를 좋아하는 것 같았어. 맞아?"

"난 좋아했어."

맥이 말했다. 그러자 런던이 농담했다.

"넌 세상만사를 다 좋아하잖아."

"좋아했건 말건 무슨 소용이야. 난 낙제하게 생겼는데."

도미닉이 잘라 말했다. 그러자 런던이 지적했다.

"너도 티어트워키가 진짜이길 바랐잖아. 수학 숙제를 할 바에는 세상이 끝나는 게 낫다고 생각했잖아. 인정해."

런던이 제 손톱을 만지작거리며 덧붙였다.

"우리 모두 그게 사실이라고 믿은 이유가 있었던 거야."

"난 그냥 멋지겠다고 생각한 건데."

스펜서가 어깨를 으쓱하면서 말했다. 그러자 런던은 어이없다는 표정을 짓더니 이렇게 말했다.

"내 말은, 자연 동아리에 억지로 온 사람은 아무도 없다는 거야."

"우리 그냥 내 문제점에 관해서만 얘기하면 안 될까? 내가 주인공이거든."

아무도 내 농담에 웃지 않았다. 나는 이어 말했다.

"나는 소행성이 충돌하기를 바랐던 거 인정해. 해밀턴 가까이에 떨어지기를 바란 건 아니지만 말야. 나 혼자 하는 학교생활을 도저히 감당할 수 없을 것 같았어."

"엘……."

맥의 말끝이 흐려졌다.

"그래도 동아리가 생긴 후로, 학교가 조금 덜 싫어졌어."

나는 엄지와 검지를 끝을 조금 떨어뜨려 보였다.

"너희한테 재난 대비 용품들을 보여 주고, 종말에 대비하는 법을 가르쳐 주는 게 좋았어."

"그러니까 우리가 널 졸졸 따라다니게 하려고 동아리를 했다는 거야?"

스펜서가 물었다.

"아니야. 난 정말 종말을 믿었어. 1000퍼센트 진짜인 줄 알았어. 내가 하고 싶은 말은 그냥, 미안하다는 거야. 이 지구 종말 시나리오에 휘말리게 해서 미안해. 특히 너, 런던. 나 때문에 정학까지 당하고."

런던은 별일 아니라는 듯 어깨만 으쓱했다.

"재미있었어! 우린 변기 물도 먹었잖아."

맥이 이렇게 말한 순간, 웨이터가 커다란 그릇을 들고 도착했다.

"싱크대 아이스크림 하나 나왔습니다."

웨이터는 아이스크림을 내려놓았다. 50개의 생크림 모자를 쓴 50스쿱의 아이스크림이 담겨 있었다.

"너, 용서해 달라고 우리한테 뇌물 주는 거야? 그렇다면 나는 용서했어."

브렌트가 말했다.

"아니야. 미안하다는 말은 이제 다 했어. 이건 고마워서 준비한 거야. 자연 동아리를 함께해 줘서 고마워."

"천만의 말씀."

맥은 이렇게 말하고는 고개를 숙여 아이스크림을 살펴보았다. 생크림에 얹힌 마라스키노 체리가 거의 코에 닿을 듯했다.

"앞접시 금방 갖다 드릴게요."

"아니에요. 저희는 숟가락만 있으면 돼요."

런던이 웨이터에게 말하곤 숟가락을 모두에게 나누어 주었다.

"내가 해밀턴의 모든 동아리에 가입해 봤는데, 강제로 종료된 동아리는 이번이 처음이야. 그래서 더 특별해."

와이어트가 이렇게 말하고는 아이스크림을 떴다.

"나는 유제품을 못 먹어. 그래도 마음은 잘 받을게."

에이제이가 내게 말했다.

"네 몫만큼 내가 더 먹을게."

도미닉은 에이제이에게 말했고, 나에게 미소 지었다.

"아니, 내가 먼저 먹어 버릴 건데."

스펜서가 이렇게 말하고는 빠르게 아이스크림을 떴다.

"고마워, 엘리너."

이저벨이 숟가락을 받고는 내게 말했다.

"고맙긴. 맛있게 먹어."

"아니, 전부 다 고맙다고. 나는 자연 동아리가 좋았어. 재미있었어."

제이드도 말했다.

"맞아. 엘리너 네가 좋은 자극을 줬어."

"내가?"

"가을에 '세상 구하기' 동아리를 만들 거야. 가입 환영해."

"생각해 볼게."

• ★ •

에이제이를 뺀 모두가 배가 아플 때까지 먹었다. '싱크대'에 남은 것은 색색의 장식과 견과류가 떠다니는 걸쭉한 회색 액체였다. 식탁에 남은 사람은 런던과 맥, 나뿐이었다. 우리는 일본 좀비 영화를 보러 가기로 했다. 우리의 버킷리스트 중에서 달리지 않으면서 실행이 가능한 것 중 하나가 '외국 영화 보기'였다. 나는 아이스크림 통을 숟가락으로 긁으며 말했다.

"새 버킷리스트를 만드는 게 좋겠어. 이제 시간이 끝없이 많잖아. 아, 맞다, 이 친구가……."

나는 맥의 손을 살며시 두드리고 말을 이었다.

"……이 친구가 우릴 두고 가 버려서 문제네."

내 팔꿈치를 잡는 맥 없이 8학년을 맞이하기는 쉽지 않을 것이다.

"아냐, 나 너네 자주 볼 거야. 그리고 새 버킷리스트에 처음으로 넣을 것 생각났어. '싱크대 아이스크림 다시는 먹지 않기'. 나 토할지도 몰라."

"나도. 그래도 우리 오늘 팝콘은 먹어야지. 안 그래?"

런던의 말에, 나는 토하는 시늉을 했다.

"엘, 런던, 나 내년에 콘래드 학교에 안 갈까 봐. 고등학교 때까지 기다려도 되니까."

이렇게 말하는 맥에게는 농담의 기색이 전혀 없었다.

"절대 안 돼. 그 학교에 가. 가서 악기 연주해. 수영부에도 들어. 나를 엄청나게 그리워해. 가, 너는 그 학교에 가는 거야."

나는 단호히 말하고 가슴에 팔짱을 꼈다.

"이야, 엘 좀 봐. 혼자서 다 결정하네."

맥이 이렇게 말하고는 소리 내어 웃었다. 그 순간, 나는 방금 한 말을 취소하고 싶어질 뻔했다.

"그러면 버킷리스트에 또 뭐 넣을까?"

나는 뒷주머니에서 작은 수첩과 펜을 꺼냈다. 맥이 말했다.

"파리! 기억나? 네가 파리 가고 싶다고 했잖아."

"오, 좋은데. 참 현실적인 아이디어야."

나는 반어법으로 대꾸했다.

"세상이 6개월 후에 끝나는 게 아니잖아, 엘. 우리한테는 시간이 얼마든지 있다고. 열여덟 살 되면 파리에 가자."

"마라톤도 적어."

한 손가락으로 공책을 톡톡 두드리며 런던이 말했다. 나는 고개를 저었다.

"마라톤은 하기 싫은데."

"열여덟 되면 할 거니까. 적어."

그래서 나는 적었다. 하지만 훨씬 더 현실적이면서 열여덟 살이 되지 않아도 할 수 있는 '5000미터 달리기'도 적었다. 맥은 말했다.

"고등학교 졸업 파티에도 다 같이 가자. 그리고 대학 가면 봄방학 때 바닷가로 놀러 가자."

"나는 화산 보고 싶어. 용암을 뿜는 활화산."

런던은 이렇게 말하곤 두 손을 마주쳐서 폭발을 흉내 냈다.

내가 받아 적는 속도보다 더 빠르게 아이디어들이 나왔다. 스노보드나 한밤중의 볼링처럼 우리가 지금 할 수 있는 것들도 나왔다. 데이트나(서로서로 말고!) 코 피어싱처럼 고등학교에 가야 할 수 있는 것들도 나왔다. 그 외에는 '그 언젠가' 할 일들인데, 나는 이 부분이 가장 좋다. 미래의 언젠가 런던과 맥과 함께 만리장성에 서거나, 상어와 수영할(물론 아주 튼튼한 케이지 안에서) 생각을 해 보는 것이 말이다.

웨이터가 그릇을 치웠다. 좀비 영화를 볼 시간이 가까워졌다. 런던이 맥에게 팔꿈치를 내밀었고, 나는 두 아이가 문으로 가는 모습을 바라보았다.

세상이 언제 끝날지 나는 전혀 모른다. 2010PL7 때문에 우리의 세상이 끝나지 않아서 기쁘지만, 그럴 거라고 굳게 믿었던 것이 더는 후회되지 않는다. 만약 그렇게 믿지 않았더라면 나는 런던과도, 자연 동아리의 다른 아이들과도 친구가 되지 않았을 것이다. 버킷리스트를 만들지도 않았을 것이다. 우리의 새 버킷 리스트도. 생활기록부에 특별한 흔적을 남겼을 리도 없다.

'우리가 알던 세상의 끝'은 결국 온 것 같다. 나는 작년의 엘리너와는 다른 사람이니까. 하나의 세상이 끝났다. 그리고 맥은 떠나지만, 나는 우리가 만들어 낸 이 새로운 세상이 좋다.

4월에 세상이 끝나

초판 인쇄 2022년 4월 25일 초판 발행 2022년 4월 25일

지은이 스테이시 매카널티 옮긴이 강나은

펴낸이 남영하 편집 이신아 김주연 디자인 박규리 마케팅 김영호

펴낸곳 ㈜씨드북 주소 03149 서울시 종로구 인사동7길 33 남도빌딩 3F 전화 02) 739-1666 팩스 0303) 0947-4884

홈페이지 www.seedbook.co.kr 전자우편 seedbook009@naver.com 인스타그램 instagram.com/seedbook_publisher

ISBN 979-11-6051-439-1 (43840)

THE WORLD ENDS IN APRIL by Stacy McAnulty

copyright © 2019 by Stacy McAnulty

All rights reserved.

This Korean edition was published by SEEDBOOK in 2022 by arrangement
with Stacy McAnulty c/o LK Literary Agency through KCC(Korea Copyright Center Inc.), Seoul.

이 책은 ㈜한국저작권센터(KCC)를 통한 저작권자와의 독점계약으로 ㈜씨드북에서 출간되었습니다.

저작권법에 의해 한국 내에서 보호를 받는 저작물이므로 무단 전재와 복제를 금합니다.

• 책값은 뒤표지에 있어요. • 잘못 만들어진 책은 구입하신 서점에서 바꾸어 드려요. • 씨드북은 독자들을 생각하며 책을 만들어요.